情定布拉格（繁體字版）

LOVE IN PRAGUE (A NOVEL IN TRADITIONAL CHINESE CHARACTERS)

B杜

British Library Cataloguing-in-Publication Data. A CIP catalogue record for this book is available from the British Library.

ISBN 978-1-913080-23-5 (ebook)
ISBN 978-1-913080-22-8 (print)

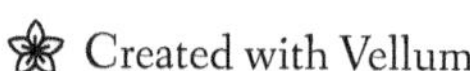 Created with Vellum

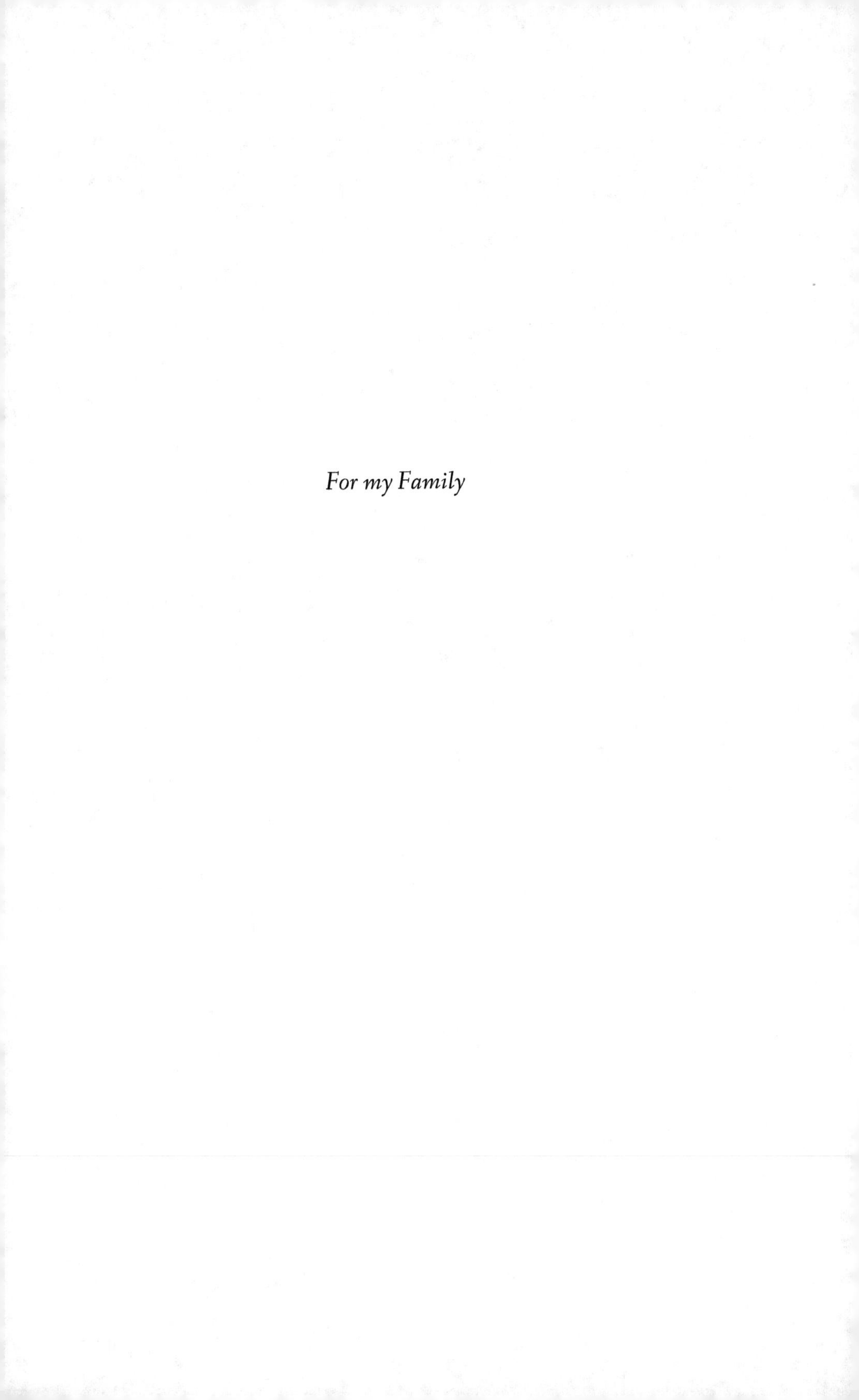

For my Family

第一章/查理大橋

我喜歡天朦朧亮的布拉格，古老、靜謐，彷彿披上一襲神秘的面紗，讓人流連忘返，可惜好景不長，當太陽一露臉，大批遊客紛至沓來後，一切就不一樣了。

"現在我們來到查理大橋，它被卡夫卡喻為生命的搖籃，建於1357年，是一座極具藝術價值的石橋。大橋橫跨伏爾塔瓦河，長520米，寬10米，有16座橋墩，沒用一釘一木，全用石頭建成。兩端分別是布拉格城堡區和老城區，這裏還是歷代國王加冕遊行的必經之路。"我往前走幾步，繼續侃侃而談，"這座歐洲最古老、最長的橋上有30尊聖者雕像，都是17-18世紀捷克藝術大師的傑作，被譽爲'歐洲的露天巴洛克塑像美術館'，據說只要用心觸摸雕像便會帶給你一生的好運與幸福……"

話剛落音，一群人開始伸手胡亂摸著雕像，我早已見怪不怪，逕自走到橋右側的第8尊聖約翰雕像前，它是查理大橋的守護者，圍欄中間刻著金色十字架的位置就是當年聖約翰被扔下的地點。

"這位紅衣大主教因爲拒絕向國王透露王后的秘密，被下令

扔進伏爾塔瓦河，成爲第一位爲保護宗教懺悔隱秘權而殉道
的人。當他從河中被撈起時，人們發現聖約翰的頭上出現五
顆星星，之後被教廷封爲聖人……”

我的介紹引來七嘴八舌的討論。

“王后說她有痔瘡啦！”一位大叔自以爲有趣地喊著，引
來訕笑。

“媽的，還五顆星星，那是彈孔好不？”

“哪來的彈孔？火藥都還沒發明呢！”

“導遊，頭上那個是戒疤嗎？”

“你耳朵聾了嗎？導遊剛剛才說是紅衣主教，信
耶穌的……”

我懶得回答無厘頭的問話，要他們通通稍安勿躁，從現在
起自由活動兩小時，想拍照的趕緊拍，想吃飯的趕緊吃，
想上廁所的趕緊上，請自覺準時上大巴，下一站是德國的
新天鵝堡，周杰倫和昆凌拍婚紗照的地方……

說完，我收起導遊專用的小旗子，走向橋一端的老城區，那
裏有很多餐廳和咖啡館。

～

“結束了？”米星問。

“嗯！”我給自己泡了杯卡布其諾，上面加了好多肉桂粉。

“怎麼不跟老闆反映一下？這樣急就章，遊客根本無法欣賞
到布拉格深沈的美麗。”

“妳以爲他不知道？”

我的老闆當然知道除了查理大橋外，天文鐘、布拉格城堡、黃金巷、跳舞的房子……都是很好的旅遊景點，奈何中國旅行團比的不是質而是量，能以最少的錢遊玩最多的國家才能吸引到顧客，所以當你看見"八天遊玩五個國家"的廣告時，千萬別驚訝，在歐洲團裏俯拾皆是。

"待會兒去哪個國家？"米星又問。

我答德國。

她說我可以回那家德國豬肘子店瞧瞧，也許前天晚上趕著上大巴而沒吃完的部份還留在桌上呢！

"呵呵！如果還在，我打包回來給妳吃哈！"我啜了一口卡布其諾，上面的奶泡很綿密。

嘻！再這麼進步下去，我可以在米星開的咖啡館對面另開一家與之抗衡了。

～

米星是我的髮小，從幼兒園開始，我們便秤不離砣。她的個頭嬌小，不到一米五，很瘦，留著俏麗的短髮，眼睛像漫畫裏的女孩一樣，又大又亮，更別說臉頰了，白裏透紅，好比陶瓷娃娃。

她曾不止一次地說起她的願望，那就是開個有品味的咖啡館及找個身高一米八的老公，因為個頭矮小是原罪，她得為下一代負責。

終於在大三那一年，她成功地抓住一位高佻的學長，為了博他歡心，不僅當起免費的住家保姆，還早晚兩次溜他家半人高的金毛犬，更不用說買菜錢還是她出的。

"這樣好嗎？你們兩人到現在還沒親嘴，他倒好，不用請阿姨，連狗糧的錢也一併省了。"

米星說我不懂愛情，不是一加一都會等於二。

Well, 愛情的確不是一加一等於二，但也不能一加一等於一吧？！那小子從没正面承認過米星的女友地位，根據我的判斷，他肯定是騎驢找馬。

果不其然，一畢業他就找到良駒，還一把鼻涕一把淚地表示給不了米星幸福，寧願放手......

他奶奶的，誰不知道他的新女友是有雙大長腿的模特兒，兩人站在一塊兒那叫個"顏質相當"，米星以爲的"小鳥依人"在旁人看來不過是"長短腿之戀"罷了，難怪戀情會告吹。

"没事，生命那麼長，總會遇上幾個渣男，我不也單著？"我安慰她。

和米星的失戀不同，我愛的那個人從小就是"別人家的孩子"，不僅毫無意外地上了北京的最高學府，還拿到譽爲"本科生諾貝爾獎"的羅德獎學金，然而這樣優秀的男孩也有過不去的坎，就在一個春暖花開的季節裏，他從六樓高的出租屋一躍而下，結束23歲的生命，從此我心如止水，不肯輕易交付感情。

～

"我的前男友還不壞，把米勒送給我了。"米星說，臉上有淡淡的笑容。

米勒是渣男學長養的金毛，後來我總能見米星像對待戀人般地待狗，給牠買進口的狗糧和天鵝絨做的床，連喝的水都來自天山的純淨水。這樣如履薄冰、亦步亦趨的照顧，没想到狗還是得了細小病毒，一命嗚呼了。

我從没看過米星如此傷心過，她抱著死去的米勒聲嘶力竭地哭喊著，有那麼片刻，我以爲她哭的是逝去的愛情而不是狗。

"難爲她忍了那麼久，怕有大半年了吧？！"我心想。

日子匆匆又過了數月，某天米星告訴我，她要環遊世界去，然後找一個看對眼的地方開咖啡館，兩個人生願望總得實現一個，不然就太可憐了。

"妳去找，找到了告訴我，我會飛過去當妳忠誠的店員。"

說這句話時，我還是世界五百強企業的其中一員，有大好的前程等著我，可想而知，我的承諾不過是一時興起開的空頭支票罷了。

沒想到五百強也有日薄西山的一天，當我走出陸家嘴金融區時，不禁仰天長嘆："哈！就這樣了，雲淡風輕。"

兩個禮拜後，當我寄出第十封求職信時，赫然收到米星的郵件，她說她在布拉格開了個咖啡館，目前不缺店員，但歡迎兼職者。

於是我拿著旅遊簽證，坐上飛往捷克的班機。

可想而知，我和米星又秤不離砣，她很慷慨地讓我住在她的二居室裏。

"我不知道妳這麼有錢，咖啡館買在遊客如織的老城區，連公寓也那麼舒適，任性到一個人也住二居室。"我羨慕地說。

米星的公寓距離查理大橋250米，屋內設計走的是雅致風，非常乾淨、清爽。廚房採開放式，有個中島；浴室很大，乾濕分離；兩個房間，一大一小……還有還有，打開落地窗從陽台望出去就能看見Sicily Café的墨綠色招牌，那是米星的咖啡館。

想像無疑很美，無奈還得面對現實，現實就是米星沒那麼有錢。

"我買的不過是十年的經營權，每月還得交商舖租金，十年一到，經營權自動歸還原主人，至於公寓……那是此地華僑托我代管的，一旦有人想買，我分分鐘得搬。"

"這麼說，我們很快會像浮萍一樣流離失所了。"我唉聲嘆氣。

米星要我別洩氣，捷克人不像中國人那麼愛買房，他們更樂於租房，因爲可以無牽無掛地隨時轉移陣地，所以一時半會兒我們還不致於流落街頭……

由於米星一早表明她的咖啡館只需要兼職人員，意即我得另外找份正式的工作，才能長期待在布拉格。

就這麼湊巧，某天我在查理大橋閒晃，意外聽見大巴司機和導遊的對話，那個面容憔悴的女導遊說她每帶一個旅行團就得跑好幾個國家，真不是人幹的事，她要回中國結婚，再也不回來了……

"請問……你們公司缺人嗎？"我期期艾艾地問。

就這樣，我在簽證到期前順利謀得一份"不是人幹"的工作。

喝完卡布其諾，我幫米星洗碗盤，又替桌上的瓶瓶罐罐注入新的醬料，轉眼兩個小時就過了。

"什麼時候回來？"米星問。

"大後天的下午，剛好能把妳要的意大利麵醬買回來。"

"那好，回來我煮意大利麵給妳吃。"

"記得放很多羅勒葉喔！"我邊說邊推開咖啡館大門，往查理大橋走去。

第二章/放羊的孩子

從前有個人去布拉格，他在查理大橋上被偷了錢包，又在布拉格城堡被偷了護照，他想掏手機找人幫忙，發現手機也被偷了。無奈之下，他向當地警察局報案，可是他想不起來自己是誰，此時街對面一個大眼睛姑娘衝著他微笑，毫不費力地偷走他的心。

現在的他在布拉格賣烤豬蹄，那個姑娘負責賣啤酒和收錢，順便爲他擦汗。收工後，他將剩餘的啤酒全喝掉，然後醉眼朦朧地推著小車回家，沿途給大眼睛姑娘唱情歌……

當我初次聽到這個家喻戶曉的故事時，覺得實在太扯了，哪來那麼多的"巧合"？但在布拉格住久後，我驚覺這個故事真實得可怕！

首先，查理大橋和布拉格城堡的確小偷猖獗，扒手特別多；其次，布拉格的姑娘真如同故事所說特愛笑，分分鐘能抓住男人的心，而且不勢利，當愛情來臨時，没房没車也會嫁；再說飲食，啤酒是捷克人的最愛，餐餐少不了它，至於烤豬蹄，那是布拉格很接地氣的國民美食，與德國的烤豬肘不同，他們更熱衷食用豬手的部位。

~

"導遊，我的錢包不見了，剛剛還在呢！"一位大媽鐵青著臉求助。

我要她別慌，是不是只有錢不見？證件還在嗎？

她答錢包裏有一千多元人民幣及五千多克朗，證件和銀行卡在另一個包裏，還好没丟。

"聽著，現在妳有兩條路走，一是去報警，但十之八九錢是追不回來的；二是自認倒霉，繼續接下來的行程，就當花錢消災。"我理性分析。

"妳怎能這樣推卸責任？"大媽發火了，"丟的不是妳的錢，當然不著急，那可是我兒子的辛苦錢，再怎麼著也得找回來。"

最怕遇到這種是非不分的顧客了，錢被扒也怪我？而且她講錯了，剛來布拉格時我也丟過錢，知道丟錢的滋味，正因有此慘痛教訓，所以帶團前無不一再提醒小心扒手，但"言者諄諄，聽者藐藐"，丟錢、丟護照的事反覆發生，讓我疲於奔命。

没辦法，爲了不被投訴，我只好把大批遊客丟下，陪她去報警，還好查理大橋就有駐地的警察局。

然而一到現場，大媽當下便決定吃啞巴虧，因爲排隊等報案的人群已經排到警察局外。

"不排了，什麼童話王國嘛！簡直就是賊窩，再也不來這個城市了！"她氣憤地說。

由於旅遊團裏有人丟了錢包，氣氛開始變得不安，我一說下一站是瑞士，大家竟然鼓起掌來，大概瑞士在印象中是個

"夜不閉戶"的誠信國家，所以急著想靠攏。

我又想起那則家喻戶曉的捷克故事，不禁失笑。誰會想到童話王國也有這些烏煙瘴氣的事？它應該只囊括世上所有美好的事物，像活在象牙塔裏，不食人間煙火。

～

"回來了？"米星在廚房裏做宵夜，空氣中有濃濃的蕃茄味。

"嗯！累死了，"我趕緊躺下，"還好晚上帶團員吃了頓好的，要不然這會兒還有人抓住我不放，抱怨某某團吃了米其林一星，而我只餵他們吃草……媽的，這能一樣嗎？人家是VIP團，繳的團費夠在歐洲流浪一年。"

我很少抱怨，大概今天被團員損了幾句，心裏不痛快所致。

"別想了，一行有一行的難處，吃完宵夜睡個好覺，明天又是嶄新的一天。"米星爲我捧來一碗蕃茄麵疙瘩，上面撒了胡椒粉、香油及細碎的蔥花，看了就有食慾。

"男人是不是全瞎了？放著妳這個宜室宜家的女人不追，反倒上相親節目，那叫緣木求魚。"我吸溜吸溜地吃著美食，順便拐個彎讚美廚子。

"話不能這麼說，相親也有好處，至少知道對方是奔著結婚去的，省得浪費大好青春卻是爲人作嫁。"

知道她和學長的那一段，我閉上嘴。是啊！相親也沒什麼不好，"快、狠、準"，看不對眼再換下一個，總有你喜歡的。

"他……還給妳發郵件嗎？"

米星口中的他是當我還是導遊菜鳥時的一位客人，瘦瘦高高的，一臉的書生相。

"早沒了，我要他別再發，發來我也不看。"我故作瀟灑。

"葳葳，妳總得走出來，要不然就看不到下一站的風景了。"

我知道米星說的是什麼，自己也想走出去，奈何戈墨不放我走，他曾說當北京不再下雪時，我才可以離開他⋯⋯

"就我所知，2011年的北京整個冬天都沒下雪。"米星抓到小辮子。

"不是的，市區沒下，但香山肯定下，它的頂峯有2300米。"

"妳親眼目睹了？"

"目睹倒沒有，但那麼高的山怎麼可能不下雪呢？"

米星說我作繭自縛，愛咋咋地，她不管了。

"妳呢？那老頭兒還來嗎？"我轉了話題。

"還來。他說他在布爾諾有個大宅院，太太死了，現在和兒子住在布拉格，如果我願意，他馬上帶我回布爾諾，大宅院的草長高了，游泳池的水也該換了⋯⋯"

我聽了笑個不停："他這是要妳去割草還是給游泳池換水？說得好像在找住家保姆。"

米星聳聳肩說當住家保姆也不錯，老頭兒雖老，但目測身高有一米八。

"米星，"我緊張起來，"妳可別爲了後代子孫去和番，況且那人這麼老了，能不能生還是個問題。"

這次換米星笑個不停，她說我太沒幽默感了，玩笑話也聽不出來，若想和番，她會找個年紀相當的，因爲帶孩子很累，她又挺沒耐心的，需要有人搭一手⋯⋯

"嘟⋯⋯嘟嘟⋯⋯"麵疙瘩還沒吃完，團員就來電，我意興闌珊地接聽。

"導遊，我女兒肚子痛，怎麼辦？哪裏有醫院？我不會說外國話。"

知道不是洗澡水不熱或出門忘帶房卡之類的芝麻事，我趕緊問清細節，然後抓起防風衣。

"畢葳葳，妳去哪兒？宵夜還沒吃完呢！"米星喊著。

我答有突發事件等著我處理，回來再吃！

小女孩得的是急性腸胃炎，還好其他團員沒事，否則今晚的烤肉大餐便首當其衝成了禍首。

我問家長明天還去不去瑞士？若不去，我們從奧地利繞道回來後再去接他們。

那對父母眼神交會一番後，戴眼鏡的爸爸發話了："還是去吧！花了那麼多錢不去看蘇黎世湖多可惜，何況拿了藥，應該沒事。"

看著臉色蒼白的小孩，我無語了，叮嚀他們早點兒就寢後，我拖著疲憊的步伐回家。

回到家，米星已睡下，我吃到一半的麵疙瘩還在桌上，上面覆蓋了保鮮膜。我將它送進微波爐裏加熱，這一晚折騰下來，我又饑腸轆轆了。

"妳有沒有做過被一群人追殺的夢？"戈墨問我。

"有啊！我夢到自己是《射雕英雄傳》裏面的梅超風，因爲盜走半部《九陰真經》而遭師弟追殺，不得不遠走大漠，然後就遇見了對我一往情深的蒙古王子……"我擁著男友說稚氣的話。

"我的夢不一樣，"戈墨一本正經，"我夢見被一群沒有五官的人追殺，他們要我的眼睛、鼻子、嘴巴和耳朵，連眉毛也想拔走。"

我聽了呵呵笑，說那群人真沒眼光，要追殺也應該選楊洋或吳亦凡那樣的小鮮肉，選個書呆子有什麼好的？

“書呆子的確不好，我都不知過去的二十幾年是怎麼熬過來的，每天就是讀書、讀書再讀書，沒有別的娛樂，真不知這樣活著有什麼意思？”

我要他別抱怨了，大家還不是這麼過來的？但可不是人人都能像他一樣拿羅德獎學金，而且獲得哈佛大學的青睞……

說這句話時，我有滿滿的幸福感，男友是人中蛟龍，眼看我就要“妻以夫爲貴”，怎不令人雀躍？

沒想到幾天後他什麼話也沒交待就往窗外一跳，讓我措手不及。

戈墨的父母認爲一定是我講了什麼話刺激到他，不然這麼優秀的人怎麼可能說沒就沒了？

Well, 也許我曾經描繪過未來的場景，有大房子、大車子還有三位小王子與小公主，但那是女孩們都會編織的夢，怎麼就刺激到他了？

話一說完，戈媽媽哭得肝腸寸斷：“果然是妳，要他買房、買車，還想生三個孩子，戈墨怎麼負擔得起？只好早早結束生命，讓我們白髮人送黑髮人，嗚嗚嗚……”

有一陣子我苦逼到不行，和戈墨的母親同一陣線地指責自己愛慕虛榮、見錢眼開、急功近利……體重一度降到八十五斤，成了紙片人，還是王老師看不下去，挺身說出自己的學生有抑鬱症，很抱歉沒來得及阻止悲劇發生云云。

也許戈墨真的有抑鬱症，但我也有錯，無形中推波助瀾成了壓倒駱駝的最後一根稻草……

“不管妳了，愛自責去自責，等到妳也死了，大概我也活不成，別人肯定會說是我這個閨蜜說了什麼話刺激到妳。妳想死就快點兒死，學長不要我了，我剛好找到自盡的理由。”

看米星如此生氣與絕望，再想到我們兩人都是命運多舛的人，不禁與她抱頭痛哭。

"哭什麼哭？"米星邊捶打我邊淚如雨下，"不過是些臭男人……"

因爲有了革命情感，我和米星的友誼更加堅如磐石。

～

"葳葳，今天下午有人看房子，妳能四點鐘去開門嗎？"米星邊給客人泡 Espresso 邊問。

"没問題。"我答。

三個月後終於迎來第一個看房者，我二話不說地接下任務（雖然心中並不樂見房子被賣掉）。

"一定啊！那人特意從德國飛過來，不能讓人等。"

我要她放一百二十個心，我會準時在四點前放我的團員鴿子。

米星對我無力地笑了笑，那樣子像是再次看到了放羊的孩子。

第三章/巧合

千萬別誤會我是個不守信用的人，事實上在成爲導遊之前，我是盡可能地"言出必行"，奈何旅行團不可預測的成份居多，有時我真是"人在江湖，身不由己"啊！

好比現在，我剛要帶領團員走上查理大橋，經過市政廳，不巧塔樓上的天文鐘正在整點報時，悅耳的鐘聲告訴我～三點了。

我之所以說"不巧"是因爲這是一座享譽世界的天文鐘，每個整點時分，表盤上方的兩個玻璃窗會自動打開，讓耶穌的十二門徒列隊依次在窗口現身。當使徒走完一圈後，玻璃窗會在一聲雞鳴聲中關上，接著骷顱左手平舉的沙漏垂了下來，報時的鐘聲響起。

可想而知，來自世界各地的遊人都會在此聚集，爭睹天文鐘的報時表演，讓我和我的團員毫無意外地卡在人流裏。

"導遊，講講這個天文鐘的故事吧！看起來挺有趣的。"有人喊著。

"可是……"我想起我的四點鐘之約。

"講嘛！要不了多少時間，而且我兒子回去後還有三篇作文要交，總得讓他有東西寫吧？！"一位望子成龍的父親說。

此時他身旁的胖小子正睜著無邪的大眼睛，吧嗒吧嗒地看著我，讓人狠不下心說不。

"好吧！我快速講一下，布拉格天文鐘也稱布拉格占星時鐘，建於中世紀，是根據當年的地球中心原理設計。有上下兩個鐘，上面的鐘一天繞行一周，下面的鐘一年繞行一周……"

本來可以到此結束，我又情不自禁地八卦一下："傳說因爲天文鐘太過精美，爲了防止其他國家出現同樣的鐘，製鐘人的眼睛被活生生地挖了出來。多年後，那個可憐人要求在臨死前撫摸這座耗費他畢生心血的鐘，從此鐘的指針便停在他死亡的那一刻，直到1948年才又重新運轉起來。"

"爲什麼是1948年？"那個胖小子問。

"這個……我也不清楚，只是個故事，聽聽就好。"我答。

"可是……我得寫作業……"

"拜托，後面的故事就別寫了，跳過去吧！"我幾乎要跪了下來。

然而小男孩的爸爸不苟同，他認爲孩子有"追根究底"的精神值得鼓勵，話說天文鐘在1948年又開始運轉起來肯定有原因，也許進到塔樓裏便能找到答案……

經驗告訴我，遇見死磕到底的人，千萬別正面交鋒。

"行，我帶其他團員去查理大橋，你們隨後跟上。"我對胖子二人組說。

壞就壞在這是個親友旅行團，他們紛紛表示和那對父子共進退。這下好了，當他們從塔樓出來再聽完查理大橋上紅衣主教的光榮事跡後，時間已經指向16:10。

我氣喘吁吁地跑回家，跑得上氣不接下氣，果然還是没趕上，公寓大門外沒有德國佬的影子，只有一張亞洲臉孔，我頓時洩了氣。

"請問……"那人開口了，說的還是普通話，"妳是不是房屋仲介？"

"不，不是的。"我馬上否認。

"真是奇怪，明明跟我約了四點……"那人掏出手機。

"等等，你是不是約了看302房？"我問。

他把手機放下，微愠地看著我。

"很抱歉，旅行團有突發狀況，所以來晚了。我不是仲介，算是替房東照看房子，你若有意向購買，請和房東接洽，能少一筆仲介費。"我開了302的房門，讓看房者進入。

今天早上五點不到我就坐大巴到皮爾森接客人，由於先拍拍屁股走人，不知屋內會不會像"浩劫後"，心裏很忐忑。還好門開後窗明几淨，連掛在浴室裏的內衣褲也沒忘了收起來，不禁鬆了一口氣。

"這裏可以看到伏爾塔瓦河。"男人站在陽台處往外望去，嘴巴喃喃自語著。

現在是傍晚時分，夕陽下的布拉格美得不似人間。

"是的，你若清晨來，景色又不一樣了，像素顏的美女。"我說。

"素顏的美女？"他笑了，"好久沒看到素顏的美女，聽妳這麼一說，明天一早我再過來一趟，嗯？"

聽到明天得早起，米星把我臭罵一頓。

"我怎麼知道他當真了？我也不想早起啊！"我唉聲嘆氣。

隔天天才朦朧亮，我就起床到樓下接買主，他倒精神奕奕，無一絲疲憊。

"果然像素顏的美女啊！"他站在陽台上感嘆，"我好久好久沒看到素顏的美女。"

那男人再次重申昨天說過的話，殊不知站在眼前的兩位女生正素顏著，顯然他並不把我和米星視爲美女。

"Well,布拉格最美的兩個時間段你都看過了，現在得跟你講講這房子的缺點：樓下的糕餅店又貴又難吃；查理大橋小偷橫行，警察和他們蛇鼠一窩；這附近一年三百六十五天遊客不斷，別想清靜度日；還有，物業費很貴，你倒不如去買獨棟別墅。"

雖然說的都是事實，但我的絮絮叨叨不諱言還是爲了一己私慾（不想和米星露宿街頭），沒想到……

"我買了，"他還是說出殘忍的話，"就爲了每天能看到素顏的美女。"

我們的事業剛起步，離安穩還有段距離，眼下又要搬家，房租是不小的負擔。

由於捷克人傾向租房不買房，所以房價在歐洲大陸算便宜的，但有利就有弊，租房的人一多，租金便水漲船高，好比我們現在住的二居，每月房租就要55000克朗左右，而我的薪水還不到37000克朗。

"誰讓妳說素顏美女來著？男人一浮想聯翩，當然就拍板定案了。"

“ 妳這是欲加之罪何患無辭，一個人看對眼了，母豬也會賽貂蟬。”

米星的不開心，我懂，現在她要付兩筆租金，一筆是咖啡館的，另一筆是睡覺用的。

“ 現在怎麼辦？妳我都這麼忙，誰去找房？”她說。

這是個問句，但聽起來像祈使句。

“ 是呀！誰去找房？”我把燙手山芋又扔回給她。

就那麼湊巧，兩天後我在老城廣場又看見那個熟悉的背影，他正在街頭等著他的Trdelink出爐。這是一道捷克的傳統小吃, 把麵團往熱乎乎的鐵棍上一裹，炭火明烤，吃之前灑上細細的糖粉，份外的香脆可口！

“ 要我說，吃完Trdelink，轉角處的Palacinky也不容錯過。”我討好地說，因為心中有計劃。

“ 我不喜歡吃甜的。”他答。

啥？這不是耍我嗎？

“ 你買的可是卡路里很高的甜食。”我戳破他的謊言。

“ 我買給女朋友的。”

“ 妳女朋友人呢？”我邊問邊四下尋人。

他笑了笑沒回答，拿上Trdelink就走，我趕緊跟上。

“ 房子成交了沒？”

“ 快了，正在談。”

“ 你什麼時候搬進來？”

“ 成交了就搬。”

"能不能晚點兒搬？我和室友還沒找到住的地。"

"那不是我的問題。"

眼見滿懷希望的小鳥已飛走，換來的只是現實的殘酷，我放慢了腳步，決定不再惹人厭，就在此時，我看到驚人的一幕：那個冷酷無情的男人把Trdelink丟進伏爾塔瓦河裏，河面上巡遊的天鵝們馬上聚集過來，一口一個地吃掉那些好吃到爆的麵團。

好呀！竟然把天鵝說成是自己的女友，這是欺負我無知還是捉弄我愚蠢？兩者都讓我怒不可遏。

"你的女友好幸福呀！吃的還是人吃的食物。"我忍不住損他一句。

"她當然得吃人吃的食物，妳這不是廢話？"

呵！謊話還說得上崗上線，得，老娘陪你玩！

"天鵝都是一夫一妻制，你這是白費功夫，在天鵝的國度裏，你什麼都不是。"我說。

"謝謝妳告訴我天鵝是一夫一妻制，只是我不明白妳爲什麼要扯上天鵝？"

"你說Trdelink是買給女友的，我又看到天鵝吃了你買的Trdelink，所以……"

"噢！不，天鵝不是我女友。"他哭笑不得，"我的她幾個月前來到布拉格，然後往伏爾塔瓦河縱身一跳淹死了，什麼話也沒交待，到現在我還是不明白她爲什麼要這麼做，我們在慕尼黑住得好好的。"

我彷彿又看到戈墨，他跳上窗口回頭對我淒涼一笑……

"妳怎麼了？"那男人抓住我，因爲我差點兒不支倒地。

“真巧，一年前我的男友往六樓窗外縱身一跳摔死了，什麼話也没交待，到現在我還是不明白他爲什麼要這麼做，我們在北京住得好好的。”

半晌，那男人問：“妳男友是不是也得抑鬱症？”

第四章/枉費心機

他叫盧凱孜，德國名Luca, 因爲"凱孜"聽起來像"凱子"，有貶損之意，所以他寧願朋友喊他的德國名—盧卡。

"Ok, 盧卡，告訴我，你不會從此移民捷克吧？！"

說這話時，我們在米星開的Sicily Café坐下，我點了摩卡，他點了馬琪雅朵，米星還送來一盤剛出爐的黃油餅乾。

"有何不可？德國和捷克都是歐盟國，可隨意進出，工作和居住都不成問題。"他答。

的確不成問題，但捷克目前經濟不景氣，失業率從去年的8.2%攀升至今年的8.6%，還有持續增長的趨勢，當地人的工作和生活都陷入了窘境，難不成他是來增加失業率的？

"我的專業不成問題，到哪裏都不愁吃穿。"他拿起餅乾咬了一口，頗爲驚豔，"這餅乾真好吃，比Leibniz好吃。"

Leibniz是德國的一個餅乾牌子，奶味很濃，通常作爲寶寶的零食。

我早知道米星有好手藝，所以不加入讚美的行列，注意力很快又回到盧卡的工作上，我問他什麼專業會好到不論在哪裏都不愁吃穿？

"我是個整形醫生，小到打肉毒桿菌，大到隆胸、吸脂，都是我的工作範圍。"

原來他就是人造美女的始作俑者，心中不免有些蔑視他的"商業行爲"。

盧卡說我錯了，整容手術一開始不是爲了"造假"，而是爲了"修復"。大戰期間，很多士兵臉部受創，加上後來汽車工業發達，車禍帶來大批的"傷殘者"，整形手術才得以從最初的雕蟲小技慢慢提升上來，至於後來走向"打造人工美女"的行業乃大勢所趨，沒什麼比賺女人的錢來得更快、更多。他已經替一千多位女性服務過，真正因臉部創傷來做修復的還不到10%.

"你一定很聰明，德國的醫生執照不好考啊！"我下結論。

與國內不同，國外的醫生是隻金鳳凰，不僅收入高，社會地位更是無出其右，妥妥的社會菁英。

"聰明得看從什麼角度，我五音不全，運動細胞也不發達，而且完全沒有理財概念，到現在還是月光一族。"

"不可能！月光族拿什麼買房？"我驚呼。

"我的醫生執照呀！貸款完全不成問題。"他語帶驕傲地答。

早聽說國外的醫生買房貸款無上限，因爲知道終究還得起，沒想到在捷克連首付也省了，真是人比人氣死人。

"我若生個兒子也讓他當醫生哈！"我酸溜溜地說。

盧卡不苟同："妳看到的只是光鮮的一面，醫生的養成不容易，工作強度之大，不是一般人能忍受的，我的女友就經常抱怨，還說要上醫院掛號，這樣就能面對面地和自己的男友說上幾分鐘的話。"

我想起那個跳伏爾塔瓦河的女子，她必定是擁有一副姣好的外貌，否則怎能通過一位整形醫生的審美標準？

沒想到我又錯了，盧卡說他看過太多的造假美女，所以美貌在他眼裏成了最不需要考慮的因素。

“茉莉很平凡，但她有一個美麗的靈魂。”他加上一句。

我因此知道盧卡已逝的女友叫茉莉。

“Well, 自我介紹到此，現在換妳了。”他點名指向我。

於是我把自己從小到大的經歷簡單交待一下，順便提到戈墨，在我的美化下，他成了不朽的傳奇。

“她呢？”盧卡看了一眼在廚房工作的米星。

“你等等，我喚她過來。”

我接替了米星的工作，讓嬌小的她去接受面試。

“米星小寶貝兒，快使出妳的渾身解數吧！新房東若對我們有好印象，‘不用移窩’的機率就大大提高了。”我對她耳提面命。

～

“呵呵……太好笑了……你再說說……”

自從被學長拋棄後，米星的笑容便如同冬陽，久久才現身一次，她這麼笑顏逐開倒還是頭一回。

我再一次把眼光落在這個新認識的男人身上，他有細長的臉型、高挺的鼻子、小而有神的眼睛，耳朵雖是招風耳，但耳垂厚，一副福相，最特別的是他的下巴，成了英文字母的W。

在西方，這種下巴是美貌及性感的象徵，又叫“天使的指痕”，意即連天使都會忍不住捧起他的下巴，從而留下印記。

Well, 盧卡是不難看，帶出去還能"小驕傲"一下，只可惜身高是硬傷，比我高不了多少，肯定沒有180公分，被硬生生掃到米星的擇偶名單外。

" 葳葳，把田園披薩放進烤爐裏，盧卡還沒吃過真正的好披薩呢！"米星帶笑說。

" 好咧！"我動作麻利地把半成品塞進這個意式披薩爐裏。

盧卡沒有拒絕我們的示好，這是個好兆頭，看來"守住一方天地"不過是咫尺之遙。

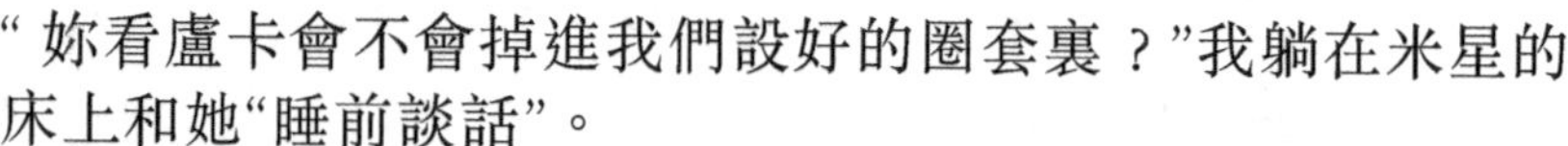

" 妳看盧卡會不會掉進我們設好的圈套裏？"我躺在米星的床上和她"睡前談話"。

" 不知道，他看起來大智若愚的樣子，我們的這點兒小把戲恐怕早被看穿了。"

我們的計劃是：**302**房有兩居，一大一小，房東住大房間，我和米星住小房間，同時負責打掃及做早晚兩餐。房租能免最好，不能免也盡量控制在**20000**克朗以下，這樣除了日常開銷以外，還能攢下錢爲以後的生活作打算。

" 如果他不願意就糟糕了，我的錢買了熔岩烤爐後，已經所剩無幾。"她嘆息。

爲了烤出傳統意式披薩的風味，米星不惜重金訂製了專用爐，純手工製造，價格不菲。

我也好不到哪裏去，水晶製品是捷克的特產，有朋友知道我在布拉格當導遊，托我買了水晶製的花瓶、酒具、燭台、燈具……等，允諾給我代購費。沒想到千里迢迢寄回中國的貨物會化爲碎片，我可是裏三層外三層地用氣囊袋和氣泡膜給包裹好的呀！

" 國內本來就是暴力快遞，妳是菜鳥嗎？"米星吐槽。

她說的沒錯，出國不到半年，我就忘了"中國特色"，真想甩自己兩耳光。這下子辛苦攢下的錢都化爲烏有，真是不勝唏噓呀！

"這樣吧！"米星翻身面向我，"我去色誘那個憂鬱男，也許他會大發慈悲地給我們一條生路。"

我提醒她，盧卡的身高不到一米八。

"在愛情面前，所有預設的條件都是枉費心機。"她說。

第五章/柳暗花明

我接了個波蘭+捷克+奧地利+匈牙利+斯洛伐克的13日旅遊團，不僅去了奧斯維辛集中營，還吃了有名的維也納烤排骨。可想而知，當我風塵僕僕地回到家，身心會有多疲憊。

把兩個行李箱堆在玄關，和室友喊了聲Hi後，我雙腿無力地走向衛生間。

米星正在準備晚餐，兩個爐灶齊開，忙得不可開交。

我邊如廁邊聽到嘩啦啦的水聲，心不在焉地按下沖水閥後，這才注意到米星在廚房裏，那麼是誰在洗澡？

這一驚非同小可，我趕緊衝出衛生間。

"那個……誰……誰在浴室裏？"我話都說得不利索。

"大概是盧卡吧？！"米星答。

大概？……吧？意思是她也不確定。

"晚餐吃什麼？"此時盧卡從米星的房裏走出來。

我再次受到驚嚇，盧卡和米星住在同一個房間裏？

沒等我清醒過來，一個裹著浴巾，頭髮濕漉漉的金髮女人現身了，她的體態有些豐滿，嘴巴飛快地說著捷克語。

"Gut."盧卡用德語回答"好的"。

由於德國離布拉格很近，加上歷史原因，在布拉格用德語反而比英語便利，當地人多少懂一些。

很顯然，那女人聽懂了，她大喇喇地走進米星的房間裏，讓我霧裏看花。

"今天吃Knedliky，我從烹飪節目裏學來的。"米星邊說邊把四個大盤子擺在餐桌上。

Knedlik是捷克人常吃的家常菜，外觀像中國餃子，配上東歐人特愛的酸白菜及蘸醬，非常的美味。

"盧卡和妳是什麼關係？"覷了個空，我壓低聲音問米星。

她答房東和房客的關係，前者三天前已搬進她原來住的大房間裏，如同我們原先設計的一樣，只是房租漲到30000克朗，我和她平分，一人15000克朗，雖不滿意，但能接受。

"她……"我的目光掃向那個已經穿戴整齊的女人身上，"又是怎麼回事？"

"盧卡今天去面試，她是面試官，由於今晚有Blind Date，約了在國家劇院看舞台劇《三位瑪麗亞》，八點鐘那一場。那個傻小子便把她帶回家吃飯，說吃完飯剛好能趕上第一幕。"

我答好個"借花獻佛"，又借浴室又給吃飯，面試官最好錄用他，否則盧卡就虧了。

誰知米星說盧卡根本不在乎，前兩天有家醫院不僅雇用他，還要他馬上披掛上陣，因爲患者已經上好麻藥了，我們的房東卻很有原則地說不，因爲他不接別人的患者，即使接了也需要幾天的工夫去了解患者的身體狀況，這樣趕鴨子上架的作風不是他想要的……

"也就是說，是醫院求著他，而不是相反的那一種？"我問。

“没錯，盧卡就是當紅炸子雞，我還想著是不是該去墊高鼻子還是隆個胸，畢竟有個現成的醫生人選在。”

我死盯住米星的臉，鼻子很小巧，配瓜子臉合適；胸不壞，沒有壓迫感。綜合以上，我看不出米星有整形的需要，除了身高（奈何這不在整形的範圍內）。

“*@¥*%#……”那女人站起來說了幾句外星語後，風一樣地走人，連盤子也沒收。

“你的面試官倒好意思，她不曉得道謝是基本禮貌嗎？”我對著盧卡抱怨。

“她說了，而且提到若兩位女生想整形，她會親自接待，醫院就在河對岸。”盧卡代爲翻譯。

哎！怪就怪在我的捷克語不行，誤將對方歸爲蠻夷之邦。

“不過她的感謝聽起來很不真誠，像在拉客似的。”我撇撇嘴。

“妳不去得了，反正妳有黃金比例臉，是我看過最美的臉孔，根本不需要動刀。”盧卡對我說。

黃金比例臉指的是五官符合國際認可的黃金比例（雙眼、嘴巴、前額及下巴之間都保持了最佳的距離）。

“那我呢？我有沒有黃金比例臉？”米星好奇一問。

盧卡仔細觀察一下後，說：“妳的五官略爲密集，但不影響妳成爲迷人的女性。”

好呀！怎麼說都不得罪人。看樣子他對每個雌性動物都採取無可救藥的“寬容”政策，這下子我有點兒懷疑他說我有黃金比例臉是胡謅的。

～

“不是說要色誘房東嗎？30000克朗的房租雖然便宜許

多，但我們得包辦家務，請個阿姨都不止這個數。"我不滿地説。

米星承認失敗，她說盧卡好比柳下惠，對她的明挑暗逗毫無反應，現在她開始懷疑他的性取向了。

"不是妳想的那樣，他有女友，雖然……不在了。"

我接著把那個跳伏爾塔瓦河的女子簡單介紹一下。

米星聽完後開始天馬行空，她擔心我們在不了解對方的情況下就敞開大門迎接是非常危險的事，搞不好盧卡是殺人魔王，前女友就是死在他手裏，而非自殺……

我要她別混淆了，是我們住到人家家裏去，有什麼資格說三道四的？要不滿意，可隨時走人。

米星聽了老大不高興，她說我軟耳朵，就因爲盧卡說我有黃金比例臉，人心就被收買了。

老實說，我根本不相信黃金比例臉的存在，要有，我早就是校花級別了，何苦現在還單著？

"其實……妳很美，我替妳擋掉了不少的追求者，"米星有些遲疑，最後還是招了，"我跟那些臭男生說妳只對女的感興趣。"

啥？真是晴天霹靂！我問這是什麼時候的事？

米星說打從高一起她就開始散佈謠言，因爲高考很重要，不想我分心。

聽完，我氣炸了，現在我知道那些曖昧眼神究竟是怎麼回事了。

"米星，妳……"

"對不起啦！我還不是爲妳著想。再說，那些蒼蠅沒一個好的。"

Well, 這是兩碼子事好嗎？誰會高興被當成拉拉？還好有弊必有利……

“都說謠言止於智者，戈墨果然是智者。”我頗感欣慰。

“不是的，他只是跟人打賭賭輸了，被罰和女同志約會一次，没想到有了第一次，還有第二、第三次……”米星弱弱地答。

呵！這玩笑開得也太大了！我翻身不理“始作俑者”。

米星見我真生氣了，只好利誘。

“這樣吧！換妳去色誘房東，減免的租金算妳的，我……打落牙齒和血吞。”她豪爽地說。

~

米星要我去色誘房東，簡直是胡說八道，我怎麼可能做這麼麻煩的事？

“那個……房租能少點兒嗎？”我直搗黃龍，挑明了說，“現在請個阿姨也要30000克朗。”

此時的盧卡站在陽台上，眼睛望著遠處的伏爾塔瓦河出神，他不帶感情地回答：“阿姨不需要留宿，水、電、瓦斯費也没用那麼多，她更不會在冰箱裏塞滿巧克力牛奶和面膜。”

Well, 水、電、瓦斯費有没有用那麼多？我不清楚，但承認巧克力牛奶是我放的，我對它的喜愛超乎尋常，好比老鼠愛大米；面膜則是米星的，誰都知道把面膜放冰箱可以保持新鮮度, 但這些都是小事，不能成爲高房租的理由。

我想要賴，但見房東冷得像冬天没穿襪子的腳底板，決定改弦易轍。

“這樣好了，我每天幫你盯著伏爾塔瓦河，這樣你就有更多的時間工作，30000克朗也就看不入眼了，是不是？”我自以爲聰明地說。

"畢小姐，"盧卡轉身面向我，臉色凝重，"妳是我見過最殘忍的人，在別人的傷口上撒鹽很痛快是不？要不要談談妳那位跳樓的傑出男友？我猜想他一定是受不了妳的尖酸刻薄才輕生，好個蛇蠍女人！"

"你……太過份了！"我氣得打哆嗦，"有什麼了不起？我搬還不成嗎？現在就搬！"

我三、兩步跑回房裏，拉出行李箱把所有的衣物都硬塞進去，邊打包邊哭泣，眼睛模糊到無法聚焦。

"扣、扣、"

知道是誰在敲門，我更委屈了，眼淚大顆大顆地滴落下來。

得不到我的回應，盧卡逕自開門進來："妳不跟米星打聲招呼就走，這下子她得獨自承擔房租，妳認為公平？"

米星不知道我把事情搞砸了，她還在咖啡館裏忙活。

"是……是不公平，但……我沒別的路好走，只……只能對不起她了。"我仍抽搐得厲害。

"誰說沒別的路好走？"他的語氣轉爲溫柔，"走，陪我去買Medovnik。"

第六章／乾柴與烈火

Medovnik蛋糕的發源地在俄羅斯與烏克蘭，但反倒在布拉格被發揚光大，當地人民無不爲它癡狂，以致大街小巷都找得到它的身影。

這個大受歡迎的蛋糕背後其實還有一個美麗又哀傷的故事，傳說一位絕世美人在宴會上與公爵一見鍾情，兩人不僅走入婚姻殿堂還生了個可愛的女兒。美人後來不幸因病失明，公爵也在一次狩獵中失蹤，多年以後，遲暮的美女憑著味覺、嗅覺和觸覺，在女兒出嫁前夕做出這款征服所有賓客味蕾的Medovnik蛋糕，藉以表達對公爵的思念……

"所以Medovnik蛋糕又稱爲愛情蛋糕。"盧卡說。

此時的我們正站在Cukrarna Hajek的糕點櫃前，蛋糕的香氣在空氣中飄散開來，我恨不得將它們通通掃進肚裏去。

"想不想進去坐坐？"盧卡問出我的心中想望。

"不了，最近發胖，嘴巴還是管緊一點兒。"

才和眼前的他慪完氣，一下子拉不下臉來，我言不由衷地說不，沒想到那個腦筋不會轉彎的人竟信以爲真，"外帶"相間著生奶油和煉乳的 Medovnik 往查理大橋走去，讓我後悔不已。

～

"妳說，天堂的她吃得到我買的蛋糕嗎？"盧卡望著伏爾塔瓦河問。

只見圓形的杏色蛋糕在河面上載浮載沈，沒多久天鵝大隊便全體出動，三兩下把蛋糕全吃光，只留下少許殘渣隨波逐流。

"我認爲這不過是求個心安罷了，不過……天鵝倒是吃得很開心的樣子。"

看那個憂鬱男又開始憂鬱了，我趕緊改口："嗯……應該吃得到，聽說鬼魂可以穿越，穿過來穿過去，所以沒問題，呵呵！"

"如果我說……是我害死了茉莉，妳怎麼想？"他語氣平淡地說。

他害死了茉莉？難不成被米星料中，他就是個殺人不眨眼的魔王？我緊張得雙腿打顫。

盧卡沒注意到我態度上的轉變，仍自顧自地說話。他說茉莉有一個悲慘的童年，父親酗酒，母親是個癮君子，茉莉總以爲只要她表現乖巧，父母終有一天會變好，然而奇跡並沒有出現，她被送進了兒童保育院，從此由國家撫養……

故事的開頭挺不一般的，我要他接著講。

"慕尼黑的瑪莉亞廣場是我們初次相遇的地方，她就坐在老教堂前的台階上曬太陽，人來人往，她像朵茉莉花，在人群中靜靜地吐露著芬芳。"

嗯！滿浪漫的，我問他倆是怎麼認識的？

“我走過去藉機問路，茉莉七手八腳地爲我指路，我說聽不明白，她便起身帶路。到了目的地，我以爲邂逅到此爲止，但她接下來問我能不能帶她回家？她會很乖的。後來我才知道她没錢了，身上只有兩個銅板。”盧卡笑了，樣子有些凄涼，“因爲我的上一任女友很不乖，讓我心力交瘁，所以我無可無不可地收留了她。”

我說真看不出他會做這麼瘋狂的事？就不怕對方是個女土匪？

“不，她真的很乖，雖然偶爾會埋怨我太忙，但日常生活基本風平浪靜，直到她的父親找上門來，這才風雲變色。”盧卡嘆了一口氣，“茉莉突然變得容易哭泣，腦子開小差的情況也越發頻繁，如果我能早點兒開導她，也許會沒事，但當時的我把事業擺在第一位，同時有意去忽視事情的嚴重性，結果悲劇發生了……”

我試著回想自己和戈墨相處的情況，他一向自視甚高，因爲學習路上的一帆風順，但不代表他沒有自卑的時候，他就曾經說過如果能像同校的某某某，起碼少奮鬥十年，然而這就是他輕生的理由？

“你至少還知道原因，我……連男友爲什麼離開紅塵都不知道。也許是我不夠關心他，也或許是我不夠有魅力，所以他捨得棄我而去……”

戈墨死後，我從來沒有深刻地去剖析自己的內心世界，此時面對同病相憐的盧卡，我終於能放開胸襟去感受疼與痛，不禁流下淚來。

“哭吧！”他走過來擁抱我，“我的胸膛借妳靠一靠。”

盧卡不說則已，一說我的鼻涕和眼淚齊流，糊了他一身。

“對……對不起，回去我幫你洗。”

“沒事，太陽曬一曬就乾了。”他微笑著說。

“嘟……嘟嘟……”是旅行社的來電，主任要我過去拿行程表，順便和團員做最後一次的確認與交待。

盧卡問我旅行社在哪裏？我答在老城廣場裏，與米星的咖啡館就兩個blocks的距離。

“那好，我陪妳過去，順便和米星打聲招呼。”

回到家，米星看我的表情就怪怪的，眼光一直跟隨著我，我走到東，她飄到東；我走向西，她飄向西。

怪就怪在當我回望她時，她馬上低下頭，佯裝很忙的樣子。

“What?”我決定打破砂鍋。

“没……没事，我……很好。”她抓起茶几上的雜誌，很專心地閱讀起來，連書拿反了也不自覺。

我没耐心玩無聊的遊戲，要她有事快講，無事退朝！

“得，”她闔上雜誌，“說，妳怎麼色誘成功的？在哪裏？做了幾次？”

“什麼跟什麼？我和房東頂多只是抱一下，我還因此弄髒了他的襯衫。”

“這就奇怪了，那人居然改口不收房租，我以爲那必定是風花雪月的結果。”

没想到盧卡真的大發慈悲地放我們一條生路，不，不對，那一定是見我流淚，所以可憐我的緣故，而我偏不接受同情！

米星説我有病，天上掉餡餅也不撿，這是作死的前奏。

“不食嗟來之食，懂不？”我答。

“我不管，我肯定會接受好意，做家務也是很累人的。”

由於工作性質的不同，我經常不在家，家務便自然而然地落在米星的頭上，她的反抗心理我能理解。

"這樣吧！妳愛付不付，我的15000克朗還是照付。"我折中了一下。

"畢葳葳，妳這是打腫臉充胖子，很快就會捉襟見肘，到時候再低聲下氣就難看了。"

"妳別管，我不能把僅存的自尊踩在腳底下。"我很有骨氣地說。

～

一整天沒看到房東，當聽到他開門的聲音時，我馬上跑過去迎接，然後在他坐下的那一煞那，高傲地拿出紙鈔……

"米星沒告訴妳嗎？"他問。

"說了，但我不吃同情，該付的還是付你。"

"那好，"他把錢塞進口袋裏，見我還杵在那裏，遂問，"畢小姐還有事嗎？"

"沒，沒了。"我尷尬地轉身。

"晚安。"他對準我的後背說。

～

就這樣？連問都沒問就收錢？這也太不慎重了吧？！好歹也得打消我的疑慮，表示他的善心不是出於同情才是……

"嘟…嘟嘟…"是米星的來電，我接聽了。

"葳葳，今晚我有事不回去，妳別等門也別打我手機。"

"什麼事要待在外面一整晚？夜黑風高的，就不怕被大野狼一口吃掉？"

米星答没事，她會注意安全，要我也注意安全，畢竟孤男寡女共處一室，今晚的我，危險系數不低於她……

我啐了她一臉，她大笑著掛上手機。

想起我和盧卡的處境，一個乾柴，另一個……

"我已經許久没做愛了，他呢？會不會靜極思動？"我心想，身體無端地燥熱起來。

第七章／試婚

我是乾柴，但盧卡不見得是烈火，我們一夜無事地到天明。

"扣、扣、"是誰一大早敲我房門？

我拿開熊貓眼罩，赤腳去開門。

"What?"

"早餐呢？"盧卡問。

早餐？沒早餐幹嘛問我？

我忽然憶起昨晚米星沒回來睡，即使天亮了也未見蹤影……

"好的，我換個衣服就來。"我無奈地答。

盧卡給的優惠房租包括提供早晚餐，既然廚子不在，當然由我上陣。

～

割開黑麵包再塗上鹹味黃油，然後把GODA奶酪、彩椒、橄欖、煙熏三文魚通通塞進去，再給他來一壺熱咖啡外加鮮榨橙汁，一份既營養又美味的德式早餐就完成了。

我心滿意足地看著盧卡大口大口地吃早餐。

"妳怎麼不吃？"他問。

"剛起床沒胃口。對了，你一大早即起，不僅西裝筆挺，還抹了髮油，看起來人模人樣的，有約會？"

"我找到工作了，就在河對岸，今天第一天上班。"他邊吃邊答。

河對岸？我問可是那個豐滿女人的醫院？

"沒錯，她給了我很好的條件，我打算試試。"

果真吃人的嘴軟，我要他發薪水時可別忘了給米星分紅，那天的Knedliky是她煮的。

"說到米星，她去哪兒了？"

我答她一夜未歸，大概有桃花。

盧卡聽了瞪大眼睛，問我是不是真的？我答八九不離十。自從打全職工的捷克阿姨回學校唸書，米星又雇了個新人Jan，只有18歲，才上崗沒幾天，她就夜不歸宿，肯定是這個，沒別的了。

盧卡恍然大悟地說原來是他，瘦瘦高高的，滿臉的青春痘，痘痘若不見了會是個清爽的男孩子。

"你見過？"我驚訝地問。

"妳忘了？那天我陪妳回旅行社拿行程表，順便又上米星的咖啡館打招呼，沒想到就遇上新員工了。"

我說這個米星夠可以的了，老牛竟然吃起嫩草，也不怕男孩子的媽提刀來見她。

話一說完，盧卡差點兒笑岔了氣。

"畢小姐，麻煩看一下妳身處何處，老牛吃嫩草是問題嗎？還有，這裏的母親會管孩子的床上事嗎？"

這倒是真的，"自掃門前雪，莫管兒女床上事"是捷克的家庭寫照。

"好吧！我承認錯誤，該提刀的是米星的父母，那個小伙子竟然誘惑大齡姐姐，簡直不像話！"

盧卡問我米星幾歲？看著很年輕，不像大齡姐姐。

"不年輕了，她和我一樣都奔三，眼看就快成了必剩客。"

盧卡說他沒聽過"必剩客"一說，倒是知道女人"三十如狼，四十如虎"，而這是有依據的，許多性學專家相信男人在十七、八歲時達到性慾的巔峰，而女人要到三十歲以後才會有。

"難怪昨晚……"我趕緊摀住嘴。

"昨晚怎麼了？"盧卡問，壞壞地笑。

我答沒什麼，昨晚……昨晚我肚子疼。

"下次……妳可以敲我房門，我有藥。"說完，他帶著謎樣的微笑走人。

"什麼嘛！他是整型醫生又不是腸胃科醫生。"我翻了個大白眼，喃喃自語。

～

米星一回到家，我的眼光就緊隨著她，她走到東，我飄到東；她走向西，我飄向西。等她回望我時，我馬上低下頭，佯裝很忙的樣子。

"What?" 她問，並且要我有事快講，無事退朝！

"得，"我把塑料手套往洗碗槽旁邊一扔，人也坐了下來，"說，怎麼把小鮮肉弄到手的？做了幾次？在哪裏？"

米星答没有什麼小鮮肉，要我別瞎想。

這就奇怪了，既然這樣，昨晚她上哪兒了？

"妳可別告訴我昨晚打遊戲去了。"我說。

"我......昨晚去布爾諾了。"

布爾諾？聽起來很耳熟，我問她去那裏幹啥？

"布爾諾的馬薩里克大學很有名，我去大學附近的......大宅院參觀。"她說得很慢並且時不時將眼光飄向我。

我一時迷惑，難道米星改變主意想上大學了？

她急著否認卻對接下來的解釋有些氣弱：" Thor說......說大宅院的草長高了，游泳池的水也該換了。"

我想起來了，前陣子米星的咖啡館來了個老頭兒，一坐就是一整天。他說他在布爾諾有個大宅院，太太死了，現在和兒子住在布拉格。如果米星願意，他馬上帶她回布爾諾......

"妳該不會想告訴我，妳成了住家保姆，或者更直白地說，妳和年紀足以當妳爺爺的人上床了？"我含著怒氣問。

米星說老頭兒其實也没多老，才六十多歲，頂多只能算父輩，而且身體好，在床上還能發動......

"該不會是前男友留下的創傷還在，所以妳自暴自棄？"我憂心忡忡地問。

"學長的事早過去了，我現在只想找個他愛我比我愛他多的人，如果身高能有一米八更好。"她站起身，"妳能理解最好，不能理解我也管不了，畢竟這是我的生命，妳只是個過客。"

~

"妳能理解最好，不能理解我也管不了，畢竟這是我的生命，妳只是個過客。"

這幾天我都在想米星說過的話。

認識她二十多年了，其間也曾小吵小鬧過，但說這麼重的話還是頭一回，也許我應該停下來重新思考戰略，畢竟硬踫硬只會將那對男女越推越近。

“導遊，怎麼又吃合菜？一路上都吃中國菜，好像沒出國門似的。”有團員開始抱怨。

哎！這不是我的錯，他們吃合菜，我不也跟著吃？一開始吃是挺不錯的，吃多了就倒胃口，尤其海外中國菜都是改良過的，不中不西，辣椒用蕃茄醬取代，動不動就勾芡，別說遊客受不了，我也受不了，但中國餐館會給旅行社回扣，而且是大回扣，利益當前，誰會跟錢過不去？

我安撫團員，並且保證到了瑞士一定有起司火鍋可以吃......

此時的我們正站在錦江酒家門口等待一、兩個遲到的遊客，就等著全體到齊好走進那個門前大紅大綠又張燈結彩的中國飯館。

“太不像話了，廚房裏老鼠和蟑螂橫行，這不是低價團，妳怎能把我們當猴耍？太不道德了！”一位母親牽著一個五、六歲的女孩走向我，很氣急敗壞地控訴。

五分鐘前她說女兒想上廁所，我讓她先用餐廳的，沒想到她繞到廚房觀摩了一下，接著“慘案”就發生了，所有的團員因此都衝著我發火。

“這個我也不清楚，是旅行社訂的，不是我訂的。”

我試著解釋，但團員根本聽不進我的“官方說法”，一定要我另覓乾淨的餐廳。無奈之下，我只好打回布拉格總部請示。

“連這種小事妳也解決不了，妳讓我怎麼說妳？”

我的主任責怪我辦事不力，但該解決的還是要解決，她要我轉告團員：另覓餐廳所產生的差價由他們給付。

可想而知那會是個怎樣混亂的場面，大家你一言我一語地輪番攻擊我，甚至動手動腳，我怕挨揍，只好答應不補差價，這才平息了衆怒。

當團員大口大口地吃著斯洛伐克的特色菜—香辣燉牛肉和炸肉排時，只有我食不下嚥，因爲他們吃的正是我的伙食費、房租、交通費、話費、漂亮的衣服、嶄新的鞋子、時尚的包……

二十個人的團，每人硬生生多用了20歐元的差價，一個晚餐就用掉我400歐元，相當1/4的月薪。

剩下的五天行程，我都在唉聲嘆氣中度過。

“導遊，那頭獅子怎麼了？”有團員問我。

瑞士盧塞恩的一座小公園裏有個負傷的獅子雕像，由丹麥雕塑家完成，用以紀念在1792年爲了保衛巴黎杜伊勒里宮而逝去的瑞士雇傭兵。

“這是隻因爲饑餓而死去的獅子，因爲它付不起伙食費、房租、交通費和話費，也買不起漂亮的衣服、嶄新的鞋子和時尚的包……”我開始胡言亂語。

團員們議論紛紛並且懷疑我有精神問題，但我管不了那麼多，轉而吆喝他們上車。

“下一站回布拉格，你們可以自費去吃米其林三星餐廳，要地址的我免費提供。”我賭氣地說。

“怎麼了？像吃了大便。”米星跳上床，她的身上有嬰兒皂的味道。

我告訴她團員的惡劣行徑兼強盜行爲，没想到米星卻站在對方那一邊。

“要我我也不高興，誰想吃骯髒的食物？何況在旅遊當中跑廁所是件煩人的事。”她說。

其實我也不高興吃老鼠和蟑螂吃過的東西，但差價不應由我出，我也是受害者。

"這簡單，讓旅行社出。"米星說得理直氣壯。

難道我沒想過？然而那個老奸巨猾的主任卻說是我放棄讓團員付費的機會，想要旅行社買單？門兒都沒有，並且暗示我再唧唧歪歪就滾蛋！

"真的？好可怕呀！倒不如妳辭職開咖啡館吧！"米星建議。

我答要開我就開個大的，並且開在Sicily Café 的正對面，把她的客人通通搶過來……

"何必這麼麻煩？我把經營權讓給妳得了。"

聽她這麼一說，我從床上爬起："真的假的？把經營權給我，妳打算喝西北風？"

"喝西北風倒不致於，喝皮爾森啤酒還差不多，它是布爾諾的特產。"

我一聽不對勁了，趕緊打破砂鍋問到底。

原來那老頭兒是個急性子，已經跟米星求婚了,米星倒沒熱昏頭，答應先試婚一年，如果各方面都契合再做結婚打算。

"妳……妳……我……"我一時辭窮。

"如果想說反對的話就省省吧！我不希望別離時還有齟齬。"米星把被子拉過去蓋住頭，一副拒絕交談的樣子。

面對一意孤行的閨蜜，我也只能嘆息，然後在滿懷心事中走入夢鄉……

第八章/米星的邀請卡

我接了個12天的旅行團，行程包括德國、法國、瑞士、意大利、奧地利、匈牙利、斯洛伐克和捷克，而且是個三十人的公司團。

不說一個老師帶三十個學生會有多累，何況我帶的是意見多多的成年人，不禁向主任抱怨，再這麼下去我注定得單身一輩子，因爲根本沒有時間約會！

"妳該慶幸沒結婚，否則老公就和保姆勾搭上，連孩子也認錯媽了。"她不僅沒有同理心，還自以爲幽默地倒打我一耙。

真想賞給那個沒心沒肺的肥婆兩耳光，萬惡的資本主義只會奴役人，而我偏偏是被輾壓的可憐蟲！

～

由於這次帶的是大團，我有被挨罵的最壞打算，沒想到團員的素質超乎想像的高，帶起來輕鬆愉快，讓我大呼走運，直到……

我們又來到斯洛伐克的錦江酒家（一個後來被公司除名的餐廳），之所以選擇"吃回頭草"是因為原本訂的特色菜餐廳易主，新老闆不願給回扣，我臨時被通知到。

"主任，妳也知道錦江的衛生狀況堪憂，團員若吃壞肚子，我們也倒霉。"我打長途電話回總部求助。

"放心，我已經抱怨過，他們答應改善，所以絕對沒問題。"

我還想囉嗦，主任忽然在手機那端喂喂喂個不停，然後說訊號不好，她得掛了，接著耳朵便傳來嗡嗡嗡的聲音。

"Shit."我忍不住罵髒話。

現在怎麼辦？看到那些和我談得來的同齡人及幾名和藹可親的大哥大姐，我猶豫該不該和旅行社同流合污？

"也許……也許錦江酒家真如同主任所說改善了衛生條件。"在現實的壓力下，我還是當了一隻把頭埋在土裏的鴕鳥，並且開始自我催眠。

慘劇在入夜後陸續發生，先是有團員嘔吐、拉稀，接著惡化，出現盜汗及脫水現象，而且人數急速增加，最後毫無倖免地每個人都中槍。

我因心有芥蒂，只吃白飯外加幾片菜葉子，所以逃離了病魔的毒爪，但這不代表我逃離了惡運，因為我開始疲於奔命地將生病的團員一一送往醫院。

～

斯洛伐克講斯洛伐克語，雖然和捷克語很接近，但我不會說捷克語，等於白搭，只好中、英語夾雜，還好醫生有經驗，一看病徵便已猜出一、二，該給藥的給藥，該輸液的輸液，一整晚下來，我已經精疲力竭，更糟糕的還在後頭，當地衛生機關要我帶路指證不良餐廳。

～

我一表明來意，錦江酒家便嚴陣以待，並且從後廚走出來幾名橫眉豎眼的壯漢。雖然沒能阻止官方人員入內檢查，但對付我這個弱女子卻輕而易舉，不僅推了我幾把不說，還發狠話：" 餐廳若被吊銷執照，我殺妳全家！"

說的是普通話，官方人員根本聽不懂，還以爲我們在小打小鬧。

回到布拉格，我馬上遞出辭呈。

" 年輕人就是這麼没定性，到哪兒都待不長，別以爲國外好找工作，離開旅行社妳只能去端盤子......"主任不屑地答。

她說的没錯，我是打算端盤子，因爲端盤子也強過做虧心事，到現在我還對那幫團員心懷愧疚，因爲這場災難原是可以避免的。

" 真的決定了？"米星問我。

" 嗯！"我用力點頭。

米星把當初的轉讓條件原封不動地給我，並且允許我在有盈利的情況下才付款，我感動得無以復加。

" 快別這麼說，妳也算是幫了我一個大忙，不然臨時讓我上哪兒找接盤手？"

說這話時，米星正在打包，東西雖不多但也裝了好幾個大紙箱。

" 如果......妳可以隨時回來，我會把Jan辭了，讓妳打全職工。"我說。

米星站起來給我一個大擁抱：" 謝謝！哪天......我會回來投奔妳，因爲妳永遠是我的避風港。"

～

没了米星，我好像是隨風飄散的棉絮，不知該在哪裏落腳，還好咖啡館很忙，家務也得做，在忙忙碌碌中，我暫時忘卻了失去朋友的憂傷。

"就這樣？米星搬去和老頭兒住了？"盧卡問。

今天我煮中國飯，三菜一湯，味道尚可。

我答是的，她向來勇往直衝，不計後果，雖然難免傷痕累累但總算不枉此生，因爲該嘗試的都嘗試過了……

"妳呢？是不是勇往直衝型？"

我想了想，答不是，我是優柔寡斷型，所以往往錯失良機。

想起畢業時曾接到美國加州大學的offer,卻因意外得到世界五百強的工作而放棄了；又想到丟工作那會兒，母親說有個很好的相親人選，是個富三代，我卻因信守和米星的約定，千里迢迢來到布拉格，錯過當有錢少奶奶的機會……

"怎麼聽著像是勇往直衝型？雖然有留學機會，卻果斷地留在五百強公司；雖然有相親對象，卻毅然決然地遠赴他國。"盧卡改寫我的"優柔寡斷"論。

是呀！一件事有兩個面，不見得全是壞事。

"要我說，米星這一嫁也有好處，我的房子不大，三個人太擠了，兩個人剛剛好。"他話鋒一轉。

我笑他貧嘴，然後夾了一筷子的豆莢入口。

盧卡的確如同他所說是個月光族，浪費的程度讓我瞠目結舌，才搬進來不到兩個月，咖啡機換成蒸汽式的，洗衣機換成洗烘兩用，沙發換成全真皮，原本的木地板鋪上波斯地毯，連窗簾也換成真絲面料，上面還有手工刺繡花紋。

"怎樣，好喝吧？！"盧卡問。

我喝著他遞過來的熱拿鐵，有咖啡的苦、牛奶的香、奶泡的潤滑，的確不輸我店裏的咖啡。

"好喝！"我比出thumbs up.

"那自然是，這是意大利德龍牌子，會自動打奶泡，而且豆粉兩用，不是一般機子所能及，即使要價14萬6千克朗還是值得的。"他說。

"什麼？！14萬6千克朗？"我驚叫出聲。

"可以製作出六款不同風味的咖啡。"他補上一句。

然後我進而知道浴室的那台兩用機要20萬，皮沙發要50萬，地毯要60萬，窗簾要10萬，還有一些零零星星的小東西......

"你以爲你家開銀行嗎？"我火冒三丈。

" 我家不開銀行，但妳以爲妳是誰？我用我的錢，干卿何事？"

我頓時像洩了氣的皮球，是呀！盧卡說的没錯，我既不是他老婆也不是他媽，管他怎麼燒錢？就算他把錢全給了叫化子，又能奈他何？

"抱歉，一時角色混亂，你愛咋咋地，我不管了。"

我正要走，忽然被盧卡叫住："妳能跟我解釋這張邀請卡是怎麼回事嗎？"

米星"他嫁"兩個禮拜後，我收到邀請卡，邀我這個星期日到布爾諾的大宅院做客，没想到盧卡也收到一張。

"你去嗎？"我問。

"去，剛好可以開上我的新車，分期付款買的，每個月只要付兩萬。"他得意洋洋地說。

面對一個花錢如流水的人，我只能祝福他永遠生活在童話故事裏。

～

布爾諾是捷克的第二大城市，工業發達，雖然不是觀光城市，但也有一些景點，如：自由廣場、聖保羅大教堂、摩拉維亞博物館等。

這麼一個相對來說是文化沙漠的城市，卻擁有捷克最古老、最大的大學-馬薩里克大學，它總共有九個學院，分佈在城市的各個角落。

盧卡的車子在學院間穿行，經過一棟棟洛可可式，集古典和帝國主義於一身的教學樓後，停在一片綠蔭扶疏之中。

我看到不遠處有一棟灰頂乳黃色牆的大宅，像是把房子蓋在公園裏。

"是這裏嗎？"我問。

"應該是，四周圍都是小房子，只有這個是大的。"

盧卡一說完，一隻金毛犬忽然趴在車窗上，結結實實嚇我們一跳。

" Milovat，Stop." 一個瘦小的女子跑過來，她穿著男式襯衫加牛仔短褲。

這不是米星嗎？我高興地下車和她擁抱，兩人又跳又叫的，像幼兒園的小女孩。

"車停哪兒？"盧卡將頭伸出窗外喊。

"就停那兒，没人會偷，這附近每戶人家都有車。"米星答。

哇！好大的口氣啊！果然有錢人就是不一樣。

"你們快進來，Thor烤了肋排，香噴噴的，包管流口水。"然後她低頭對金毛說，"骨頭留給我們Milovat吃哈！"

狗聽了拼命搖尾巴，很高興的樣子。

Milovat？怎麼聽起來像渣男學長送的金毛犬名字—米勒？

我還没細問，米星已經打開古銅色的鐵門，一棟古式大宅正張開雙手迎接我們……

第九章／愛的饑渴

氣派的大門和挑高的門廳、圓形的拱窗和轉角的石砌，連續的拱門和曲折的回廊，加上明亮如鏡的瓷磚、水晶垂鑽的吊燈、純黑香木的桌子、精美細雕的櫥櫃……米星的家宛如童話世界。

"我來介紹，這是Thor, 今天的大廚。"米星指向那個有著歲月痕跡但身體仍硬朗的"老公"說。

"Ahoj."他向我們問好。

接著米星把我和盧卡介紹給Thor認識。

我是捷克語的啞子，除了打招呼用的"Ahoj"外，基本只能微笑，但盧卡不同，他會德語。據不完全官方統計，捷克約有1/3的人口能使用德語溝通，偏偏Thor不在那1/3內，所以盧卡不得不祭出他的三腳貓功夫，比手劃腳地和捷克人聊上。

"走，我帶妳參觀房間。"米星拉著我的手離開廚房。

這是棟有五個房間的大宅，每個臥室都很寬敞，有六角形觀景凸窗和雕花衣櫃，走的是田園風，壁紙清一色選擇花卉圖案，看著很清爽，而且空氣中有芳香劑的味道，不知道的人還以爲房間內擺滿了鮮花。

"剛開始我是擺放鮮花的，但想遮住氣味還是有難度，最後不得不使用味道更濃的芳香劑。"米星解釋。

我問想遮住什麼氣味？她答老人味，Thor的體味很重，她挺受不了的。

"既然嫌棄人家，幹嘛巴巴地趕來送死？"米星一提起，我便把埋藏在心裏多時的疑問拿出來討論。

" Thor 的 狗 是 金 毛 犬 ， 讓 我 想 起 了 逝 去 的 米 勒 。 "她有些哀傷。

"啥？難不成妳嫁給狗？"

"也不是，Thor年輕時長得像……他。"

誰？學長嗎？No way. 一個是捷克人，一個是中國人，哪裏像？腳趾頭像吧？！

米星爲了印證自己所言不假，她跑回主臥室把Thor年輕時的照片拿過來。

那是張團體照，幾個大男生勾肩搭背地在滑冰場合影，我很快將目光鎖住左邊第二位，猛一看，的確長得像學長。（噢！忘了提，米星的渣男學長是少數邊疆民族，濃眉大眼的，是有那麼點兒歐羅巴人的味道。）

"這是Thor嗎？鬍子呢？"我問。

我怎麼也無法將那個在廚房裏和盧卡嘮嗑的老人和相片裏的年輕人聯想在一起，因爲相距太大了。

米星答是Thor没錯，把鬍子刮去，再將皺紋撫平就是相片中的人了。

"So?妳想告訴我，妳愛上了山寨版學長？"我問。

“我從來沒說過我愛Thor，這不過是個意淫的過程，通過和某人的影子生活，達到自我救贖的目的。”

我將她的話在腦子裏順了順，難不成試婚的重點在“試”，試過後就拜拜？

她答沒錯，順便也享受一下有錢人的生活。

米星毫無愧色地承認自己的物慾，讓我一時無法接受，印象中的她不是這樣的人。

她反問我不是這樣是哪樣？難道我沒做過揮金如土的美夢？

“是做過，不過……”

米星把我的話截了去：“我和妳的不同之處就在於妳還停留在做夢的階段，而我已付諸行動，何況只是一年的期限，時間到了，我還會是妳眼中的米星。”

“……時間到了，我還會是妳眼中的米星。”

到底我眼中的米星是怎樣的人？她體貼、講義氣、廚藝佳，會在你需要安慰時，陪你通宵達旦；會在你義憤填膺時，將對方罵得狗血淋頭；也會在你饑腸轆轆時，呈上一碗熱氣騰騰的打滷麵……

這樣一位可人兒，除了身高矮了點兒外，實在無可挑剔，如今的她卻告訴我要利用那位可憐老人達到自我救贖及享受富裕生活的目的，我怎麼都無法將說話的人和腦中的人連上線。

看著和金毛犬玩得愉快的髮小，她的笑容是這樣自然，一點兒也不像心機婊。我迷惑了，難道就因爲我一向的反對立場，讓她一時賭氣說了玩笑話？

“一定是這樣的，他愛她，所以她愛他，中間沒有任何利害關係。”我如是想著。

白色瓷盤上有一大塊塗上豐厚調味醬的肋排、一個擠上酸奶醬的烤馬鈴薯以及一小碗香甜酸爽的迷迭香圓白菜沙拉，加上口感清爽的皮爾森啤酒，這頓飯吃得酒足飯飽、賓主盡歡。

因爲言語的不通，我和掌廚的老人在餐桌上基本無交集，但“吃人的嘴軟”，再怎麼著也得跟他道謝。於是我要求米星代我傳達謝意，並且讚美食物的美味可口。

“jídlo……dobrý……děkuji……”米星說，翻譯成中文就是“食物……好……謝謝……”

那個滿臉鬍子的老人用含糊不清的腔調答不客氣，接著是一長串的外星語，我猜他是說有空常來玩之類。

“Dobrý.”我答好。

此時盧卡和米星同時望向我，像看到鬼似的。

“怎麼了？”我壓低聲音問顯然捷克語比較厲害的那一位。

“没事。”盧卡答，但瞞不住嘴角的笑意。

我再轉頭問米星，她說她也聽不懂，但眼睛在笑。

“剛剛老先生說了什麼？”一上車我就迫不及待地質問盧卡。

“都說没什麼了。”

他仍不願說，於是我提出交換條件，只要他如實翻譯，我便以秘密相告。

“得，Thor說他兒子35歲還未婚，如果妳感興趣，他可以安排Blind Date.”

原來這就是外星語的內容，難怪……

"讓他放馬過來，姐正饑渴著。"我豪爽地說。

盧卡問我是真是假？我答是真的。

他半天沒說話，後來想起與我的約定。

"妳有什麼秘密相告？"

本來我想告訴他有關米星的"奇思妙想"，但又覺得牽扯到閨蜜的隱私，很不道德，於是……

"秘密就是……姐正饑渴著。"

盧卡笑了："這不算數，幾分鐘前妳才說過，談不上秘密。"

"那怎麼辦？沒有其他秘密了。"

原以爲盧卡會就這個話題死纏爛打，沒想到他反問我想不想聽他的秘密？

好呀好呀！我最喜歡聽秘密了，尤其是男人的。

"我的秘密就是……我也正饑渴著。"他說。

第十章/ PRESL

我和盧卡沈默地回到家，他進他的房，我進我的房。我和衣躺在床上，剛開始還能聽見隔壁房間傳來唏唏嗖嗖的聲音，但很快便停了，盧卡說明天一早有手術，想必此刻已經上床就寢。

時間往前推四個小時，車子繞過聖保祿教堂，停在一棟白色巴洛克宮殿式建築前，上面寫著"Barcelo Brno Palace"。

"我們參觀皇宮嗎？"我明知故問。

"布爾諾沒有皇宮，"盧卡很嚴肅，"妳來還是不來？"

正因爲那幾秒鐘的無語，他判斷"我來"，於是停好車，拿上服務員給的計時卡，我們一同走進豪華酒店裏。

盧卡再次發揮"花錢如流水"的本領，他要了一間精緻套房，即使被告知無鐘點房，他得付一整晚的費用也在所不惜。

房間約四十平米大，有法式落地窗和簡約傢俱，三面採光。下午五點鐘，陽光呈橙紅色，讓人有跌入時光隧道的感覺。

盧卡把收費的保險套拆封，擱在床頭櫃上，然後筆直地走向我……

"窗簾没拉上。"我提醒。

"別管它，這裏是頂層，没人會看見。"他邊說邊吻我，順便協助我將外套脫了，襯衫脫了，粉色小腳褲脫了，胸罩脫了，蕾絲丁字褲脫了，白色棉襪……

"不脫襪子，茉莉做愛時從不脫襪子。"他說。

我把脫了一半的襪子重新穿回去。

"叫我寶寶。"

"什麼？"盧卡停下動作。

我說戈墨做愛時管我叫"寶寶"。

"好的，寶寶，讓我們開始滾床單吧！"他將我甩向席夢思床，人也順勢爬了上來。

該怎麼說？整個過程非常的詭異，床上有四個人，我和盧卡分別和想像中的人上床，即使清楚地知道對方不是那個人，還是努力去迎合。

"聲音再柔軟一點兒，像唱歌一樣。"盧卡說。

於是我嬌柔作態，嗯嗯呀呀的像嬰兒在自語。

"那個……再用力點兒，手移到下面。"換我提示。

盧卡果然照作，我也因此很快達到高潮……

事後，我倆都累癱了，久久不發一語。

"我更了解茉莉了。"我有感而發。

"我也更了解戈墨了。"他附和。

我問盧卡這算不算變態？他答算，而且很變態。

“那麼以後別做了。”我說。

“好，別做了。”

一連數日，我和盧卡嚴守“男女授受不親”的最高原則，非必要，連話也少說，深怕越雷池一步。

“今天的湯鹹了點兒。”他還是沒忍住。

“那別喝了，吃蛋，蛋我沒放鹽巴。”

他聽話地吃了一口蝦仁炒蛋，說：“媽的，怎麼連蝦也沒抹鹽？讓人怎麼吃？”

奇怪，我記得抹了呀！趕緊嚐一口，原來我把糖當成鹽了。

“這是最新吃法，叫做‘糖炒蝦仁蛋’，聽過沒？”

盧卡說他沒聽過，倒是聽過因食不下嚥而餓死的例子，而他不想成爲受害者。

“好啦！下次我注意點兒，最近老心不在焉的。”

誰知盧卡說他最近也經常心不在焉，幾次手術都發生小失誤，還好及時補救過來，他害怕再這麼下去會出人命，而他不想被吊銷執照……

“這麼嚴重？你得專注點兒，手術台上無僥倖。”我說。

我們又沈默了一會兒，盧卡才說他還是把房賣了回德國，看不到我就不會想入非非……

“你還想怎樣？”我憤而甩了筷子，“我都委屈到這種程度了，你這是要把人逼瘋，是不？”

盧卡說他從來沒想過要逼瘋我，反倒他自己快瘋了，並且舉出例證：“曾經有一隻被閹割的貓從高處跳下自殺而亡，爲什麼說是自殺？因爲貓的彈性很好，即使從十層樓一躍而下也不見得會死，但這隻貓這麼義無反顧，可見生無可戀……”

“你倒底想說什麼？”我没了耐性。

“我想說……我想念茉莉，而妳想念戈墨，我們何不通過某種儀式與他們相見？”

聽完，我悶不吭聲地吃宮保雞丁，連辣椒、花椒、蒜頭都不放過。

大概被忽視的滋味不好受，盧卡打算離席，我忙叫住他。

“說好了，我們是跟各自的愛人做……愛，這有本質上的差異。”我說，又吞下一瓣蒜頭。

“Gut.”盧卡笑了，說晚上十點見，同時提醒我別忘了刷牙，他挺受不了大蒜的味道。

就這樣，我和盧卡白天是房東和房客的關係，到了夜裏便成了彼此的性伴侶。噢! 不是，是性伴侶的替身。

我們小心翼翼地模仿對方愛人的模樣，有時我甚至覺得自己是茉莉，她的每個動作和反應，我都很熟悉；盧卡也一樣，舉止表現越來越像戈墨，當他喚我“寶寶”時，我能感覺到那個天人永隔的人又回來了。

~

JAN是個好員工，事做得多，話說得少，還會簡單英語，我們合作得非常愉快。

“ Extreme pizza ， please. Number 3.” 他 說 3 號 桌 要 一個至尊披薩。

我答至尊披薩賣完了，問能不能換成玉米雞肉披薩? 同樣有玉米和雞肉。

Jan問過客人後回來報告Ok，但請加上黑橄欖，因爲客人喜歡橄欖味。

這真糟糕！黑橄欖還沒來貨，已經缺了兩天。

我正想要Jan傳話，誰知他上洗手間了（做老闆的總得讓員工有解手的時間，不是嗎？），於是我逕自走向3號桌。

" olivy......ne......"我說，翻譯成中文就是"橄欖......没有......"，我還不會說"黑"這個字的捷克語。

" It's ok, never mind."他答没關係，態度很溫和，而且說的還是我聽得懂的英語。

我認出他來了，最近這個有書卷氣的男人隔三差五就往我的咖啡館跑，大概是附近的上班族，總是西裝革履的。

" I hope you like this coffee shop. If you don't like our service, please let me know. I am the owner of this shop."我說。

他笑著回答他喜歡這家咖啡館，也喜歡我們的服務，如果不喜歡會讓我知道，Miss Bi.

畢小姐？他認識我？

我重新打量他，瘦高的身材，細長的臉，濃眉大眼，很像米星的渣男學長。

" Are you Thor's son?"我忐忑不安地問他是不是Thor的兒子？

" Yes, I am."

完了完了，這輩子都離不開學長的魔咒。

回到廚房，我把生披薩放進熔岩烤爐裏，忽然想到："米星是否知道還有個年輕版的山寨學長人選？"

~

有了性生話，在布拉格的日子彷彿如魚得水，身心都舒暢許多，直到……

" 這個給妳。"早餐桌上，盧卡遞給我一個牛皮紙袋，打開後，裏面是花花綠綠的紙鈔。

我問他爲什麼給我錢？

他答買菜需要錢，個人用品也需要錢，像是化妝品、衣服、鞋、包什麼的。

" 所以這是買春錢？"我感覺胸口的活火山就要爆發。

" 不算是，我感謝每晚妳給我的快樂。"

盧卡一方面否認，一方面又承認身體得到快樂，讓我怒不可遏。

我把牛皮紙袋扔過去，抱怨給得太少，再怎麼著也得十倍百倍地給。

那個腦子不會轉彎的男人很無辜地表示他也有開銷，這已是最大程度的給予……

我站起身來把碗盤放進水槽裏，話懶得說一句。

學長又來了，噢！我的意思是長得像學長的人又來了。

他坐在靠窗的三號桌，中午的陽光斜斜地打進來，他……就在陽光裏。

我走過去問他需不需要拉上窗簾？他答不需要，他喜歡陽光，接著把書從公事包裏拿出來，我看到封面上的人很熟悉，有白色眉毛及鬍子。

" Do you like Laozi?"我問他喜歡老子嗎？

他答喜歡，老子是智者，他影響中國人的思想。

我說談到影響，孔子更勝一籌，到現在還陰魂不散的……

就因這麼隨口一提，他問我能否坐下來談談孔子？

我看了一眼店內客人，歉然地表示沒時間，也許哪天有空……

"正常人"都聽得出這是推脫之詞，但我忘了他是外國人，聽不懂話中話。

" What time do you finish your work? I've lessons until 5:30pm."他說。

Lessons? 他是學生還是老師？

從接下來的談話中，我因此知道他是B大的哲學系副教授，名字叫Presl。

第十一章/掃地出門

近六點，老城廣場的路燈一個個亮了起來，像仙女的魔棒似的，童話王國立即變得五光十色、絢麗多彩。

Presl進來時，我正把最後一個咖啡杯洗完。

" Do you finish your work?"他問我是不是工作完畢了？

和餐廳不一樣，咖啡館的生意是白天忙，夜裏清淡，所以把上半夜的工作交給Jan足矣。然而這裏的工作結束，不代表我就清閒了，盧卡還在家裏等我開飯呢！

想至此，我要Presl稍等，然後一通電話打給房東報備，没想到對方關機了。他曾說過手術當中不接來電，看來也只能先斬後奏。

本來想在店裏把晚餐給解決了，但Presl說再怎麼著也得請"老師"吃點兒不一樣的，還因知道我曾經是一名導遊，問我對吃飯的地有什麼好建議？

其實我帶團總去次一點兒的餐廳，因爲受歡迎的店是不給回扣的，但當導遊就是有這等好處，耳濡目染下，我還是知道幾家好味道的餐廳，尤其知道捷克人普遍愛喝啤酒，我帶他來到Pilsner旗下的Kolkovna啤酒花園。

我們要了一份香腸拼盤、一份洋蔥大蒜湯及兩盤奶油雞肉意麵，當然還有捷克人最愛的Pilsner Urquell啤酒。

Presl說湯淡了點兒但意麵和香腸好吃，他會向朋友推薦。

我轉而問他在布拉格待多久了？他答十多年，打從讀大學起到現在，之前住在布爾諾的大房子裏。

“ I've been there. It's a fantastic house.”我說。

他沒問我爲什麼去過那裏，反而說那棟房子給他帶來美麗的回憶，到現在還能憶起母親站在大門口喚他回家吃飯的情景……

我要他形容一下自己的母親，他說他的母親是個仁慈又大度的人，父親在年輕時曾出軌過，但後來還是回家了，可見一斑。

“ Do you know Miss Mi?”我小心地問他是否知道米星？

他答父親曾提起過他正和一位可愛的中國女子同居，人還沒見過，但既然是我的朋友，可見是個好女孩……

間接被人讚美，讓人很受用。我又問他是否介意自己的父親臨老和別人同居，尤其還是個年輕女孩？

他答那是父親的人生，他當然不介意。

聽完，我大鬆一口氣，米星總算安全了，這要擱在中國，早鬧得雞飛狗跳，尤其還牽扯到一棟價格不菲的豪宅。

談到自己的父親，Presl也趁機加油添醋。

“ My father said you're a charming woman and it's true.”

我沒料到Thor對我有這麼高的評價，而那個貌似一本正經的學者竟然也甜言蜜語地附和起來。

"Oh, thanks!"除了道謝，我不知道還能說些什麼。

"嘟……嘟嘟……"關鍵時刻，盧卡打來電話問他的晚餐在哪裏？

"我現在和朋友吃飯，你自己下餃子吃，冰箱裏有冷凍成品。"我壓低聲音說，雖然Presl顯然聽不懂。

盧卡問我那朋友是男的還是女的？我答男的，是Thor的兒子。

"妳什麼時候跟他勾搭上的？現在在Blind Date嗎？我不管，妳馬上回來，我不會使用爐灶。"

面對糾纏不清的人，我只能把前主任的那一套挪過來用。

"喂喂喂，聽得見嗎？奇怪，沒聲音了，大概信號不好，待會兒打給你！"我匆匆掛上電話並且未雨綢繆地關了機。

Presl問我是誰打來的？我答房東。怕他進一步細問，我趕緊轉話題，問他知不知道孔子是沒落的貴族，主張"有教無類"……

一頓飯下來，我把肚裏知道的至聖先師全挖出來，還好學生時代夠認真，敷衍一下外國人還是夠用的。

～

走出餐廳，Presl說和我談話很有意思，希望我不會覺得他無聊。

Well, 一開始我很抗拒和學者聊天，也有會"無聊一晚上"的心理準備，但三個小時下來，我發現他不是冬烘先生，對於新事物也能接受，譬如講完孔子，我談到比爾蓋滋在西雅圖的高科技房子，他馬上表示這是大勢所趨，不止食衣住行會有改變，學校甚至會消失，只要打開面前的電腦進入學習園地，源源不斷的知識就會傳送過來……

我說如此一來他就失業了，他答那正好，他一直想靜下心來寫作，剛好找到藉口。

“這樣言之有物又不無聊的男人爲什麼到現在還單著？”我心想，心裏很不解。

按理說Presl長得不壞、家裏有錢、工作又體面，應該會是女孩們趨之若鶩的理想對象才是。

我很想問他，但今天不是Blind Date, 我不好開口，只能將問話吞進肚裏。

回家後，我看到桌上有一盤水餃，盧卡坐在客廳裏，正在看《Tagesschau》，那是德國的新聞聯播，只需花15分鐘就能快速了解德國一天的時事。

“德國今天有什麼新聞？”我跋上拖鞋，“都說了和朋友聚餐，你大可不必爲我留晚餐。”

盧卡答今天的新聞是有個來自德國的整形醫生不幸在布拉格餓死了，因爲他的家務員瀆職，讓他吃半生不熟的餃子……

半生不熟？怎麼會半生不熟？我用筷子夾起一個白白胖胖的餃子入口，天哪！裏面硬梆梆的，這要怎麼吃？

“你煮水下鍋了嗎？”我問。

“嗯！”

“有沒有注入兩次冷水再滾一下？”我又問。

他反問爲什麼？不是水滾了就能撈出嗎？

我的老天！這是煮水餃該有的常識，不是嗎？我趕緊繫上圍裙，在平底鍋上倒油，打算把半熟的水餃變成煎餃。

"煎餃比水餃好吃，妳下次還這麼做。"盧卡邊說邊又塞進一隻元寶。

我說慢點兒吃，没人跟他搶。

"怎麼樣，Thor的兒子很無聊吧？！"他幸災樂禍地問。

我答還行，就是不太敢和他開玩笑，怕顯得自己low.

"妳是low,還是別高攀，找個清潔工或卡車司機嫁了算了。"

"什麼話？！"我睨了他一眼，"要嫁我也嫁給千萬富翁，米星都能，我爲啥不能？"

盧卡說没想到我這麼物慾，茉莉就不這樣......

"茉莉有病知道不？身無分文就在大街上央求一個愣小子帶她回家，也只有你把她當寶貝！"

"那戈墨呢？他爲什麼叫妳'寶寶'？因爲跟他上床的女人太多，怕叫錯名，所以一律稱寶寶，也只有妳把他當成不朽的傳奇！"

我猛力拍打桌子，餃子還因此在盤子上跳了兩下："姓盧的，我告訴你，咱們的床上協議就此做罷，和一個腦袋不清楚又尖酸刻薄的人上床，我覺得可恥！"

說完，我氣沖沖地回房，並把房門用力甩上，連睡夢中的人也會因此驚醒。

一連數日我和盧卡展開冷戰，家裏冷得掐得出水來。

"這個月的房租還没交。"他面無表情地說。

"用我的賣春錢付。"我正在拖地板，頭擡也不擡地答。

"那個......也好久没賣春了。"

我停下手中的動作，很不可思議地看著他，他一臉無賴相，讓人作嘔。

"房租已經晚了一個禮拜沒交，要嘛趕緊上床，要嘛滾蛋！"他沒看出我的反感，反而乘勝追擊。

我憤而甩了手中的拖把，說："滾就滾，再待下去，不死也半條命！"

沒料到當我把兩個行李箱拖出房外時，他低頭了。

"我開玩笑的，房租不付也行，這年頭找個家務員也不容易。"

"黃頁上多的是，環肥燕瘦都有，任君挑選。"

"但他們不會講中國話，也不會煮中國飯。"

我接著告訴他中國餐廳裏有免費的華文報拿，廣告欄裏有上海阿姨，也有廣東廚娘，價錢都不貴，他負擔得起。

"那好，妳走吧！把鑰匙留下。"他說。

事情急轉直下，讓我措手不及，原以爲沒有我，他會生不如死，肯定求爺爺告奶奶，直到把我留下爲止，沒想到……

我無奈將鑰匙交出，他做了個請的動作，我後腳才跨出，大門便在身後上鎖。

就這麼被掃地出門？我真是欲哭無淚呀！

第十二章／CK小鎮

一直等到Jan熄燈、鎖上大門離去，我才偷偷摸摸地回到Sicily Café。

創業維艱，我斷不可能花800克朗去住一晚的酒店，也不可能叫出租車跑兩小時的遠路去投奔米星，所以擠在咖啡館湊和著過成了目前唯一的選擇。

不幸的是，米星接手這家店時把所有的沙發座都拆了，換成單個的咖啡木椅。可想而知，睡在木椅拼成的"床"上會有多不舒服。

果然我徹夜難眠，以致隔天一早頂著熊貓眼開門營業。

" Are you ok?"我把焦糖瑪奇朵和雙重芝士火腿吐司遞給Presl，他問我還好嗎？

我答很好，謝謝他的關心。

話一說完，我看見盧卡奕奕然從窗前走過，然後不出意料地推開Sicily Café的玻璃門……

Jan將他帶到2號桌，同樣靠窗，我示意由我來，Jan便轉身忙別的去。

"美式咖啡加鮪魚鬆餅。"盧卡看完菜單後說。

我答没有。

"那麼......卡布其諾和吞拿魚沙拉。"

"也没有。"

他無奈地闔上菜單，說給他來杯白開水。

"抱歉，今天停水了。"我仍不假辭色，連水龍頭的水也不屑給他喝。

盧卡說我是故意的，我無愧地承認就是故意的，怎樣？！

他深呼吸一口氣，硬是將怒氣壓下去，好言好語地說今天來是爲了接我回家，趁著午休，他有時間幫我把行李拉回去。

"不必，我已經找到落腳地了。"

他問我是哪個落腳地？可別住到廉價酒店裏，那裏妓女、酒鬼、癮君子紮堆出現，一個不小心就會惹禍上身。

我答傻人有傻福，不勞他費心，順便提醒他現在没人幫著做家務，還是趁早回去洗衣、拖地兼做飯，也許上床前還抽得出十分鐘看電視新聞。

" Excuse me, Weiwei." Presl轉過頭來，" Could you give me some tissues, please."

Presl想要幾張面紙，我給了他，然後重新回到2號桌。

"他爲什麼叫妳葳葳？妳認識他？"盧卡没好氣地問。

我答當然認識，他是Thor的兒子。

"敢情昨晚妳和他睡一塊兒了？"

本來想否認，但再一想，老娘想跟誰睡還輪得到他管？

“没錯，不用穿襪子做愛，讓人身心舒暢！”

他挖苦我那麼快就找到下家，可見是個厲害角色，又說他總算看清楚我邪惡的本質，得，Ahoj.

捷克語的“你好”和“再見”都是Ahoj，看盧卡很生氣地走了，可見說的是“再見”。

把房東氣走後，我意興闌珊地回到廚房，直到Jan把一張對折的 A4 紙交給我，說是 3 號桌客人給的，我才知道Presl走了。

我濕著手打開紙，發現這是一封不卑不亢、中規中矩的邀請信，不帶情感，倒像是公文來著。

Presl在信中說明天是星期六，他想去CK小鎮玩，問我願不願意一道去？來回要六個小時，過一夜比較不趕，但如果我不想過夜，他負責送我回家……

想到最近諸多不順，自己極需休養生息，雖然遊山玩水很燒錢，但心理健康也不容忽視，所以沒考慮多久便決定放自己兩天假，只是咖啡館早上十點開門，Jan要到中午12點才上班，而且週末生意好，我一走，怕那孩子忙不過來。

我一說完自己的煩惱，Jan便提到他的女友能前來幫忙，只要我付費。

乖乖，我以爲Jan是個腼腆的大男孩，沒想到已經有女友，真是太小看人家了。

“ Certainly, please tell her to be here on time.”我當場敲定。

棘手的事解決後，我找到邀請信上留的手機號，發了確認短信過去，很快便收到回覆：**See you tomorrow 10 am.**

Presl說明天早上十點見，我要他九點過來，總得讓開車司機吃飽後再上路。

～

Presl 進來時，我正把純黑麥麵包從烤箱裏拿出來。這種麵包需要長時間發酵，從準備到烘焙完畢得花十五個小時，還好我睡在咖啡館裏，否則根本是Mission impossible.

" Please sit down. The breakfast will be ready soon."我要他找個位子坐下，早餐馬上就好了。

他要我慢慢來，自己則坐在老位子上看書。

我在切片麵包裏加入火腿、奶酪、醃漬魚及捷克人最愛的甜酸菜，然後一切爲二放在白色瓷盤裏。

Presl稱讚好吃，問我爲什麼不把這個重口味的三明治放進菜單裏？我答因爲麵包製作很麻煩，得有人隨時盯著才行……

他因此問我昨晚是不是睡在咖啡館裏？我期期艾艾地答是。

" Why?"

原以爲他會像其他尊重個人隱私的歐洲人一樣保持緘默，没想到他打破砂鍋，倒叫人一時語塞。

還好Presl及時踩刹車，轉而問我泡的是什麼茶？味道很清香。我答玫瑰奶茶，原料有乾玫瑰、紅茶、牛奶及蜂蜜，能養胃兼養顏，是很好的飲品。

十點一到，我把店交給Jan和他的女友，Jan問我何時回來？我猶豫了一下，答明天……也許。

和一個初識的男人在外過夜，我感到不安。Presl大概也意識到這一點，上車後他有意無意地表示我們可以選擇住酒店式公寓，有廚房及各自的房間，如果不放心，房間還可以上鎖……

我笑笑說有什麼不放心的？堂堂B大副教授若有逾矩，這世界就太黑暗了。

～

CK小鎮據說是歐洲最漂亮的小鎮之一，由於兩百多年來遠離現代文明，小鎮的街道和建築尚保存著中世紀的風格，有大量的哥特式、文藝復興式及巴洛克式建築。

除了和布拉格一樣的紅頂房屋外，小小的CK小鎮竟然還有約40座的城堡，都建於岩石山丘上，其中最有名的是克魯姆洛夫城堡，站在城塔往下看，可以看到被伏爾塔瓦河成馬蹄形圍繞著的鎮中心。

望著美景，我問Presl爲什麼選擇我陪他上CK小鎮？

他答因爲直覺告訴他，我不開心，他樂得當一回解救天使。

原來不開心察覺得到，看來我隱藏得不夠好。

" Can you tell if I'm happy or not now?"我問他是否能看出我現在開不開心？

Presl看了我兩眼後，說我現在開心了一些，因爲眼睛裏的憂鬱少了。

一個認識沒多久的男人竟也能讀出我的憂傷，我的心因此被撩撥了一下。

離開城堡後，我們來到拉格朗特街，它是小鎮最主要的一條街，其青灰色的石板路兩旁是色彩鮮豔的建築，而美麗的櫥窗內則陳列了各式各樣待售的手工製品和食品。

我買了香皂和啤酒洗髮精，Presl則買了葡萄酒及幾包乾香腸，他說乾香腸切一切就能入口，是下酒的好佐食。

晚餐我們在名氣很大的洞穴餐廳用餐，店內很暗，所以牆上不僅有照明燈，每張桌上還點著蠟燭，反倒顯得燈火通明。盡頭處有個大烤架，他家的豬肘子就是這樣現烤出來的。

我點了鱸魚套餐，Presl點了烤豬肘，配上泡沫豐富的捷克啤酒，美哉！

吃飽喝足後回酒店，今晚的落腳處距離城堡和小鎮中心都很近，兩臥室，空間很大，缺點是位於頂層，尖塔式設計讓房間的部份高度連一百八十公分都達不到。我倒好，通行無阻，Presl就有麻煩，走路得非常小心，以免撞上滑坡式的橫木。

我說這有個好處，提醒他買房別買頂層。誰知他早買房了，離我的咖啡館只需步行20分鐘，是個三居室，其中一位租客最近剛搬走。他說如果我願意可以搬進來，租金是每月20，000克朗。

我很快分析一下，房租貴了，但不用做家務；地點遠了，但在接受的範圍內；房東換了，這倒好，不用跟盧卡大眼瞪小眼……

" Deal."我很快和他達成口頭協議。

Presl說既然這樣，讓我們喝酒慶祝一下！

想到終於解決了"房事"問題，不用再睡木椅床，是該好好慶祝一下，於是我拿起盛滿酒的高腳杯和未來的房東踫杯。

第十三章/意外的訪客

晚餐時我喝了一瓶啤酒，已經微醺，回到酒店又和Presl對飲葡萄酒，雖然想節制，但是乾香腸很好吃，邊吃邊喝，無形中又喝了好幾杯。

都說酒混著喝容易醉，因爲不同原料所產生的化學變化易使腦神經混亂。迷迷糊糊當中，我記得自己又哭又笑，好像談到戈墨，也提到那個討厭的前房東，拉拉雜雜地胡言亂語，再有意識時已經是隔天一早的事。

" Good morning."Presl對我說，他正在廚房裏忙活，培根的香氣飄散開來，很有家的感覺。

" Good morning."我睡眼惺忪地坐下來。

那個居家型男人問我蛋要單面還是雙面？我答雙面，蛋黃別煎熟。

雖然咖啡壺燒的咖啡不能和我店裏賣的媲美，但熱食加熱飲，加上眼前男人溫柔的話語，讓我一時有了錯覺，以爲自己過上了夫妻的尋常生活。

" Anybody who marries you will be a lucky girl."我有感而發。

他問爲什麽？我答因爲他符合一切女人的幻想。

" My ex-girlfriend comes from China.She never said she was a lucky girl."他忽然報料自己的前女友來自中國,但那女人從未說過自己是幸運女孩。

這倒新鮮，我問他倆後來爲什麽分了？他答因爲他是不婚族，女友等不到一紙婚約，所以離開了。

莎士比亞曾說過不以結婚爲目的的談戀愛都是耍流氓，Presl 明顯耍流氓，難怪女友要棄他而去。

Presl說我誤會了，大文豪的原話是："All for the purpose not to marry out of love is where bullying."，直譯過來的意思是"没有愛情的婚姻都是不道德的"。他當然也響往愛情，但在自由面前，愛情顯得微不足道，為了避免不道德的婚姻，只好選擇不婚。

" Oh, I am sorry."我說。

Presl笑問我爲什麽要說遺憾？

我答像他這種黃金單身漢卻不婚，讓越來越多的大齡剩女情何以堪？我就身受其害，選擇性越來越少了......

" I thought you already have a boyfriend." 他說他以爲我早有男友了。

這......難道昨晚的酒醉讓我把曾犯下的醜事全交待了？真恨不得挖個地洞鑽進去。

Presl要我別多想，昨晚我是說了一些，但斷斷續續的，他也有些迷糊，好像我的男友自殺了，後來又跑出來一位醫生，然後又是房東。因爲我和房東吵架，所以他推斷醫生才是我現在的男友......

我趕緊否認，說自己還單著，所以有恐慌症。聽說每增長一歲，可婚的對象就減少百萬，想到每天都有無數個青年才俊在我面前消失，恨不得胡亂抓一個，因爲我太害怕孤老一生。

"HaHa! You are very funny."Presl笑說我很有趣，又說顯然他父親搞錯了，因爲很明顯我是奔著結婚去的，和他的婚戀觀大不相同，但不阻止我們成爲朋友。

"Yes, we can be good friends."我完全同意他的說法。

雖然錯失了良緣，但比起嘴上不饒人的盧卡，我更喜歡無攻擊性又學識淵博的新房東。

～

聖維特教堂是CK小鎮的地標之一，這座教堂建於1439年，後來經過多次的擴建和維修，現在仍使用著。

適逢星期日，我和Presl散步至此，教堂的鐘聲忽然響起，小鎮居民絡繹不絕地前來做禮拜。

Presl問我要不要進去坐坐，感受一下宗教氛圍？我無可無不可地答應了。

捷克人主要信奉羅馬天主教，牧師在祭壇前洋洋灑灑地用捷克語說著心靈雞湯，我是一句也沒聽懂，倒是Presl很投入，一副虔誠的模樣。我正想問他是不是教徒，教堂後方起了騷動，原來教堂禁止拍照，一個不明所以的遊客正大拍特拍，遭到教會職務人員的制止。

"哪裏來的土包子？"我心想。

沒想到下一秒盧卡便出現在眼皮底下，讓我很錯愕，原來土包子是他，我趕緊起身拉他往外走。

"你怎麼來了？"我很生氣，雖然不清楚自己在氣什麼？

"這個週末公休，没什麼事可幹，所以上小鎮逛逛。"他看了一眼跟隨我走出來的Presl，"妳到底還有没有一點兒女性的矜持？別人要看低妳了。"

我說我的事不用他管，他管好自己就行了。

"我管不好自己，洗衣機不會用，蕃茄牛肉麵也没妳做的好吃，妳還是回來吧！ 我承認錯誤，不再提茉莉和戈墨的事刺激妳。"

現在承認錯誤是不是稍嫌晚了？

" Weiwei, do you want something from the convenience store?"

見Presl正要藉故走開，我忙把他拉向自己："讓我介紹一下我的新房東，這是Presl。"

一絲失望在盧卡眼前閃過，但他很快穩住情緒，說自己口渴了，還是去買瓶水喝。

見那人離去，我突然有了失落感。

Presl問我走掉的人是不是我口中的醫生？我答是。

" Well, he needs to see the psychotherapist."他喃喃地說盧卡需要看心理醫生。

我對他投去狐疑的眼光，Presl只是笑笑，不置一語。

回到布拉格，我的新房東幫我把兩個大行李箱搬回家。新居也在三樓，照樣沒有電梯，每天得把爬樓梯當鍛煉。

" Do you like your room?" Presl問。

我答不僅喜歡，而且喜歡得不得了。瞧！牆壁是水藍色的，像大海一樣寧靜；地板是泰柚的，很是高級；床是Queen size的，翻兩翻也不會滾到地上；書桌是黑檀木的，自有一股深沈，還有還有，房間朝東，推窗就能看到樓下靜謐的小路……

Presl說那好，晚上他大顯身手，正式歡迎我的加入。

～

他真的準備了一桌子的菜，有培根炒土豆、烤雞肉串、炸麵餅、烤腸以及用茄子、柿子椒、洋蔥和奶酪悶出來的烤蔬菜。

該怎麼說呢？捷克人普遍没有烹飪天份，只是把食物弄熟罷了，而且每道菜都像在油中浸過，油不啦嘰的，實在暴殄天物。若偶爾有味道很好的錯覺，那也是食物本身的美味，跟煮食的人没半毛錢關係。

為了忽視食物的不堪入口，我把注意力集中在公關上，同桌還有一對印度裔夫婦，他們住在另一個房間，目前在布拉格大學讀博士班，算是高級知識份子。

我問他們結婚多久了？他們回答十年，有五個孩子，都留在印度，目前由爺爺奶奶照顧著。

看來留守兒童不只中國有。

飯後我搶著洗碗，印度夫妻連客氣一聲都没有，雙雙進入房間。

Presl善心地提醒我不需要洗碗，請客吃飯是他樂意的，我不需要有負擔。

" I'm happy to do it. Don't mention it." 我反而要他別和我見外。

等我把最後一隻碗也洗乾淨，一回頭，Presl正倚牆微笑看我。

" What?"

他笑笑答没事，轉身進房間。

～

日子相安無事地又過了好幾天，直到一通電話打破寧靜。

"葳葳，妳在哪裏？都敲了半天門了，怎麼還不開？"是米星的聲音，聽起來老大不開心。

我還没告訴她新近發生的事，她肯定跑錯地了。

"我搬家了。"我說。

"没事搬什麼家？快，閨蜜正需要避風港。"

我曾告訴米星，一旦她想投奔我，我二話不說敞開雙手迎接。

"妳待在原地等我，我速速前去解救妳！"

說完，我拿上包走出房門。

" Where are you going? It's so late." Presl正在客廳看本地新聞，問我這麼晚了上哪兒去？

我告訴他"米小姐"半夜找我，我得去迎駕。

Presl大概也聞出不尋常的味道，但他没多問，只說陪我去，開車只需五分鐘。

想到不用在黑夜裏走一段長路，我心懷感激地接受他的好意。

第十四章/齟齬

"没想到Thor的兒子長得這麼好看，大大超乎想像。"米星躺在我床上，我們又同床共枕了。

"誰問妳這個來著？妳還没回答爲什麼半夜跑來找我？"

米星嘆了口氣說當初的抉擇太草率，跟老頭兒同居後才發現問題一籮筐。首先老人睡得淺，早上五、六點就醒，而且說睡就睡，看個報紙也能突然鼾聲大作；再說個人衛生，一天洗兩次澡，刷五、六次牙，依然去不掉身上的老人味及口臭；還有還有，偶爾行個房，就像在大冬天裏發動一輛年代久遠的二手車，得試N次後才能開跑，她還是豆蔻年華，犯不著把大好青春都賠送進去......

"那好，妳回來吧！我把Jan辭了，雖然他是個好員工。"

没想到米星反過頭來又開始細數老頭兒對她種種的好，包括給她一張信用卡的副卡，想怎麼刷就怎麼刷，而且不限制她玩，三更半夜回家也不過問。有一次她玩瘋了，清晨才進門，Thor只問她吃不吃早餐？

"妳到底想怎樣？又要馬兒好，又要馬兒不吃草，不能全天下的便宜都讓妳佔盡。"

米星反問我爲什麼不行？而且她也不是沒有付出，女人的青春有限，她把最美的時光都奉獻出來，理應得到回報。

面對閨蜜的"變臉"，我忍不住問："以前的妳不這樣，我記得妳會爲愛全心付出，包括金錢。"

米星答以前是以前，現在是現在，以前她笨，替別人養老公；現在她變聰明了，讓別人養自己……

我不能說米星錯，不經一事，不長一智，也許曾經的付出和收獲不成正比，讓她的思想有了天翻地覆的改變，她目前的"現實"不正是對過往的一種反擊？

"不說這個了，這次爲什麼離家出走？是打算故作姿態還是從此不告而別？"

她答皆不是，而是Thor的心臟出了點兒問題，醫生建議在醫院裏多待幾天檢查一下比較保險，所以她藉機到布拉格和我敍舊。

"Thor進醫院了？妳怎麼不隨侍在旁？"我問。

"只是做檢查，又不是真的生病，而且我不懂捷克語，在那裏只會礙事。"米星答得理所當然，我卻覺得哪裏怪怪的。

"對了，妳爲什麼搬家？而且盧卡怎麼了？也搬家嗎？敲了半天門無人回應。"

我爲什麼搬家？呵！因爲房東說話不經腦子，以傷害我爲樂，至於他有沒有搬家？這不清楚，好幾天沒見他人了……

米星突然坐起，眼睛發亮，壞壞地問："告訴我，你倆有沒有那個那個？"

我遲疑了一下還是承認有肉體關係，但不涉及情感，甚至把"四人同床"也給交待了。

"乖乖，我還以爲妳是純潔的小白兔。看來我們都是不虛僞的人，我對金錢膜拜，妳對性慾膜拜，咱們勢均力敵，誰也別笑話誰。"

無端被米星拖下水，我心鬱悶不已，但沒說反對的話。

哎！我的確是悶騷型，外表清純無邪，內心卻熱情如火，幾天沒那個，人生便從彩色轉爲黑白，我開始想念那些穿襪子做愛的日子。

～

早餐一向"自掃門前雪"，我告訴米星廚櫃裏的Emco穀物是我的，冰箱裏的Malko牛奶及紅蘋果也是我的，她就湊合著吃，吃完得洗碗盤，別堆著讓人生厭……

米星嘟囔著說知道了，要我趕緊上班，少囉嗦！然後一翻身又沈沈入睡了。

這公寓通常我是最晚起床的那一個，其他三個人都有早課，早早便出門，但中午時間一到，我還是能見到Presl，因爲他的午餐一向在我的咖啡館裏解決。有時他說想吃烤魚或其他捷克家常菜，我還會外出爲他買來，所以他樂得天天上我這裏報到，然而今天的情況特殊，已經12點半了，Presl慣坐的位子上還是空無一人。

此時一對情侶走了進來，直奔3號桌，我馬上歉然地表示這張桌子有人預定了，請他們改坐別桌。看得出來情侶有些小失望，畢竟靠窗的風景更美些，但我管不了那麼多。

直到下午1點半，我才承認Presl今天是不會來了，心中五味雜陳，他該不會出事了吧？！

～

Presl沒來，盧卡卻來了，他說要最快的餐，飲料隨便，能止渴就行。

看他往₃號桌走去，我没阻止，反正Presl是不會來了。

不到十分鐘的時間，我給他總滙三明治外加美式咖啡，看他狼吞虎嚥的樣子，好像餓死鬼投胎。

"昨晚有突發狀況，抽脂客人突然停止心跳，我和另外一名醫生全力搶救，好不容易心跳才又回來，趕緊將她轉送全科醫院。爲了這件事我得接受調查，寫了一整晚的報告，偏偏今天一早還有隆胸手術，吃没吃好，睡没睡好，我覺得自己快掛了。"他邊吃邊說。

因爲過了午餐高峰期，我有時間坐下來談話，於是問他突發狀況錯在他嗎？

他想了想說一半一半，顧客本身過於肥胖，身體機能也不好，抽脂本來就存在較大風險，至於他……最近睡眠不好也佔了部份原因。

"爲什麼睡不好？"

"妳這不是明知故問？和妳慪氣能睡好嗎？"

我拒絕他的"栽贓"，難道認識我之前他就從來没睡過好覺？

他答之前有茉莉，再之前有Miss A、B、C、D……

我建議他每晚上單身酒吧，看對眼了也許能帶走一位或兩位孤枕難眠的姑娘……

"我才不，單身酒吧多的是人妻，我不想惹麻煩，還是妳好，知根知底。"

如果盧卡誠心認錯，甚至對我表白，情況會有所不同，但他只是表達想要我回去做愛的意向，讓我的自尊心受損。

"就會欺負我，我是單身没錯，但不見得就得跟你上床。"我心想，並且爲了阻止盧卡的進一步侵略，不惜把Presl抓來當男友。

"那好，我不再打擾妳，Ahoj."他走了，並且在桌上留下₇₀₀

克朗，遠遠超過餐費。

我追了出去，他竟然小跑步起來，讓人很無語。

～

我打給米星，她沒接，躊躇一會兒後，我還是上中國餐館外帶炒飯和炒麵。

以前在校時，米星只要没事就會連續睡上24小時的長覺，我猜想她還躺在我的床上呼呼大睡。然而我錯了，當我提著晚餐回家時，房間裏空無一人，連Presl也不見了，他通常六點左右到家。

我一直等到夜裏11點才等來消失的兩人，Presl很快回他屋，米星則一蹦一跳地進來，像得了小紅花的小女孩。

"上哪兒了？"我没好氣地問。

米星說中午巧遇Presl，兩人約了吃飯又參觀了布拉格城堡，大學教授就是不一樣，對古跡了若指掌，比我這個正牌的導遊講得還仔細，如果他改行當導遊，肯定能吸引一群粉絲。

"副教授就副教授，幹嘛給他升遷當教授？妳這人就是這樣，喜歡故弄玄虛。"

米星對我吐舌頭，像極了熊孩子。

我剛當上導遊那會兒很不自信，曾央求米星充當遊客，讓我先實習一下，没想到我的青澀表現成了她攻擊的對象。

爲了表示我早已非吳下阿蒙，我問她Presl有没有說布拉格城堡有多樣化的建築風格，包括羅馬式、哥特式、巴洛克式、文藝復興式等，而聖維特大教堂是歷代皇帝舉行加冕典禮的場所，塔頂有大鐘，鐘樓是俯瞰布拉格市景最美的地方？

米星很認真地回想一下，說這倒没有，不過他說了，當陽光打進聖維特大教堂的五彩玻璃窗時，折射出的七彩光影能讓玻璃上的聖經故事顯得栩栩如生，這讓不識字的信徒也能領會基督教的教義……

"嗯！這的確是Presl的語言表達方式，總是想到普羅大眾，從平民的角度看問題。"

"看來妳跟他很熟嘛！"米星有些酸溜溜地說。

"當然熟，我們是朋友，談過老子和孔子，也談過人生哲理，不是僅有一面之緣的人所能及。"

"那可不一定喔！有些人認識多年也比不上認識幾小時的人，緣份這東西很奇妙，往往在初見面的一刹那就知道兩人合不合？能不能走長遠？"

我笑問她的"特異功能"怎麼沒表現在其他交友上？渣男學長和Thor就是活生生的例子。

"畢—葳—葳—"米星揚起聲，聲音乾巴巴的，"妳是受過死亡創傷的人，到現在還得意淫和死人做愛才能達到高潮，我可憐妳，所以不跟妳吵！"

啥？這豈不是在傷口上撒鹽？我怒髮衝冠，要那個不要臉的賤貨馬上滾，越遠越好！

"滾就滾，有啥稀奇？！"

米星衝出房外，留我一人在憤怒中翻騰，久久不去。

第十五章/互別苗頭

米星衝出房外，其實我還是擔心的，雖說布拉格的治安尚好，但單身女子在半夜裏獨行總是危險，然而我終究拉不下臉來，尤其她那樣毫無忌憚地損人，但凡有感覺者都不可能噤聲。

翻來覆去一整晚，直到聞到咖喱味，我才知道新的一天又開始了。

印度夫妻早上偶爾也有不吃咖喱的時候（譬如迷迭香煨土豆、印度豆腐、扁豆、素香腸、香蕉胡椒吐司片……等印式早餐），但大部份的時候還是吃咖哩豬肉或雞肉配烤吐司。如果我說自己是被咖喱味給叫醒的，不知有没有人會相信？

聽到大門關上的聲音，我知道那對夫妻上課去了，接下來該輪到Presl登場。通常的情況是梳洗過後，他會打開電視邊看新聞邊吃早餐，可疑的是今天没有聽到新聞播報的聲音，而且動作也輕了很多。

等Presl一走，我也該起床。昨晚留給米星的炒麵還原封不動地擺在冰箱內，我打算放進微波爐熱一熱當早點，誰知……

"妳怎麼在這裏？"我雙手叉腰質問。

米星正和衣躺在沙發上，身上蓋著的被子一看就是Presl的（當他的房門洞開時，我曾不小心瞄到）。

"昨晚那麼晚了，出去很危險。"她毫無愧色地答。

我說那好，現在是白天不危險，她可以走了。

"其實當那對夫妻離開的時候，我就想起身跟著出去，沒想到Presl起床看見我這副可憐相，抱來被子蓋在我身上，我不好意思馬上拍拍屁股走人，不得不又多待了幾分鐘。"

"Well, 眼瞎的人走了，妳也不用不好意思，現在就可以拍拍屁股了。"我無情地下逐客令。

她倒不囉嗦，用過廁所後立馬走人，我反倒有些戚戚然。

雖然米星不應該提戈墨，但我也有錯，我不也把渣男學長和老頭兒扯進來？

I2:30，PRESL慣坐的位子上還是空著，我的心沈到谷底。

完了完了，我被他制約了，中午見不到人就像得了失心瘋，而且胡思亂想，竟然懷疑他又跟米星約上了。

我氣急敗壞地衝出咖啡館，想在熙熙攘攘的人群裏找到那個熟悉的影子，可惜老城廣場上萬頭攢動，無一是我認識的人。我頹然地回到店內，做什麼都不帶勁。

Jan問我怎麼了？我答沒什麼，然後動手爲自己泡了杯Death Wish.

據說這款"死亡之願"是全球咖啡因最高的咖啡，含量是普通咖啡的兩倍多，具有驚人的提神效果，與其他同類型的咖啡比，這種咖啡的口味更豐厚些。

没想到剛喝完"死亡之願"，精神馬上一振，因爲……我看到Presl推門進來了。

" Death Wish, please." 他說。

大概聞到我喝的咖啡香，他也要了杯，我立馬將咖啡豆倒進機子裏。

" Do you want something to eat? "我把做好的咖啡遞上去，順便問他想吃點兒什麼？

他答不了，來時的路上已吃過。

雖然他没點東西吃，而且打開電腦啪啪啪地打起字來，分明拒絕交談，但我的心是歡喜的，因爲Presl又回來了。

~

我們的晚餐一向也是"自掃門前雪"，室友們一起聚餐很少見，通常的情況是印度夫妻先用廚房，吃飽喝足後換PRESL。

Presl有時會下廚，但大多時候是吃微波爐食品。我呢，偶爾也下廚，但更多時候是吃從咖啡館帶回來的剩貨，因爲再不吃就得扔垃圾桶，而扔的全是錢。

這一天，我看見Presl打開冰箱躊躇了半天，大概下不了決定吃哪個。由於自己也厭倦了吃咖啡館的三明治，剛好今天下班彎到超市買了蔥、肉末和黃瓜，我說讓我煮碗炸醬麵請他吃，麵條就用家裏有的。

" Oh，thanks. I love Chinese noodles."他一臉欣喜。

本來想問他爲什麼喜歡吃中國麵？後來轉念一想，肯定是他的中國前女友煮給他吃的唄！中國人不論走到哪裏都帶著中國胃，尤其捷克菜没有想像中的美味。

我把水煮了，蔥和黃瓜切了，再將肉末放進大碗裏弄散，加入鹽、糖、胡椒和料酒醃一下……

Presl問我需要幫忙嗎？我答不需要，陪我聊天就行，然後我問他最近忙些什麼？他說忙著寫論文，打算發表在《Philosophical Review》雜誌上。

我又問這可是今天中午他晚到我咖啡館的原因？他答不是，而是跟米小姐上醫院看他父親了。

Thor進醫院檢查身體，這我早知道，但米星是怎麼回事？她不是說自己不懂捷克語，待在醫院礙眼嗎？

我心裏犯嘀咕，一個不留神竟將手指給切了。

" Are you ok?"他問我還好嗎？

我答皮肉傷不礙事，然後自己到醫藥櫃拿創可貼貼上，重回廚房。

此時Presl提醒我水滾了，我趕緊下了雞蛋麵條。

～

" 米星該不會想父子通吃吧？！"我躺在床上望著天花板瞎想。

閨蜜選擇跟老頭兒同居，本身就存在極大的變數，何況她一早表明嚐夠富貴生活就撤，加上年輕版的學長出現了，還是個顏質佳的學者，這帶出去多風光，而且身高超過一米八，足夠讓她對得起後代子孫，怎麼看都是絕佳人選，她極有可能見風轉舵，但……

我想到米星即使犯花癡，Presl也未必樂意，她是父親的同居女友，按倫理和輩份，我不認爲堂堂副教授甘願冒千夫所指的險，米星想"父子通吃"根本行不通，不過是自取其辱罷了。

爲了這個"想當然爾"的想法，我終於能放下心結入睡。

～

時間的巨輪又往後推了幾天，Presl照例中午過來用餐。趁著給他送餐，我說他的學生真幸福，老師不僅學識好還長得帥，上課成了一種享受。

Presl反問我是不是開玩笑？我答不是，如果學生時期能遇上他，我肯定科科都考A……

說這話時，我的眼光忍不住被窗外的男女給吸引住，那是米星和……盧卡。

" Excuse me."我向Presl說了聲抱歉後趕緊去追，但說時遲那時快，他們的影子早已消失在茫茫人海裏。

是米星和盧卡嗎？還是我一時頭熱眼花？

我開始有了不祥的預感。

～

晚上六點從咖啡館走出來，袋子裏有沒賣出去的雞肉捲和芝士塔，我不用擔心晚餐問題，但還是撥了通電話，問那人打算怎麼解決他的晚餐？

盧卡很訝異我會主動打給他，問我是不是吃錯藥了？我答沒吃藥，今天咖啡館有沒賣出去的小食，如果他想吃，我負責外送。

" 真是太陽打西邊出來，我感激得痛哭流涕，妳想來就來吧！我等妳。"他說。

～

與想像中的凌亂不同，沒有我，房子依舊整齊乾淨。

"看來沒像你說的過得那麼慘。"

"那是因爲我有家務員的關係。"他解釋。

"家務員？誰？"

我剛問完，米星便開鎖進來，手裏提著一袋蔬果外加一條法棍。

原來這就是他的家務員。

"妳怎麼來了？"米星看見我没一絲喜悅。

我說來看看盧卡有没有陣亡？又問："妳怎麼也在這裏？"

米星答她離開老頭兒，閨蜜又和她鬧彆扭，她無處可去，還好前房東不計前嫌收留她，她現在是全職的家務員，每天過得很充實。

"只是做家務？"

"不然呢？"米星怒視我，"如果陪睡就不是這個價了。"

盧卡聽完噗嗤一笑，說看我們兩個女生鬥嘴挺有意思的……

我和米星同時要他閉嘴！

"不行，妳不能住這裏。"我下逐客令。

"不住這裏住哪裏？而且妳是以什麼身份說話？這是盧卡的家，不是妳的，只有他有資格叫我走。"

～

我敗了，而且敗得一塌糊塗。米星不僅没走，反而變本加厲，煮了晚餐不說還頻頻爲盧卡夾菜。

"吃，很少看到那麼肥美的蘆筍。"

"給你一勺青豆蝦仁哈！這是鮮蝦，不是冷凍的。"

"南瓜好，南瓜補腦，你是用腦的人，多吃點兒。"

……

· · · ·

我的雞肉捲和芝士塔躺在紙袋裏無人理睬，連我自己也沒了胃口。

"你們吃吧！我回去了。"我起身。

"我送妳！"那個體貼的男人説。

我看了一眼米星，她故意不看我，把八寶醬丁猛力塞進嘴巴裏。

"好，你送我。"

我突然有了和閨蜜互別苗頭的想法。

第十六章／無言以對

盧卡陪我走回去，熙熙攘攘的人群在身邊走過，有白色人種、黑色人種、拉丁人種、印度人種、東南亞、東北亞……他們說著各國語言，交流著彼此的交流，歡快著彼此的歡快。

放眼望去，只有身旁的盧卡和我是同文同種，我的心因此和他靠近許多。

"那個……搬家後，妳是否快樂？"

"爲什麼這麼問？"

"就是想知道。"

盧卡這一問，讓我開始思考Presl對我的意義。

如果盧卡是同齡的普通人，有尋常的悲傷與歡喜，那麼Presl則進一步成了神聖不可侵犯的偶像，他像是從課本裏走出來的胡適、康有爲、魯迅之類的人物（雖然兩者的人種不一樣，思考的角度也不一樣）。

"我很快樂。"我篤定地答。

“那好，祝妳和他白頭偕老、永浴愛河。”

盧卡誤會了，但我没糾正，因爲還生著氣。

“陪我去買乳酪派吧！”没等來我的“否認”，他有些消沈地說。

捷克的乳酪派含有濃濃的肉桂味，我不太喜歡，何況今晚米星煮了豐盛的一餐，想不通盧卡還會饑餓。

“你没吃飽嗎？”我忍不住問。

“好久没給茉莉買甜品吃了。”他解釋。

下午兩點，正是陽光最好的時刻，幾隻小貓在店門口嬉戲，我把客人吃剩的金槍魚碎末拿到屋外，貓咪立即圍了上來，喵喵喵地喊餓。

我蹲在台階上，很滿足地看著牠們狼吞虎嚥，直到一大塊黑影籠罩住我。

那人背對著陽光，我花了好幾秒才辨識出來。

“Ahoj.”我起身向他問好，並且讓出路來。

來者是Thor，我突然有了不祥的預感。

那老人推開門往3號桌走去，看來他們父子有相同的喜好。

知道自己的捷克語只夠問早道好，我差了Jan去問客人需要什麽？

“One cappuccino, please.”Jan說Thor點了一杯卡布奇諾，於是我把咖啡豆放進機子裏。

當我把有著心形拉花的咖啡端給那位老人時，他開口跟我要米星，把“米星”說成“米西”。

我答不知道她在哪裏，然後搖搖頭又聳聳肩，故意表現出一副天真無邪的樣子（雖然我和閨蜜鬧矛盾，但胳臂還是往內彎的）。

Thor很失望，以爲會從我口中套出有用的信息來。

我要他別煩惱，"失之東隅，收之桑榆"，凡事往好處想，也許下一秒米星就會出現……（說的是英語，也不管他聽得懂不懂）。

他點頭向我道謝，大概猜出我在安慰他。當我以爲應付了一件棘手的事而大鬆一口氣時，没想到……

"給我來杯冰咖啡，渴死我了。"米星推門進來並且大聲嚷嚷。

我彷彿看到被我精心堆砌的積木轟然倒塌。

"米西，"老頭兒站起身來，"&$@%#*……"

米星見狀，拔腿就跑，Thor隨後跟上，嘴巴不清不楚地唸叨著，不知道的人還以爲米星搶了老人什麼東西。

我無奈地坐下來，將桌上的卡布其諾一飲而盡。

"這下子老頭兒肯定會回頭找我！"我唉聲嘆氣。

果不其然，回到家第一眼就看到Thor坐在客廳裏看電視，看的是動物頻道，一隻獅子正在啃斑馬……

"Ahoj!"我笑得很不自然，並且打算靜悄悄地溜進房內，然而在廚房裏洗碗的Presl適時叫住我，代他父親尋問米星的下落。

我還是答不知道，米星進咖啡館是意外，任何人都可以進來喝杯咖啡，我無權知道他們打哪兒來……

Presl做了同聲翻譯，我又看見老人失望的表情，讓人很心酸。

"*@#%@¥……"話一說完，Thor起身走了。

没等我問，Presl主動解釋夜深了，他父親到臨近的酒店住下，明天一早回布爾諾。

哎！大老遠跑一趟卻無功而返，真是遺憾！

没想到Presl說該遺憾的是米星，她把他母親的珠寶全帶走，他父親回頭找她要是看在過去的情誼上，既然她躲著不肯現身，兩人只好法院見了……

什麼？！我没想到米星墮落至此，竟成了江湖大盜！

"Please tell your father to wait. I know where she is."我只好承認知道米星在哪裏，請他父親暫緩行動。

Presl對我投來狐疑的眼光，但我管不了那麼多了，攤上一個狐朋狗友，只能跟在後面擦屁股。

米星聽了急跳腳，她說自己不是小偷，是Thor主動送給她的。

我問都"送"了什麼？

"一塊百達翡麗錶、兩條珍珠項鏈、四副耳釘、兩個玉鐲子外加幾枚戒指。"她答。

我說同居不過兩個多月，這出手未免過於大方？

"我哪兒知道？那天他捧著個珠寶盒給我，嘴巴嘰哩呱啦地不知講啥，我問是不是給我的？他點了點頭，現在又反悔了，真是的！"

我大概猜得出是語言不通所造成的誤會。

"現在怎麼辦？"我問。

"他要就還唄！我連他給的信用卡都留在床頭櫃上，還有什麼值得留戀的？"

於是我要她將珠寶拿出來，回頭我交還給Presl.

"還是由我親自還吧！這萬一要少了什麼，還真說不清楚。"米星答。

我有些惱怒她不信任我，但轉念一想，她說的對，没交接好，我豈不是拿石頭砸自己的腳？

~

我没拿石頭砸自己的腳，卻因此招來隱患。

Presl和米星不僅在3號桌上大和解，兩人還談笑風生，把幾千年前的古人抓來開會。不聽則矣，一聽吐了一缸子的血。

米星張冠李戴地把《鼓盆而歌》給了孟子，再把愛因斯坦的《相對論》拿出來胡謅一番，說中國早有《相對論》，《西遊記》一書就曾描寫孫悟空從天上回到花果山後發現猴子們都老了，可謂"天上一天，人間一年"，這與日後愛因斯坦提出的《相對論》有異曲同工之妙……

簡直教壞外國人！

可是Presl不這麼想，他說米星的見解很有意思，哪天可以深入探討，會是個好課題云云。

我的老天！真不知該說什麼好，我得趕快制止這種無釐頭的對話。

" Presl, I guess you will be late for your lesson."我提醒副教授上課要遲到了。

他看了看腕錶，同意我說的，馬上起身告辭，没想到米星也跟上。

"我上超市採買，順路送Presl一程。"她對我說。

"妳省省吧！35歲的男人還需要妳送來送去？"

米星對我揚揚眉梢，一副欠揍的樣子。

～

印度夫妻用過廚房後，不見Presl接班，我有大難臨頭的感覺。

食不知味地吃了碗麵，還因吃的是號稱全球最辣的韓國Habanero Ramyun 泡麵而一把鼻涕一把淚。

" What's wrong with you?"Presl進到廚房，看我一臉慘狀後問。

我答自己被辣哭了。

他笑著說我真幽默，和米星一樣。

和米星一樣？我問什麼時候米星也變幽默了？

" She said the reason she is so short is because she focused all her energies on developing her brain, so she must've forgot to grow."Presl 傳話，翻譯成中文就是米星之所以長得矮小是因爲她把所有的精力都用在發展她的智慧，以致身體忘了成長。

呵呵！的確很幽默。

知道米星對Presl伸出魔爪，並且試圖以內在掩蓋外在的缺點時，我有了空前未有的危機感，遂告訴Presl, 米星的男友身高得超過一米八，好達到"改良品種"的目的，可見身材矮小對她而言是心病，況且她的淨身高不若外表所見，因爲鞋底長期配有增高墊……

然而我的"使壞"並沒有達到預期的效果，Presl反問我："So what?", 又說米星很可愛, 他已經邀請她明晚來家裏用餐。

這是啥跟啥？我提醒他別忘了那個可愛的女人曾經是他父親的同居女友。

" So what?"他再次反問我那又怎樣？

這還需要明說嗎？簡直讓人無言以對。

第十七章/二見鍾情

通常我會在晚上六點離開咖啡館，知道今晚米星要來，特意提早兩小時回家，就想看看那兩人在搞什麼名堂，好棒打鴛鴦！

Presl和Thor都是好人，我不願看他們父子反目成仇，加上當閨蜜該有的道德正義感，我要米星離開泥淖，走向人生的康莊大道。當然，還有個小小的私慾，我不希望心目中Presl的學者形象受到玷污，這好比聽到胡適說髒話或看到康有爲裸奔一樣，畫面極其不協調。

爬樓梯時，我隱約聞到肉香，打開門後，味道更濃烈了。

" Presl, what are you cooking?"我問Presl煮了什麼？

半天得不到回覆，我又再問了一次。

那個高佻的人轉過身來，我才發現廚子不是Presl 而是Thor，這是怎麼回事？難不成今晚是復合之宴？

Thor看見我很開心，嘰嘰喳喳地說著捷克語，我一句也沒聽懂，倒是聽到"gulas"一詞，這是捷克最有名的一道美食，類似燉牛肉，據說本來是匈牙利的菜式，卻被喜食的捷克人偷去，成了國菜。

因爲看過電視的烹飪節目，知道製作gulas的方法很繁複，要按照時間先後添加二十三種不同的調味料，整個製作過程大約需要四個小時，吃時搭配饅頭片，配菜是甜酸黃瓜和醃過的小捲心菜……

可見爲了挽回米星，Thor不惜花費長時間準備佳餚，這份心意還是值得喝彩。

此時Presl從外面進來，手裏提著至少一打的啤酒，我知道待會兒的用餐時間肯定超過三小時。

爲了避開兩男一女會有的尷尬場面，我識時務地出外避風頭，免得被捲入風暴裏。

Presl見我往外走，問我去哪裏？我答隨便逛逛。

～

夜晚的伏爾塔瓦河神秘而靜謐，激流撞擊橋墩的聲音很澎湃，像極了交響樂曲（聽說捷克作曲家斯美塔就是因爲聽到伏爾塔瓦河的激流聲而寫出著名的交響樂《我的祖國》）。

然而今晚的目的地不是查理大橋，而是國家大劇院對面的Café Slavia，它是布拉格最傳統的咖啡館之一，同時也是舊時藝術家及共產主義反叛者集會的地方。

我點了一杯苦艾酒細細品嚐，甭管家裏正腥風血雨，至少我還有一方寧靜，然而……

當我看見Thor向吧台要了同樣的苦艾酒時，驚訝到下巴差點兒掉下來。他在這裏，代表共進晚餐的是Presl及米星，難不成老人"燃燒自己，照亮兒子"，把那兩人送作堆了？

Thor沒發現坐在角落的我，讓我多少鬆了口氣，與言語不通的人說話很費勁，真難為米星了，換作我，同居一天都待不下去。

我把卡夫卡的《變形記》拿出來閱讀，在這個捷克最著名的小說家當年流連忘返的地方，喝他常點的苦艾酒、讀他寫的書，我的浪漫情愫正無可救藥地漫延開來……

回到家，賓客盡散，廚房已收拾乾淨，看不出曾經觥籌交錯過。

我梳洗一下後上床，還好隔壁沒有傳來妖精打架的聲音，這讓我大鬆一口氣，原來今晚不過是一場普通的聚會，吃吃喝喝完畢便作鳥獸散。

接下來的幾天，一切尋常，老城廣場還是遊客如織；咖啡館的生意還是差強人意；Presl中午時分還是坐在他慣坐的位子上……直到米星推門進來才打破這個周而復始的輪迴。

"給我兩杯焦糖瑪奇朵。"她說。

難不成待會兒還有客人來？我沒多問，給了她兩杯。

"坐下吧！一杯是點給妳的。"

我環顧四周，客人果然少得可憐，米星真會挑時間，我只好坐了下來。

"前幾天Presl邀我去他家，沒想到宴無好宴，原來是替他父親攤牌，連晚餐也是老頭兒煮的，難怪我覺得燉牛肉吃起來有熟悉的味道。"

"老頭兒人呢？"我明知故問。

米星說她一看Thor在場，馬上掉頭想走，後者的動作比她還快，主動離席，只留下Presl當說客，不外他父親還惦記著她，凡事好商量，希望她回頭……等等。

我問遊說是否成功？

"當然被我打回票，媽的，老人就是一塊大海棉，能把年輕人的精力全吸光。和他在一起，我快速老去，他倒好，一天比一天青春洋溢，好像吸毒品似的，欲罷不能。"

我又問她和老頭兒同居可是被迫？

"妳難道就沒有做錯決定的時候？我現在已經後悔了，如果時光能倒流，我絕不會如此任性！"

"我看 Thor 也不是死纏爛打的人，說開了應該不會再糾纏妳。"

"妳知道這不是癥結所在。"她囁囁地說。

當閨蜜就是有這等好處，對方的一舉手一投足，哪怕是聲音的高低都能讓人立馬心領神會。

"妳的癥結所在是妳更喜歡Presl，所以把老爸丟到九霄雲外。"

"哈！猜對了，妳真是我的福星，三生有幸認識妳是我畢生的榮耀......"

我中止她的拍馬屁行爲，要她有話直說。

"幫我追Presl."

果然如同我想的。

我要她洗洗睡，Presl是不婚族，只享受愛情的甜蜜而不想擔責任的那種，與她想像的"老婆孩子熱炕頭"有很大的差距。

"妳別管，只要讓我上船，我負責讓船夫駛向彼岸。"

"不行，這是不倫之戀，我不助紂爲虐。"

"這樣吧！妳幫我追Presl, 我幫妳追盧卡，咱們各取所需，皆大歡喜！"米星笑嘻嘻地說。

老天！她該不會以爲是盧卡不要我吧？！

米星說她不清楚我和他的關係，只是盧卡打算把房賣掉回德國，她想著也許我想挽留……

盧卡要回德國？這到底是怎麼回事？我決定問個明白。

~

下班後我回盧卡家，是米星開的門。

"房東還沒回家，妳先坐會兒，晚餐馬上好。"她給我一個加菲貓式的微笑。

我還沒答應幫米星追 Presl, 所以她像個丫鬟似的，一副諂媚相。

坐下來翻看一會兒雜誌後，盧卡進門了，看見我在，他不動聲色，還是我先開口打招呼。

"來蹭飯的？"他問。

"算是，不知你何時回德國，所以先來吃頓別離飯。"我答。

今晚米星煮了西班牙海鮮飯，黃澄澄的米飯中點綴著碩大的蝦子、螃蟹、黑蜆、蛤、牡蠣、魷魚等，熱氣騰騰，令人垂涎。

"你們吃哈！我還有事。"米星解下圍裙。

我問她有什麼事？不能吃了再走嗎？

她答今晚國家博物館前有個露天音樂會，她不想錯過。

待米星走後，盧卡才說露天音樂會是上禮拜的事，今晚國家博物館前死寂一片。

"哎呀！你怎麼不早說？米星去了豈不是撲了個空？"

誰知盧卡說米星早知道了，上禮拜他們兩人才聯袂參加過。

"這就奇怪，她為什麼要撒謊？"

"爲了給我們製造機會唄！"

真是的，如果吃一頓飯就能化干戈爲玉帛，世界上就沒有那麼多怨偶了⋯⋯

"你真的想回德國？"我没忘記此行目的。

"嗯！這裏没有可留戀的⋯⋯人。"

"我以爲至少還有茉莉值得留戀。"

"真奇怪，我現在想不起她的面容了。"

我說不可能，他們又不是露水鴛鴦。盧卡信誓旦旦地答是真的，那天當他把乳酪派丢進伏爾塔瓦河，發現任憑他想破頭，茉莉的五官還是模糊一片，反倒我的臉孔很清晰，一顰一笑歷歷在目⋯⋯

"關我什麼事？"我紅了臉。

"對不起，"盧卡盛了一碗飯給我，上面佈滿了海鮮,"我太自大也太輕浮了，能讓我們從頭來過嗎？就只有妳和我，没有別人。"

看來他想結束"四人行"。

我拿起叉子不知該先吃什麼，他的表白讓人措手不及，好比窮慣了，突然看見滿室珠寶，一時只能目瞪口呆。

"米星看出我的苦惱，答應幫我追回妳。我說能追回最好，不能追回，我也祝福妳，因爲Presl的確優秀。"

我反問他是否覺得自己不夠好？

"我也好，就是對自己在乎的人故意表現不上心的樣子，我已經因此失去茉莉，不想再失去妳。"

幸福來得太快，我說讓我好好想一想再答覆他。

"没關係，妳慢慢想，想好了告訴我。"

他扒了一口飯，被藏紅花染黃的米粒粘在他的嘴角，樣子很滑稽。我没點破，自顧自地吃飯。

這是第一次我覺得西班牙海鮮飯好吃，我嚐出了蝦的甜、螃蟹的鮮、魷魚的嫩，像把整個海洋都囫圇吞下肚。

盧卡說我若喜歡，他買張機票帶我去西班牙吃道地的海鮮飯。

這大概就是被人寵愛的感覺吧？即使晚了一點點兒，同樣令人欣喜。

我突然有了疑問："這算二見鍾情嗎？"

第十八章/減肥之旅

在伏爾塔瓦河河畔有一棟介於新巴洛克、新哥德與新藝術之間的建築—跳舞的房子，它建造於1996年，靈感來自四十年代美國紅極一時的踢踏舞明星弗萊德和金格。瞧！左邊的玻璃樓是舞后金格，右邊的白樓是弗萊德，白樓樓頂的半球形設計是他的禮帽，而陡然伸出的陽台則是弗萊德摟住金格腰的那隻手。

盧卡和我就約在這幢充滿藝術氣息的跳舞樓頂層吃法國菜，他說讓我們有個浪漫的開始。

於是六點離開咖啡館後，我回家換衣服，到高級餐廳吃飯當然得穿正式點兒，隨便穿穿會吃閉門羹的。

當我身著乳黃色小開衫搭配蘋果綠一步裙，頭繫粉紅色髮帶，腳登白色漆皮高跟鞋走出房間時，Presl對我行注目禮，到了目不轉睛的程度。

"What?"我摸摸頭髮又扯扯裙子，怕哪裏出醜了。

"Spring is coming." 他說春天來了。

我感到迷惑，天氣已經微有秋意，他怎麼說春天來了？

原來Presl的意思是我的穿著讓他想到綠茵上開滿了黃色的小花，而粉色的蝴蝶正在空中飛舞，很有春天的氣息。

哇！想像力真豐富，我謝謝他的讚美。

他轉而問我是否有約會。

我挺不好意思地承認了，他緊接著問我是和那位醫生約會嗎？

我很驚訝他的"直覺"，難道生活中我不小心洩露了秘密？

Presl說我多心了，因爲我的男性朋友不多，除了醫生、前房東、咖啡館的雇員之外，他不認爲還有第四種可能，而其中"醫生"的呼聲最高，所以......

既然這樣，我索性大方承認。

Presl因此祝我有個愉快的夜晚，然後轉身在他的湯裏加入馬鈴薯，看來今晚的他打算喝蔬菜湯。

本來想叫出租車，但看到黃紅相間的電車駛來，我不由分說地跳上去。

電車是布拉格的象徵之一，到現在還是交通主力，只是車速實在太慢，一站地能駛七、八分鐘，也是世界奇聞！

在沈悶而溫柔的叮咚聲中，我隨車走進一棟棟古董般的中世紀建築群裏......

下了電車，我往前走去，還得走幾百米才抵達"跳舞的房子"，看來穿高跟鞋走路實在是失策呀！

"要不我們換鞋穿？"

聽到熟悉的聲音，我轉過頭去，是盧卡。

"上電車前我喚過妳，妳沒聽見，我只好跟在電車後面小跑步，還好行車速度不快。"他解釋。

我看了他一眼，與我的"慎重其事"不同，盧卡像是去參加露天音樂會，休閒得可以。

"你的身上有濃濃的消毒水味道。"我說。

"没辦法，今天開了四台，一下手術台，我就急匆匆趕來。"

這樣的形象實在不適合吃浪漫的法國菜，我遂說還是把用餐拘謹的法國菜留在下次吧！

布拉格的酒吧隨處可見，有街頭的、有店面的、有豪華的、有簡樸的、有帶餐的、有不帶餐的……我們很容易就找到一家飄著啤酒花香氣的帶餐酒吧，據說已有500年歷史，門口有一座老鐘，辨識度很高。

推開門後，我們立刻被酒吧內的熱烈氣氛所感染，手風琴和圓號的旋律在耳邊回蕩，不同膚色、不同語言的人齊聚在這裏，無一例外地被醇香的啤酒所俘虜。

我們叫了他家的自釀黑啤酒，果然入口清香、泡沫豐富，有回甘的滋味。

"今天的四台手術都是做哪方面的？"我問。

"一台隆乳，其他三台都是抽脂的。"他答。

也難怪，捷克人喜歡大口吃肉、大口飲酒，甜品又多奶油，所以男女一結完婚，個個都像吹了氣的球，圓滾滾的。

"抽出來的脂肪怎麼處理？扔掉嗎？"我喝了一口南瓜湯，果然奶油味十足，這真是一個大愛奶油的民族。

盧卡答抽出來的脂肪如果不填補到自己的身體裏，譬如胸部或臀部，那麼會被當成醫療廢棄物處理掉。又說今天他抽了整整三大管的脂肪，它們呈橘色液體狀，還能看到裏面的顆狀物，很噁心，所以他一向不喝橘色的湯。

我看著淺盤裏喝到一半的南瓜湯，頓時有了嘔吐感，對盧卡投去怨懟的眼神。

“呵……呵呵呵……對不起，”盧卡捂住雙眼，“請繼續，我不看就是了。”

老天！是他噁心還是我噁心？我把盤子一推，喚來服務員將“脂肪”帶走。

盧卡仍笑個不停，於是我決定“依樣畫葫蘆”地“以眼還眼”。

“我媽說灌香腸就是把肉糊灌進腸衣內，而用來做腸衣的有動物的大腸、小腸、盲腸、甚至食管和膀胱也會被拿來做腸衣。”看盧卡正在品嚐德國血腸，我趕緊說噁心的話。

“謝謝妳普及腸衣知識，爲了補充妳未完成的部份，讓我告訴妳這血腸裏有什麼？”他熟練地用刀劃開盤中物，“看到沒？有血、舌頭、肉末、麵包屑和燕麥，兼具腐敗的氣味，妳要不要也聞一聞？”

聽他這一說，噁心感再度襲來，我捂住嘴衝向洗手間……

等我一身狼狽地回到座位上，桌上的大腸小腸已不見，只剩下我點的豬排和油炸奶酪。

“妳還好吧？”他問。

我要他別貓哭耗子假慈悲了！

“對不起，噁心的話不再說，妳安心吃飯吧！”

他真的不再提“凶殺案現場”，反而說起南部的一座小城Trebon，想要欣賞捷克的田園風光，非它莫屬。

“你去過特熱邦？”我問。

“没，聽同事說的。”

我答聽說的難免加油添醋，和事實不一定相符。

"那麼讓我們一探究竟，看看是否如同所說的那樣美好。"

按照盧卡的計劃，兩天的行程足矣，騎自行車去，來回十個小時，保管減肥。

"十個小時？殺了我吧！"

"那好，坐大巴去，等妳想抽脂時再回頭找我。"

其實穿一步裙時我已感覺到腹部有點兒緊，拉鏈也拉得勉強，所以半信半疑地問："我真胖了？"

這都得怪捷克的豬肘太好吃，加上最近迷上甜甜圈冰淇淋，即由師傅烘焙出一個熱乎乎、外焦裏嫩的甜甜圈甜筒，然後在裏面填滿冰淇淋、果醬和巧克力醬，想不胖都難。

他答還好，離楊貴妃只有一個雙下巴的距離（傳說楊美人有三下巴）。

盧卡的話無異原子彈爆炸，瞬間升起巨大的蘑菇雲，幾百根火柱燒得我面目全非。

"去去去，"我點頭如搗蒜，"十個小時就十個小時，什麼時候去？"

他夾起一根豬排塞我嘴裏，說："就這週末。"

我說一定啊！減肥是女人畢生的事業，他可不許黃牛。

"不會的，就算上刀山下油鍋也去！"他信誓旦旦地答。

週末沒刀山可上，也沒油鍋可下，然而盧卡還是黃牛了。

他在電話中猛道歉，說病人已經上好麻藥，可是主刀的醫生竟然在關鍵時刻跑廁所，大概吃壞東西了，他不得不上陣，這是個大手術，估計得花六個鐘頭以上的時間。

我安慰他沒關係，自己在附近騎自行車減肥也一樣。

掛上手機，我感到莫大的失望。爲了這兩天的"減肥之旅"，我把Jan的女友叫來咖啡館幫忙，同時租好自行車，買來頭盔、騎行服及擋風鏡，盧卡一毀約，這些準備都付諸流水了。

" What's up?"Presl問我怎麼了？大概我坐在客廳裏悶不吭聲太久了。

我把我的遺憾告訴他，沒想到他說他也愛騎自行車，就讓他陪我完成"減肥之旅"吧！

" 這樣好嗎？我該不該知會一下盧卡？……不對，他正在手術當中，肯定關機了。"我心想。

既然盧卡在忙，我和他人騎會兒自行車有什麼不可？

於是我告訴Presl就在市區騎一騎，天黑前回來。

" Deal."他率先走出房門。

第十九章／意外之旅

我和Presl騎著自行車在市區繞了一圈後往丘陵騎去，坡度雖不大，但也費了好一番功夫。途中經過城堡畫廊、聖維塔大教堂、舊皇宮、火藥塔、黃金巷……最後在高處停了下來眺望全城。

布拉格是全球第一座整個城市被指定爲世界文化遺産的城市，在金色陽光的照耀下，那一片片的紅瓦顯得如此耀眼，尤其屋頂的天窗形態各異，彷彿一雙雙美麗動人的眼睛。

適逢整點，一位身著中世紀古服的吹號手在鐘樓樓頂對著東、西、南、北四個方向依次吹奏同樣的樂曲，讓人彷彿穿越時空回到當年帝王巡視疆土的年代裏，我不禁讚歎布拉格的美麗。

Presl 深以爲然，並且問我是否繼續騎行？

想到我的減肥大業才剛剛開始，而且還不到正午，遂點了個頭。

没想到Presl左拐右繞地帶我騎出了布拉格，沿途都是鄉間小路，非常有情趣。

約莫騎了兩個鐘頭後，他在一個路邊家庭咖啡室停了下來，問我要不要休息一下？

"Yes."我氣喘吁吁地答。

咖啡室很簡陋，咖啡只有即溶的，餐點只有三明治和熱狗，但在又饑又渴下，我們把粗食當成山珍海味一掃而空。

Presl說依據沿途的指示，我們離庫特納霍拉不遠，它以銀礦開採出名，有個十四世紀的王宮，看完王宮騎回布拉格，天黑前估計能到家。

想到臨時出門，我連手機、錢包都沒帶，既然Presl說天黑前能到家，我無可無不可地答應了。

結果騎了一個多小時，連個加油站也沒見著，Presl要我別慌，前方肯定有路標指示。果然半小時後看見地圖了，這才驚覺我們走錯路，離庫特納霍拉十萬八千里，倒是離特熱邦很近，不到二十公里。

Presl問我要繼續前行還是返回布拉格？

眼瞅著日已西斜，往前行不到一個鐘頭就有飯吃，往回走要四個小時，而我已饑腸轆轆且精疲力盡。

" Keep going. I need food and drink."我答繼續前行，我需要食物和飲料。

一抵達特熱邦，看到有吃又有喝，我彷彿看見失散多年的親人，不禁熱血澎湃，然而PRESL要我等等，他說身上僅有的零錢已付給了家庭咖啡室，現在只剩信用卡，我們得找一家接受信用卡的餐廳（也就是說那種家庭食堂和路邊攤必須果斷放棄）。

爲了找到看起來高大上的餐廳，我和Presl又多騎了十幾分鐘，直到聽說接受信用卡，才坐下來點餐：沙拉、大蒜湯、烤肉、烤腸、燉飯、蘋果蛋糕，外加兩杯冰啤。

Presl要我別忘了這是"減肥之旅"，我答自己太饑渴，沒辦法思考，等腦子能運轉後再想卡路里的事。

他聽完哈哈大笑，拿起冰啤和我乾杯。

啊！大口吃肉、大口飲酒的人生，夫復何求？

Presl問我要不要打電話給醫生報平安？想到我用的是他的手機，將來解釋起來很麻煩，遂婉拒了。

" 嘟……嘟嘟……"Presl接聽，三兩句話後，他將手機遞給我。

真是奇了，難不成是盧卡打來的？

" 喂！妳在哪裏？"聽到米星的聲音，我著實嚇了一跳。

" 在……在特熱邦。"我答，同時望向Presl, 他倒很鎮定，正在吃沙拉。

米星果然質問我爲什麼在特熱邦？而且還和"她的他"一起。

我把前因後果簡單交待一下，米星下令要我和Presl立即打車回布拉格。

" 不可能的，我們騎了一天的自行車，累得要死，更何況自行車是租來的，我們還得騎回去，打不了車。"我答。

米星在電話那頭沈默了一會兒後，果斷說她馬上打車過來，問我住哪家酒店？我答不知道，還沒找著，也許待會兒打給她。

掛上手機，我才想起自己沒帶換洗衣服，應該讓她順便帶過來才是。

沒想到Presl聽完我的敍述後立馬關機，我問怎麼回事？他答從布拉格到特熱邦開車得三個小時，没有司機會跑這麼一趟遠路，就算願意，車資恐怕不是無業遊民的米星能負擔得起，更別說大黑夜裏單身女子搭車會有多危險！

想想也對，米星只是一時腦熱，我們可不能助長她的任性妄爲。

" Where should we stay tonight?"我轉而問他今晚落腳何處？

他答能接受信用卡的便宜旅館。

我也知道副教授的收入不會太高，馬上提出回布拉格後把錢補上。他說不必，出外騎自行車是他提議的，況且帶錯路，讓我不得不在外頭過夜，心中很過意不去，所以還是由他買單。

Presl的高風亮節再次讓我折服，如果不是因爲他的不婚主義，我恐怕很難抵擋他的魅力。

特熱邦不大，可供住宿的地方也不多，但我們還是找到接受信用卡的乾淨旅館。

因爲和盧卡已經確認戀愛關係，我很執著地要了兩間單人房，Presl没有異議，很快便各人入各屋。

一進房間我便感到無比的詭異，說不上是哪裏不對勁，等洗完澡穿上浴袍走出來，這才發現原來是梳妝台的鏡子正對著床，難怪感覺房間裏還有別人，雖然那個"別人"顯然是我自己。

開了電視，幾個頻道都講捷克語，聽是聽不懂，但有聲音總比没有好，於是我無可無不可地看著，想盡快讓自己進入夢鄉，然而……我還是覺得房間裏有第三人，除了床上的我、鏡子裏的我、還有……

我擡起頭來尋覓，終於發現那人來自牆上的油畫，畫裏的貓頭鷹分明有張人臉，嚇得我奪門而出。

" I think there is a ghost in my room."我赤足跑去敲Presl的房門，

說我的房間裏有鬼。

他聽了哈哈大笑。

我說是真的，没開玩笑。

於是Presl問我想怎樣？我答想和他換房睡。

遺憾的是他的房間和我的一模一樣，鏡子對著床，油畫裏的貓頭鷹也有張人臉。

" Never mind."我很失望地說算了。

回房一躺下，座機便響起，是Presl打來的，他說唱歌給我聽，也許有助我盡快入眠。

哈！求之不得。

於是Presl便以渾厚的男中音唱著我聽不懂的捷克民謠，在抑揚頓挫的優美歌聲裏，我終於沈沈睡去……

吃完早飯，我們騎上自行車漫遊，這裏簡直是自行車的天堂，連小孩也騎上小車，跟著父母一起環湖。

當我們停下來大喘氣時，Presl提到不遠處有個城堡，問我要不要參觀一下？

反正今天也没什麼特別的安排，既來之則安之，看看也好，於是我們往盧森堡家族的城堡騎去。

盧森堡家族曾經統治過捷克，查理大橋的修建者查理四世即是這個家族的成員。

參觀過這座宏偉城堡後，我才知道中世紀的歐洲只有勺，没有刀叉；又知道他們的煉金師没煉出金子，倒是煉出一些亂七八糟的化學物質，這和秦始皇當年想煉長生不老藥有異曲同工之妙。

從城堡走出來已近中午，Presl說請我吃這個城市的特產—鯉魚。我答隨便吃吃得了，他說就是隨便吃吃才請我吃鯉魚，在特熱邦，鯉魚像薯條一樣普遍。

Well, 如果有人告訴我生魚肉前菜、炒魚腩、魚蓉湯、炸鯉魚條，燉魚肉蔬菜……等，算隨便吃吃，我認了。

酒足飯飽後，我們往回家的路騎去。

Presl說特熱邦之旅完美收官，我同意，如果不是在公寓樓底發現看似等候我多時的盧卡……

第二十章/替身

盧卡就坐在樓前的階梯上，神情很萎靡。

"你……你怎麼在這裏？"我下了自行車。

"來看看妳是否安全到家，"他站起身來，"顯然妳已安全到家，那好，我走了，午飯還沒吃呢！"

已近黃昏，盧卡卻說還沒吃午飯，可見已等了一段長時間了。

此時Presl藉口上樓，待他走後，我告訴盧卡自己和Presl騎自行車去了，本來只想在附近逛逛，不知怎的迷路了，查過地圖後發現離特熱邦很近，索性就上那兒瞧瞧……

"特熱邦是否如同我同事所說的那樣美好？"他問。

我想了想，給予肯定的答案，它比布拉格清靜，空氣中還有硫磺的味道，是個能洗溫泉的城市……

"我以爲妳會等我一探究竟，所以下了手術台便急著找妳，如果不是米星告訴我實情，我差點兒報警了呢！"

雖然無一句醜話，但我還是聽出其中的責難之意。

“對不起，事情的發展不在計劃內。”我説。

他答沒事，看來我並不討厭Presl, 他何不做個順水人情成全我倆？

“什……什麼意思？”

盧卡深深看我一眼，什麼話都沒說地離去。

看著他落寞的背影，我很想喚他回來，但開不了口，只能眼睜睜地看著他消失在巷尾……

我開門進屋，聞到茶香，PRESL問我醫生去哪裏了？

我答醫生吃飯去了，我猜。

他緊接著問我爲什麼沒跟去？

“ Because ……he is angry.”

他沒進一步細問，遞過來冒著香氣的大吉嶺紅茶，喝過熱飲後，我果然感覺好多了。

“ I will cook spaghetti. Do you want some?”體貼的男人說他要煮意麵，問我要不要來點兒？

我點頭。

騎了五個小時的自行車後，我樂得有現成的晚餐吃。

Presl煮的是家常意大利麵，在麵條中加入蘑菇、西紅柿、蒜、西蘭花、迷迭香，最後灑上胡椒粉即成，雖然作法簡單，又是“素”麵，但不知怎的，特別好吃，我問他是怎麼做到的？

他答煮意麵有訣竅，麵條得煮九分熟，而且要在滾水裏放油和鹽。放油是爲了不讓意麵粘在一起，放鹽是因爲麵條沒有鹹味，所以要增加味道。

我說原來他是煮意麵的高手，真是失敬！他答是前女友的功勞，他不敢居功。

前女友？來自中國的那一位？

Presl承認，同時爆料前女友結婚了。

"I am sorry."遺憾之餘，我問他是否後悔？

他答一點兒也不，兩個人在一起合則來，不合則去，一旦結婚就複雜多了，他不認為自己有時間和精力去解決這類棘手的事。

我說他活在烏托邦裏，他笑笑沒回答，算是默認了。

～

客人點了披薩，我彎腰把綴滿牛肉、玉米粒、洋蔥、豌豆、黑胡椒、馬蘇里拉奶酪的餅皮放入熔岩烤爐裏，然後直起身將圍裙卸下。

已經六點，該下班了，我把咖啡館交給Jan.

沒想到一走出咖啡館，一盆水便毫無預警地灑向我，讓我成了十足的落湯雞。

"搞什麼？"我怒目相視。

米星將手中的紅色塑料桶往旁邊一扔，無事似地轉身走人。

我怎能嚥下這口氣？

見我跟上，肇事者拔腿就跑，其實也沒跑多遠，盧卡的家就近在咫尺。

～

"說！幹什麼潑我水？"我一身狼狽地問。

"讓妳長記性！"她一臉無畏地坐在沙發上。

我問她長什麼記性？先挑釁的是她。

"不，先挑釁的是妳！妳知道那晚Presl關機後我是如何度過的？整夜失眠。妳怎能這樣？吃在嘴裏看在碗裏，妳已經有盧卡了，而我……什麼都没有。"

我說她誤會了，我和Presl連嘴都没親過，何況我的終極目標是走向婚姻殿堂，而Presl明顯給不了這個。

"少騙人！妳能發誓對Presl從没有非分之想？就知道妳不樂見我好，一直都是。"她憤恨地說。

我不樂見她好？這從何說起？

她答跟學長那會兒，我持反對意見；跟老頭那會兒，我看衰；好不容易看上Presl, 我非但不幫忙還跟他走得近，這是閨蜜該做的事嗎？

我没想到米星把我的好心當成驢肝肺。

"我承認對Presl動過心，但也只是想想而已。現在有了盧卡，我的心全在他那裏，所以即使和Presl在外過夜，我們也是各人睡各屋不逾矩。"

我一說完，米星帶著謎樣的微笑道："好了，我没別的問題要問，盧卡，你可以出來了。"

看盧卡神色不自然地從他的房裏走出來，我紅了臉，真是的，怎麼就没想到他在家？

"你倆欠我一份人情，我走了，十點前不會回來。"

米星走了，我和盧卡杵在客廳裏兩眼相望，不知該如何打破沈默。

盧卡凝視我好一會兒後走回房間，再出來時，手上多了條大浴巾："妳……濕了。"

他用浴巾輕輕爲我擦拭，我被他的溫柔舉止感動了，斗大的淚珠滾落下來。

"別哭，再哭十條浴巾都不夠用。"

聽他這一說，我破涕爲笑，啐他一句：誰理你！

他笑了笑，没有停止手中的動作。

臉乾了，髮也乾了，但擦不乾我濕漉漉的衣服。

"把衣服脱了吧！家裏有烘乾機。"他說。

當烘乾機發出嗶嗶聲時，我從床上坐起："衣服乾了，我得走了。"

"回來吧！"盧卡從後擁住我，"回來和我一起住。"

我答不行，我若回來，米星住哪裏？

盧卡說米星住一間，我和他住一間，互不干涉。

"搬家得提前一個月通知房東，還得付違約金，我没想好，還是緩緩吧！"

他聽了有些失望，但没有勉強我。

回家已近十點，客廳裏没人，還好，省去交談的麻煩。

我很快上床，但輾轉難眠。

盧卡說要擺脱"四人行"，他也的確努力了，但臨門一腳還是把我當成了茉莉，讓我如鯁在喉。

"會不會離開茉莉他就不行了？"

"妳得給他時間，妳不也腦子開小差想到戈墨？"

" 那是因爲盧卡不小心喚我‘寶寶’的緣故。"

" 那麼誰讓妳撅起屁股來著？也難怪盧卡想起茉莉。"

……

就這麼著，我和盧卡心照不宣地把那件事給做了，並且忽視床上依舊是四個人的事實，這也是我猶豫著要不要搬回去住的原因，"提前通知"和"違約金"不過是藉口而已。

"難道這輩子我和盧卡都得成爲別人的替身？"我想著，內心有莫名的恐懼。

第二十一章/食人花

Presl 照例在中午時分過來用午餐，我問他要不要試試新菜式
—海鮮麵+土豆濃湯？他答好，又問我什麼是粽子？今天上
課時，他的中國學生說端午節要吃粽子。

端午節快到了嗎？哎！在國外生活總是這樣，常常
忘了過節。

我想起自己最愛的嘉興粽子，糯而不糊、肥而不膩、香糯可
口且鹹甜適中，尤以鮮肉粽最投我所好。

" Yes, we eat Zhongzi on Dragon Boat Festival. It's a kind of rice
dumpling wrapped in bamboo leaves to form a pyramid."我承認端
午節吃粽子，而粽子是一種用竹葉包成菱形狀的飯團子。

他問我像不像壽司？壽司也是飯團子。

我趕緊答不，兩者有天壤之別，但……該如何解釋呢？一時
真抓不到頭緒。

" Don't worry. I will make Zhongzi for you."米星從我背後出現，
嚇了我一跳。

"妳哪兒來的粽子？"我没好氣地用普通話問。

米星不理會我，大言不慚地對Presl說自己是魔法師，這週末肯定變出粽子來，歡迎上她家品嚐。

呵呵！好個上她家品嚐，把盧卡的家當成自己的家，還真不客氣呀！

因爲米星的邀約，Presl投桃報李，問她要不要一起用餐？他買單。

" Thank you."米星毫不猶豫地坐下，還指定要吃芝士焗三明治加法式濃湯。

我答今天海鮮市場没送龍蝦來，煮不了法式濃湯。

"那麼隨便來個喝的，動作快點兒，餓死了！"

我很討厭米星一副趾高氣揚的樣子，明顯想在Presl面前矮化我，但來者是客，只能把怨氣往肚裏吞。

千萬別誤會我是隻白眼狼（不久前米星才撮合我和盧卡），其實我挺樂見她有男友，只是不苟同她追求的對象，尤其PRESL是我房東，還是老頭兒的兒子，海外華人的圈子本來就小，我不想閨蜜成爲茶餘飯後的談資，連帶把我的名聲也搞臭了，畢竟"近朱者赤，近墨者黑"、"物以類聚、人以群分"嘛！

盧卡和我約了晚上一起吃越南菜，還是米星推薦的，說是在布拉格四區的越南村裏。

和其他城市比，布拉格的私家車算少的（大概大家習慣乘坐公共交通工具之故），所以盧卡的車在寬闊的馬路上暢行無阻，約莫二十分鐘不到就抵達目的地，只是下車後不免讓人有些失望，餐廳的門面很小，看起來有些蕭條。

" 也許食物是上乘的，否則米星也不會推薦。"盧卡讀出我的擔憂。

哎！既來之則安之，反正人生地不熟的，我也沒得選。

進去後，環境看著還行，也就坐了下來，沒想到一坐下就後悔。首先，服務員一個個像耳背，叫半天才有反應，菜也上得慢。這還不打緊，點的西貢咖喱雞跟一個小奶鍋差不多大，裏面只有少數幾塊雞肉沈浮著，量太少，幾口就沒了。再說海鮮菠蘿炒飯，沒啥海鮮，菠蘿切得很小很碎，蝦子基本沒有，米飯還少得可憐。還有還有，菜單上的椰子糕看上去很大一個，其實直徑不過三公分大小，剛好一口一個……

" 越南人看起來很瘦小，難不成就是因爲食量小 ？"我壓低聲音問。

盧卡答沒事，多點幾樣就飽了，被我阻止。一個服務不咋地，口味又一般的餐廳，我只想快快走人。

沒想到厄運還沒完，結賬時那個一臉橫肉的收銀員將賬單甩過來，態度之差可見一斑。盧卡遞上信用卡，她嘩啦啦地說起越南話，看著像在罵人，盧卡也來氣，正想回罵兩句，我匆忙丟下現金，轉身拉盧卡走人。

瘋狗咬人，犯不著也去咬瘋狗。

然而走出餐廳，我還是免不了吐槽，難不成米星眼花，連這種餐廳也推薦 ？！

" A-hah,"盧卡指著前方不遠處的中國商店，" 米星要我順便買糯米、香菇、蝦米、粽葉，我想這就是她推薦那家越南餐廳的原因。"

布拉格沒有華人超市，早聽說要買乾貨只能上越南村，這可不，眼前就有一家中國商店，生鮮食品沒有，香菇、蝦米、麵、油、花生……等，倒是可以掏一掏。

想到米星爲了一己私利，賠上我和盧卡的美好晚餐，是可忍孰不可忍？我偏要破壞她"以吃粽子爲名，行約會之實"的計劃。

~

星期六回到家，Presl正要出門，時間6:30PM.

我明知故問地問他上哪兒？他答去米星家吃粽子，又說爲了禮貌起見，他打算買一束花送她，問我有什麼好建議？

米星曾說她不喜歡黃菊，這花讓她聯想到喪禮用的花圈，於是我慫恿他買黃菊，說那是米星最喜歡的花。

" Are you sure?"他問。

和我的捉弄不同，Presl說在捷克，黃菊代表"單相思"，如果送異性黃菊花，它有"不要追我"之意。

哈！正中下懷。

爲了減輕負罪感，我問他是否想追米星？他答不可能，米星不是他的菜。

知道Presl內心的真實想法後，我反倒同情起自己的閨蜜來，這下子她的熱臉就要貼冷屁股了。

" Buy lavender. Mi Xing also likes it." 我收起自己的惡作劇，轉而建議Presl買薰衣草。

薰衣草的花語是"高貴"，不會讓人對號入座或有不好的聯想。

~

" Coming."按了門鈴，米星銅鈴般的聲音響起，像浸過蜜似的。

開了門，她接過Presl送的花，臉上亮得發光，但下一秒就石化了，因爲她看到立於Presl身後的我……

"來檢查妳包的粽子合不合格。"我早先一步跨入屋內。

空氣中果然有五花肉和竹葉的味道，如果猜得没錯，粽子裏應該還加入板栗。奇怪，那晚我們没買這一味。

"哪兒來的栗子？"我問。

"妳以爲只有中國人吃栗子？"米星不屑地反問。

原來布拉格的山丘上有栗子樹，滿山遍野都是栗子，彎腰撿就有，不花錢的。

Presl證實她的說法，並且不忘科普一下：歐洲栗分兩種，一種叫馬栗，不可食，是七葉樹的果實，刺少且短，果子呈球形，頂部光滑；另一種可食的刺多且長，果子呈半球形，頂部有個小帽子。

" Are you sure you got the right one?"Presl 轉而問米星是不是撿對了？

米星答放心，栗子是在超市買的，說撿到的不過是開玩笑。

Presl說那就好，因爲七葉樹的果實含有大量的皂角甘，吃了會中毒。

"我倒希望某人會因此中毒而亡。"米星用普通話說，明顯是講給我聽的，但我假裝没聽懂。

～

"I like Zhongzi. It's really yummy."

聽到心上人喜歡粽子，米星馬上表示剩下的粽子可以讓他打包帶回家。

Presl 說他不懂如何加熱，我跟著表示願意效勞。

"要不要妳也幫他吃？"米星問我，臉色很不好看。

我答Presl若不反對，這個忙我倒是可以幫。

" 不要臉！"她漲紅了臉，一股氣從嘴巴冒出，還夾雜星點泡沫，我覺得口水肯定噴到粽子上，頓時失去胃口。

" Oh.Oh.Oh.Calm down. Calm down."Presl不明白爲什麼我們會忽然吵起來，急著滅火。

我站起身，要Presl跟我回家，米星則威脅若Presl現在離開，她馬上從窗口跳下去。

" Oh my God！"我翻了個大白眼，氣急敗壞地先一步走人。

戈墨帶給我的惡夢還未消除，我不想再添一椿悲劇（米星真夠可以的了，知道我的軟肋在哪裏，一棒打下去，痛得我眼冒金星）。

走出公寓樓外，我不由自主地往上瞧，那個泛著黃光的窗口像個血盆大口，我能想見Presl就是一隻誤入食人花的可憐蟲，正被米星一點點兒的蠶食鯨吞……

" Presl."我衝著窗口喊。

第二十二章／謝謝你還愛我

那個窗口很快出現一個人影，我們四目交接，他像拿著放大鏡觀察古文物的老學究，嚴肅中帶著迷惑。

不知怎的，我對著他淌眼淚，心裏委屈透了。

Presl離開窗口後，我拭去淚水，真是的，我竟像個無助的孩子似地對著一個男人梨花帶雨。

沒多久，Presl走出樓外，很自然地將手搭在我的肩膀上。

" Let's go home."他説。

走沒幾步，我忽然有心電感應，轉身面向背後建築物的三樓，那個窗口站著一個人，一個氣憤非常的女人。

～

搶回Presl, 我一點兒也不開心。

雖然我不贊成米星追Presl,但明著搞破壞，很傷友誼，考慮再三，我決定主動求和。

手機響了好幾聲，米星没接，於是我打給盧卡，想讓他幫看米星在幹啥，没想到他竟然關機了。

我躺回床上，輾轉難眠，總覺得五爪撓心，像有什麼煩心事正在進行。

~

空檔年（THE GAP YEAR）指學生離開學校去經歷一些課本以外的事，比如外出旅行或者工作，一般會選在離開中學進入大學之前，相當於我們的"成人禮"。

Jan說空檔年結束了，他打算回學校唸書，就做到這個月月底，感謝我給予他工作機會……

Oh no! 不可以，培養一位得力助手很不容易，他怎能拍拍屁股走人？簡直晴天霹靂，比"被分手"還駭人。

" I'm happy you will go back to school. Good Luck."縱使百般不願意，場面話還是要講的，我祝他好運，還說自己很高興他即將回學校唸書。

Jan笑著說謝謝，然後轉身清洗杯盤，那是他的工作之一。

眼瞧著那孩子就要走了，我上哪兒找人？此時米星的身影出現在腦海裏。

對，讓米星回來工作，幫盧卡做家務不可能有好薪水，何況熟門熟路的，她很快就能上手，我也能藉機修復兩人的關係。

主意一打定，我打給米星，可惜她還是不接，可見這回她真生氣了。

我轉而打給盧卡，這次他没關機，但也不接電話, 太奇怪了，難不成兩人說好一起人間蒸發？

想起那晚把Presl搶回來之後，盧卡已有兩天没和我聯繫，這種現象不常有，除非他連續開了好幾台手術，累到連醬油瓶倒了也懶得扶正。

我決定下班後一探究竟。

～

是米星開的門，身上繫著粉紅色圍裙，俏麗的短髮上還別了個小巧的同色蝴蝶結，讓我聯想起HELLO Kitty.

"盧卡呢？在家嗎？"我往裏探了探頭。

米星馬上擋住我視線，說盧卡在醫院裏，還沒回家，有什麼事在這裏說，她負責轉告。

我推開她進到屋內，就不信她說的。

"我警告妳，這是私闖民宅，我有權告妳！"她語帶威脅地說。

"告吧！"我無所謂地答。

才兩天沒見，盧卡的屋子看起來不一樣了，哪裏不一樣呢？

傢俱還是那一套，燈具沒變，牆紙依舊帶花，甚至連風吹的方向也跟從前沒兩樣……等等，風？

我望向陽台，果然落地窗半開著，風是打那裏吹來的，我走了過去。

這公寓的優點除了位於老城區，去哪兒哪方便外，陽台還能俯瞰伏爾塔瓦河，擁有絕佳的視野，然而這麼美的景致此時卻被曬衣架上的蕾絲內衣褲給破壞了，這是咋回事？

和中國的"旗正飄飄"不同，歐美國家不時興在陽台曬衣物，怕影響觀瞻。他們習慣用乾衣機，只有特殊衣料及內衣褲才手洗，而且一律曬在浴室或隱秘處。

我和米星同住時，她就常抱怨這樣不衛生，怕內衣褲因此長霉，如今她卻堂而皇之地將它們曬在陽台上，也不怕鄰居告狀？而更讓我起疑的是，這得多親密才能做到不懼在他人面前展示自己的貼身衣褲？

"女孩要懂得矜持，妳把內衣褲曬在陽台，也不怕男人想入非非？"我說。

"要想入非非，即使捂得嚴嚴實實的，照樣想入非非。男人呀！都是雙面人，人前一套，背後一套。"她答，然後將手中醃好的肉往油鍋裏放，發出嗞的一聲。

我想起今天來的目的，除了確認他們兩人安全外，我還想爲那晚的使壞道歉，同時給她一個進賬的工作機會。

"米星，對不⋯⋯"話沒說完，有人開門進來。

"衛生巾沒貨了，害我⋯⋯"說話的人是盧卡，看見我，忽然結巴了，"妳⋯⋯妳怎麼來⋯⋯來了？"

什麼時候他倆變得如此親密？兩天前還"相敬如賓"，兩天後盧卡就成了可以代買衛生巾的人。

"你沒幫我買過衛生巾。"我冷冷地說。

盧卡很狼狽地答："要不，下次也幫妳買。"

我說不必，我不把男人當丫鬟使，然後頭也不回地走了。

他沒有追來。

很明顯，盧卡和米星的關係不一般了。

我沒吵也沒鬧，甚至一滴眼淚也沒掉，閨蜜當久了，我太清楚米星那一套，只要她覺得自己受冷落，我怕什麼，她來什麼，屢試不爽。

高二那會兒，班上曾來了個轉學生，人有些閉塞，膽子也小，我向來同情弱者，所以總找她說說話，希望能幫助她早日融入團體，沒想到米星愣是因此不理我長達半年之久，直到轉學生又轉學才恢復邦交。後來我聽說那人是"被轉學"的，因爲舍管阿姨抓到她私藏淫穢照片。

我壓根兒就不信有人會笨到把没穿衣服的美女照片帶進宿舍，何況那人還是個女的。

還有還有，米星自己也坦言曾因有男生愛慕我，遂造謠我只愛女生不愛男生，以此嚇退來者……

我把這一切歸究於她的不安全感。

米星的性向没問題，這點是肯定的，否則她也不會因爲學長的背叛，到現在還走不出來，然而這次我真生氣了，雖然一開始我也有錯，但我和Presl是清白的，没想到她真跨界，把我的男人給睡了，讓我欲哭無淚。

" What's wrong?"

大概我的臉色很不好看，正在吃晚飯的Presl擡起頭來問我是不是有什麽不對勁的事？

我答没有，然後走過去將他盤子裏的肋排拿走一根，邊吃邊回房。

～

Jᴀɴ幫我把徵人廣告貼在窗戶玻璃上，註明應聘者得會說簡單英語，工資面談。

貼好廣告，他轉身進店，我則替窗前的小花小草灑水沐浴，再拉上遮陽棚，這樣臨窗的客人就不會被陽光直射到。

"當妳的客人真幸福。"

"是嗎？我以爲當我的男人才幸福。"我轉過身面對盧卡。

他看了我好一會兒後說："對不起。"

一句"對不起"成了壓倒駱駝的最後一根稻草，我強忍住淚水，高傲地說："没關係，你是自由的。"

"如果我說我還是愛妳的，妳會不會覺得我矯情？"

有句話說："失去某人，最糟糕的莫過於他近在咫尺，卻猶如遠在天邊。"，而我恰恰有此感覺。

"謝謝你還愛我，但……對我而言，愛如果那麼容易就變節，那一定不是真愛。我已經意識到這一點，你也應該有所覺醒才是。"

說完，我轉身進店，把盧卡關在門外。

"如果我說我還是愛妳的，妳會不會覺得我矯情？"

有句話說："失去某人，最糟糕的莫過於他近在咫尺，卻猶如遠在天邊。"，而我恰恰有此感覺。

第二十三章/攻城

第一位應聘者是個很胖很胖的捷克女人，胖到連進門都需要側身，而開放式廚房小得只容得下她一人轉身（意思是有她沒有我，有我沒有她），加上我不想讓客人誤會咖啡館的食物卡路里高得嚇人，所以……我讓她回家等通知。

那女人離去前還問我認不認爲她很胖？我答一點點兒胖。

她笑著說我嘴巴甜，我想她已經心知肚明面試沒通過。

第二位應聘者是個頭頂著一頭亂髮，滿臉絡腮鬍的男子，看不出年紀，因爲臉孔躲在一堆毛髮後。

他說他已經兩天沒吃東西了，只要給他一頓吃的，他立馬上工。

我給了他總滙三明治和黑咖啡，然後在候選名單上打個叉。

第三位應聘者騎著哈雷摩托車前來，他說他打算環遊世界，沒想到才第二站就告缺糧，不得不賺點兒盤纏，如果我能提供住宿最好，不能的話，他就在店裏打地鋪……

Oh my God！怎麼雇人這麼難？

趁著客人不多，我走到店外呼吸新鮮空氣，順便排解一下鬱悶的心情，沒想到就這麼與米星相遇了。

“妳這是怎麼了？”我問。

米星撐了把傘，身上穿著一件寬大的男性襯衫（也許是盧卡的），胸部大了兩號。這不打緊，從頭頂至下巴還綁了一圈繃帶，鼻子上貼著紗布，上眼皮紅腫，一副傷兵的模樣。

“美人改造需要時間。”她答。

果然是進了盧卡的整形工廠了。

“怎麼沒讓他改變妳的身高？妳最缺的是這個。”我又問。

米星說她還沒那個勇氣把腳剁了，再把骨頭拉長接回去，所以還是朝著“麻雀雖小，五臟俱全”的目標前進。

“這下好了，枕邊人親自替妳操刀，萬無一失了。”

“這還得感謝妳把Presl帶走，否則我也不會向盧卡下手，那晚我們……”

“夠了，我不想聽你們如何風花雪月，妳若喜歡他就帶走，走得越遠越好。”

沒想到米星撒腿就跑，讓我很錯愕，不會吧？！我的逐客令這麼管用？

“ Hi， are you waiting for me?”Presl 向我走來，問我是否在等他？

“ Er……Yes. Yes. ……Sure.”我慌忙承認，並且讓開身來，請他進店。

敢情米星逃跑的原因是因為他，而非我的逐客令？

為Presl倒白開水時，我說他今天來早了，披薩熔岩烤爐都還沒預熱完畢呢！

結果他說他在等人，我問是誰？他還沒來得及回答，一個留著獅子頭髮型的女人適時推門進來，身上的黃色波希米亞連身褲很搶眼，脖子和手腕處還掛著好幾串叮叮噹噹的民族風首飾。

" My ex-girlfriend, Eva."他介紹。

原來她就是Presl的中國前女友，不是結婚了嗎？怎麼又回布拉格？我有太多疑問。

"妳好，我是這家咖啡館的老闆，同時也是Presl的租客，久聞妳的大名，今天總算見上面了。"我說。

"噢！是嗎？Presl經常提起我？"她問，很高興的樣子。

我答也不是經常，偶爾提起，又問她想吃點兒什麼？我們有招牌雞肉捲和巧克力馬芬，都是今天做的。

Eva說來杯不加糖的黑咖啡吧！這禮拜是她的減肥週。

" No way. You're not fat at all." Presl不苟同。

那個一身精肉的女子馬上反問怎麼沒胖？大腿寬了一吋，臉也圓了，好處是胸部因此多了一個罩杯......

聽得我差點兒吐血，這狗糧撒得莫名其妙，人妻還沒一點兒分寸，要被人看低的。

與我的保守想法不同，那兩人就像久別重逢的情侶，Eva甚至餵Presl吃糕點，一點兒也不忌諱。

他們坐了兩小時，我也心神不寧了兩小時，怎能這樣？太不像話了！

趁著Presl先走一步，而前女友還留在原位補妝，我趕忙爲她續了杯咖啡，順便坐下來。

"我叫畢葳葳，Presl大概上課去了，妳是來度假的吧？！打算待幾天？"我問。

Eva答Presl不是去上課，而是幫她買洗漱用品；她也不是來度假的，打算在此長住，還有，她兩點鐘有個interview,應徵當酒店的前台人員。

"買洗漱用品？長住？住哪兒？妳不是結婚了嗎？"我丟出去一長串的問題。

" Presl答應讓我暫時在他的客廳住下,江湖還講道義，何況我們曾經那麼親密過，至於婚姻……現在離婚已經不像從前那樣離經叛道了。"

我擔心的事還是發生了，這是陰謀，Eva婚姻受挫後，打算捲土重來，再次攻城……

"據我所知，Presl是不婚族。"我提醒她。

"原來妳也知道他不婚，"她捂住嘴笑，" 如果不是這個原因，我才不會回中國閃婚。現在好了，成了離異婦女，身價又掉了不少，只好重回西方世界，也只有西方人對離婚的女人還算寬容。"

這個婚戀市場是怎麼了？大齡女不僅要跟年輕女孩競爭，還得跟二婚女一較高下，還能讓人喘口氣不？

"我看妳的個子挺高的，Presl的二人座沙發睡起來恐怕不會太舒服，妳還是趁早找個住處搬出去。"我提出良心建議，其實是不願心目中的偶像被糾纏。

"我沒打算一直睡沙發，等那對印度夫婦搬出去，我就要睡回雙人床上。"

印度夫婦要搬？什麼時候的事？我趕緊問。

"聽說那男的在南部城市找到一份教職，很快會搬出去，怎麼，Presl沒對妳提及？看來你們的關係很一般啊！"

Eva又笑了，我發現她很愛笑，只是這次笑得讓人很不舒服。

" 的確很一般，每天中午準時到我店裏報到，没事還對我噓寒問暖一番，没什麼比這個更一般的了。"我說。

這次Eva的笑臉僵住了，我也藉機起身，因爲有位大帥哥正推門進來，我得上前服務。

~

回到家，毫無意外地看見Eva及堆在客廳裏的兩個大行李箱。

Presl語氣平淡地對我說Eva煮了中國菜，問我要不要坐下來一起吃？

"一起吃吧！菜煮多了。"Eva也開口邀請，聽著像是請人當食物垃圾處理器，怕暴殄天物。

"不了，你們吃。"

正要進房間，恰巧聽到那兩人的話屑子，Eva說她的捷克語不夠流利，今天的面試大概無望……前夫給了她一筆贍養費，不多不少，她打算拿來做點兒小生意……

"I feel hungry now. May I sit down?"我轉而說自己肚子餓了，問能否坐下來一起吃？

米星的Sicily Café 買的不過是十年的經營權，每月還得交房租，十年一到，經營權自動歸還原主人。

當初她轉賣給我時，誤以爲自己就要當上少奶奶，樂得慷慨不收我錢，只聲明賺到錢再給她。然而從接手到現在，刨去所有開銷及我的個人支出，基本只能算打平，甚至還没攢夠買一個Gucci女包的錢，現在聽Eva這麼一說，我有了讓她入股的念頭，一來有錢還米星，二來省去一筆雇人的費用。

Eva聽完表示没想過開咖啡館，讓她考慮一下。

等我從洗澡間出來，她叫住我，問我既入股又當夥計，利潤如何分配？

"五五分。"我答。

“好，一言爲定。”

我没料到她的決定下得如此之快，簡直像在坐噴射機。

她解釋幕後推手是Presl，他說我是好人。

我是好人？哈哈！我當然是好人。

知道Presl對我有好評價，我心懷感激，尤其對方還是我敬重的人……

“好人不一定辦好事呀！”她感慨，“記住，我是回來攻城的，妳可別拉我後腿喔！”

第二十四章/真命天子

本來我上早班（10 am～6pm），夥計上晚班（1pm～9pm），Eva一來，知道Presl的午餐總在咖啡館裏解決，硬是要跟我對調。這一來，除非我早起，否則和Presl見上面的機會大大減少了。

想起Eva說過她是來攻城的，要我別扯她後腿，爲了合夥人之間的和睦相處，我只好委屈求全。

～

印度夫婦搬出去的前夕請我們吃晚餐，爲了這一餐，咖啡館提早打佯。

當我和Eva回到家，立即被濃烈的咖喱和洋蔥味所折服，這得放多少香辛料才有這個效果？

四人座的餐桌很快擠進五個人，上面擺滿了菜。開胃菜是黃豆泥、咖喱餃、黃瓜奶露，熱菜是什錦咖喱鮮蔬、菠菜奶豆腐、咖喱雞、印式烤三文魚，飯後甜點則是米布丁及加了生姜與小豆蔻的馬薩拉茶。

印度人的主食是米飯和烤餅，我極愛烤餅，味香又有嚼勁兒，至於米飯……雖然飽滿纖長，顆顆分明，但對吃慣鬆軟香米的中國人而言顯然太硬，反正不合我胃口。

用餐完畢，Presl把寫上我們三人祝福語的卡片送給那對夫婦，然後分別擁抱他們，這離別的儀式便算完成。

隔天起床後，我發現客廳已恢復原來的樣貌，Eva大概已經搬進印度夫婦的房間裏，真快！

PRESL通常中午12點半左右抵達咖啡館用餐，時間可長可短，待到一點以後也不是不可能（如果下午的課不那麼趕的話）。

這一天我推門進店，踫巧Presl還沒走，桌上除了喝到一半的咖啡外，還攤了好幾本書，其中竟然有《孫子兵法》和《三十六計》。

" Hi, it looks like you are very busy."我走過去，說他看起來很忙的樣子。

Presl答的確很忙，最近他對中國古代的兵家計謀和軍事思想產生興趣，打算發表論文，又說全世界的軍事學校及情報組織都應該看《孫子兵法》和《三十六計》，這兩本書實在是人類史上的瑰寶，巧妙地利用了心理學、政治學、戰略學……等。

說得我臉上訕訕的，真對不住老祖先的大智慧呀！竟淪落到讓一位老外教育我中國的文化遺產有多豐富、可貴！

Presl沒發現我的窘境，藉機問我"遠交近攻"和"假道伐虢"的不同。

我答前者是聯絡距離遠的國家攻打鄰近的國家，後者是先利用甲做跳板去消滅乙，達到目的後，回過頭來連甲一起消滅。

他說聽起來没多大差別，本質是一樣的......

想著還是在他問出更艱深的問題前遁逃比較不尷尬，遂說自己也很忙，祝福他早日完成論文。

回到廚房，Eva正在煎培根，油脂向外流，剛好讓位於平底鍋邊緣的土豆片也裹上香噴噴的豬油。

我戴上塑料手套開始洗小山也似的碗盤。

" Presl 有没有給妳出難題 ？"Eva問。

我答有，他問我"遠交近攻"和"假道伐虢"的不同之處。

Eva聽完大笑兩聲，她說那不算難題，Presl問她" 先知者，不可取於鬼神，不可象於事，不可驗於度......"是啥意思 ？

我問她怎麼答 ？

" 我告訴他想先知道事實的真相不可以問鬼神和大象，也不可以用尺去量......"

我說她教壞外國人，她答那些裹腳布的東西早還給老師了，誰還記這個 ？

" 看來，也只有我能幫Presl了。"我心想。

知道PRESL正在收集論文資料，Eva又太不可靠，我便想盡一份綿薄之力幫助他（自己的語文程度雖然一般，好歹也比老外強，不是嗎 ？）。

花了四個晚上的時間，我終於把《孫子兵法》裏的原文及譯文消化完畢，再把《三十六計》裏每一計的代表意思全背下來，才算有點兒當老師的底氣。

隔天趁著Presl吃完午餐走出咖啡館，我迎上前去，裝作偶遇的樣子。

" Is it time for work?"他明知故問。

我笑說上班時間的確到了，又問他論文進展如何？他答很緩慢，還在摸索。

然後我告訴他自己的工作時間從下午1點到晚上9點，如果需要，我樂意幫他。

Presl聽了很高興，他說願意付我家教的費用。我答不必，自己只能在不忙的時候稍微指點他一下，所以別期望太高，順便又提醒他，晚上七點過後客人會少一些。

他笑著說記住了。

没想到當晚Presl就來報到，他點了冷藏櫃裏的三明治，笑說這樣我就不用忙著煮他的晚餐，能有更多的時間上課。

其實打佯前還有很多清潔工作要做，但我還是在招呼完其他客人後走到3號桌爲他答疑。其間有幾次因故走開，但課還是斷斷續續上著。

8:40 pm, 我不得不喊停，因爲碗盤没洗、桌子没抹、地也還没拖。

" Let me help you cleaning the kitchen."他說要幫我清理廚房。

我答不需要，但他還是挽起衣袖來。

在 Presl 的幫助下，咖啡館很快打掃乾淨，我鎖好門和他結伴回家。

到了公寓樓下，我要Presl先上樓。

" Why?"他問。

我答瓜田李下，總得避避嫌。

" You are very cute."他笑著摸摸我的頭，然後轉身上樓。

我摸著他摸過的頭髮，第一次有了心跳的感覺。

難道是他？我的真命天子。

第二十五章/世紀會談

Eva不難看，膚白、身高剛好、體形還勻稱，就是個性太張揚，讓人挺受不了的。

"木頭椅坐著不舒服，還是換成沙發座吧！"

"妳的杯盤怎麼全是白的？像在宜家餐廳用餐似的，應該用英國骨瓷餐具才好，我尤其喜歡帶花卉的。"

"別再餵食貓咪了，狗來富貓來窮，懂不？"

"昨天的意麵沒煮出味道來，注意點兒，來者都是回頭客呀！"

……

Eva的口吻明顯把自己當老闆娘，而我是她的員工。

"沒煮出味道？客人說的？"我撿了其中一句問她。

“没說，但盤內剩下一半的食物，不正是鐵證？”

那四位韓國遊客進來時，我是注意到的，她們像從同一個加工廠出來，除了服裝和髮型有辨識度外，幾乎就是姐妹臉孔，連身材也同樣的凹凸有致。

“聽說現在的女孩子爲了減肥，流行只吃一半，蝦只吃半條、湯只喝半碗、連蘋果也只啃半個。”

“如果真是那樣倒還好，怕就怕不思進取還找藉口塘塞，那就不妙了。”

不思進取？說的可是我？

好吧！讓我告訴你，我是如何不思進取的。

我們的糕點一向跟烘焙坊訂，我上早班那會兒，總會順路去取，Eva一來打破這個慣例，她說咖啡館一開門有很多事要做，何況一大早不會有人點蛋糕吃，還是由我去取最佳……這是“官方說法”，實情是烘焙坊隔壁就是港式茶餐廳，Eva極愛他家的叉燒，剛好由我順便幫她買外賣。

還有還有，勞役的工作不知何時全落在我頭上，大到清洗排油煙機，小到擦拭桌椅全歸我，她只負責點餐及與顧客嘻嘻哈哈，我早心裏堵得慌。

“是呀！我不思進取，所以忙得油頭垢面，連上廁所也用跑的；我不思進取，所以煮完意麵，轉身還得清點雜貨店送來的貨；我不思進取，所以不僅幫妳跑腿買外賣，還把堆積如山的碗盤洗好。妳倒好，只負責貌美如花及用不流利的捷克語撩人。”

Eva聽完後笑臉不見了，她指責我說話不公平，這老城廣場光咖啡館就不下二十多家，我們的裝潢一般，餐飲也一般，店主人還是亞洲臉孔，拿什麼吸引顧客？當然是親切的服務呀！所以雖然她的捷克語不咋地，還是拿出來獻醜，又問我難道沒發現最近銀髮族客人多了許多？這是誰的功勞？沒有顧客，其他再好也白搭，要不是爲了這家店，她還懶得理那幫人！

聽她這麼一說，的確，最近"老"客戶增加不少，而且Eva也不是全無用處，當廚房水管堵塞時，就是靠她和那個只會講捷克語的水管工溝通的。

"好吧！我同意妳也替我們的咖啡館做出貢獻，但拜託妳別把我當丫鬟使，我們是合夥人，没有誰高於誰。"

Eva很委屈，她說她以爲我們一直是"分工明確"，没想到我是這麼想她的，好，她會管好自己的嘴，不再做"良心建議"。

合夥做生意就是有這等壞處，要嘛做啞子，保持表面上的和諧；要嘛各自爲政，誰也別理誰。顯然後者是不智之舉，尤其我們的咖啡館目前只能做到收支平衡，不能再讓它風雨飄搖了。

於是我低頭，說自己太小鼻子小眼睛，希望她大人有大量；她也承認錯誤，說以後會注意勞力均衡的問題，不讓我有"低人一等"的感覺。

一場危機就在雙方各退一步的情況下化解了。

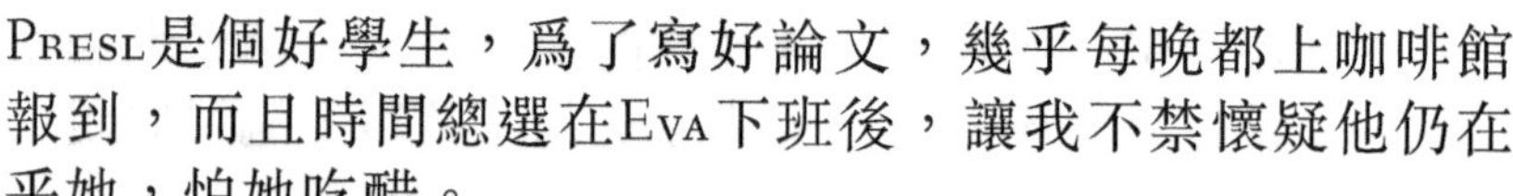

Presl是個好學生，爲了寫好論文，幾乎每晚都上咖啡館報到，而且時間總選在Eva下班後，讓我不禁懷疑他仍在乎她，怕她吃醋。

" What's honey trap?"這一天，他問我什麼是"蜂蜜陷阱"？

我答在人造蜂蜜內添加白糖或果糖冒充蜂蜜即爲"蜂蜜陷阱"。

Presl聽完滿臉疑惑，我探頭過去，原來他正在讀《三十六計》中的《美人計》，而《美人計》被翻譯成"Honey trap"。

我告訴他"美人計"一來可以消磨敵軍將帥的意志，二來可以增加士兵們的怨恨情緒，好比春秋時期，越王勾踐便是呈上美女西施取悅夫差，讓他迷戀女色而喪失警覺，最後越國得以打敗吳國。

Presl說聽著像是參孫和達麗拉的故事。

話說3000多年前，力大無比的參孫帶領希伯來人打敗腓力斯人，腓力斯人心有不甘，但又對擁有神力的參孫無可奈何，於是讓美麗絕倫的達麗拉去色誘他。

參孫沒能抵得住誘惑，他向達麗拉透露自己的神力來自於頭髮，當晚達麗拉便趁參孫熟睡時剪掉他的頭髮。失去神力的參孫很快淪爲腓力斯人的階下囚，受盡了凌辱……

我說紅顏果然禍水，"傾城傾國"指的就是這個。

就因爲"就事論事"了幾句，Presl說我是可以討論嚴肅事情的人，不像Eva, 她完全没概念。

我也注意到了，跟Eva談時事還是歷史典故，她彷彿是石器時代的猿人，但問她哪家商店在打折，她卻能如數家珍，甚至拿中國的價格和捷克的比，然後得出是否值得山手的結論。

" But……you love her."說這句話時我有微微的醋意，不能討論嚴肅的事情又如何？不是全天下的男人都想找腦子不空的女人作伴。

面對我的問話，Presl不吱聲，讓我多少感到氣餒，原以爲他會否認依然愛她。

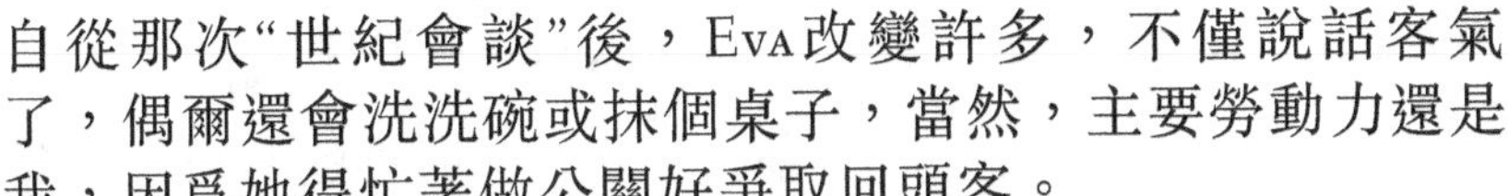

自從那次"世紀會談"後，Eva改變許多，不僅說話客氣了，偶爾還會洗洗碗或抹個桌子，當然，主要勞動力還是我，因爲她得忙著做公關好爭取回頭客。

“十號桌的客人一定不是夫妻。”Eva把收來的杯盤放進水槽後說。

我轉過頭去，那是一對中年男女，男的有幾分書卷氣，女的像文員，兩人再平凡不過。

“何以見得？”我把薯條放進油鍋裏，發出滋的一聲。

“男的給女的拉開座椅，還溫柔地問她想吃啥？”

我說這很尋常，夫妻之間也會做同樣的事。

“一聽妳說話就知道沒結過婚，我那個冤家一度完蜜月就原型畢露，別說拉開座椅了，上餐廳只會點自己想吃的，自私得很。平時要嘛粗聲粗氣地對我說話，要嘛沈迷在網絡遊戲裏，叫半天沒反應。”

這是第一次聽Eva提起她的前夫,話裏有諸多不滿。

“I am sorry.我不知道妳的前夫這麼糟糕。”

Eva聽完笑岔了氣，她說不是只有她的前夫糟糕，所有結過婚的男人都這麼糟糕。

“那妳還回來攻城幹啥？如果妳所說的屬實，Presl婚後也會如同妳的前夫一樣糟糕，妳這是從一個坑跳到另一個坑。”我邊煎德式香腸邊挑出她的語病。

Eva解釋攻城不表示結婚，同居也行，反正自己婚都結過了，不覺有啥稀奇，而且她也沒想要孩子......

她不解釋則已，一解釋，我所有的希望都落空了，兩個不婚主義又互有好感的人在一起就像馬德堡半球一樣，八匹馬都拉不開。

“妳的意思是只要不結婚，那男人就不會變糟糕？”我不恥下問。

她答理論上是，另外還有個前提—這個男人不能有對奇葩父母，否則一樣糟糕。

第二十六章/香水風暴

Eva說若不是Presl堅持什麼狗屁不婚主義（在她看來是文人的烏托邦幻想），她斷不會嫁給連結婚服都能穿出六○年代老味道的男人。

"告訴妳這男人能摳到什麼程度：牙膏用完得剪開，把裏面的殘留部份刮出來還能用上兩次；上超市直奔清倉區，那些臨到期的產品能低到一折；兩元一包的雞蛋麵條用清水煮一煮，加上蔥末和花椒油又是一餐......"

客人不多時，Eva發發牢騷無所謂，偏偏臨飯點了，她還是說個不停，可恨的是我非但不阻止還鼓勵她接著講。

"還有還有，吃個煎餅還自帶雞蛋，這樣能省兩塊錢；浴缸裏的水不能倒，得留著沖廁所......"

送完五號桌要的墨西哥捲和蘑菇湯，我趕緊跑回廚房撿起剛才的話題，說窮人的孩子早當家，在那個環境長大的，難免一個錢扳成兩個用......

"什麼窮人的孩子？他家在京城有好幾間房，光收租就是一筆不小的收入，可我那口子過得比窮人還窮，爲啥？做給我看的，不讓我養成壞習慣。”

我哈哈大笑，直說不可能。

“是真的，死鬼跟我度蜜月時，住的是如家、宜必思、漢庭這類的經濟型酒店，但他跟家族出去度假，住的是索菲特、香格里拉、希爾頓這類的五星級酒店，若不是在他的外套口袋內發現房費收據，到現在我還會以爲‘節儉’是他的家風。”

我問她怎麼婚後才發現老公是個防衛心很強的人？

“閃婚懂不懂？從認識到結婚不到一百天，連他家的姑嫂叔嬸都還没認全就戴上婚戒，妳說這婚結得是不是太倉促了？當初看他是名牌大學畢業生，人也老實，做的是會計工作，薪水雖不高但有房有車，還能要求什麼？我年紀不小了，對方更是拉警報，糊里糊塗便把證給領了，現在我的腸子都悔青了。”

我告訴她結婚初期總有個磨合期，她覺得男方摳門，搞不好男方還覺得她懶惰成性，搭夥過日子就是這樣，不能由著性子，得互相包容……

Eva說女性成長的書看多了，就會像我一樣，總說些隔靴搔癢的話，即使她能包容“防她像防賊”的老公，她的前公婆也容不下她，離婚是遲早的事。

“不會吧？！既然容不下妳，當初何必同意舉行婚禮，做這些勞師動衆的事？”我問。

Eva答也許相親那會兒前公婆並沒有太多的意見，但合八字時忽然發現她屬羊，這下子不得了了，民間有“十羊九不全”的說法，女性不是中途喪偶，就是没兒没女，這豈不是斷了他家的香火？還好當時她的摳門老公力挽狂瀾，堅持“非她不娶”，前公婆才勉爲其難地接受，但原罪已種下，所以後來當他們夫妻小吵小鬧時，前公婆非但沒有勸合，還煽風點火，讓裂痕加大，直至無法挽回的地步。

“不會吧？”我張大嘴巴。

“說了妳可能不信，度完蜜月回來，我發現前婆婆把我所有的黑色和白色的衣服全扔了，還買了不少紅色的衣服給我。她說紅色代表喜慶，黑色和白色代表有喪事，我又是屬羊的，命中帶煞氣，得盡量避免招來禍事才好……妳說這婚姻還能繼續嗎？有這等奇葩婆婆，我也是醉了。”

婆媳本來就是天敵，自古以來鮮少有和諧的關係，我說如果老公待她不錯，多少能沖淡這類的不愉快，偏偏……

“哎！我前夫除了防衛心重了點兒外，對我還是可以的，但……”Eva住嘴了，似有難言之隱，“但他的床上功夫實在差勁，簡直是幼兒級別，很難相信他是近四十歲的成熟男人。”

“這……這就沒救了。”

“曾經滄海難爲水，前夫越糟糕，我就越想起Presl的好，不婚又如何？他的床上功夫可是師傅級別，我想過，即使不能走在一起，當炮友也是不錯的。”

Eva的口無遮攔讓我瞠目結舌。

“妳可不許想入非非喔！Presl是我的。”她巧笑倩兮，在我看來卻是笑裏藏刀。

Eva要我別想入非非，我越不去想就越想，很好奇師傅級別的床上功夫是怎樣，我甚至想像PRESL裸體的樣子……

“ Excuse me. Are you there?”Presl問我在嗎？

“ Oh, yes.”我趕緊把天馬行空的思緒抓回來，真是的，上課期間竟然幻想對方裸體的身軀，也沒那個誰了。

意外地，Presl這次沒問我《三十六計》和《孫子兵法》，反而問我中國人如何表達謝意？

我答方式有很多種，最常見的是送禮物，對方喜歡什麼就送什麼。

"Tell me what you like."他直接了當地問我喜歡什麼？

敢情他是向我表達謝意？我問爲什麼？

他答因爲我幫助他學習，而他没付我家教費用。

我說朋友間幫個忙不算什麼，請他別在意，但兩天後他還是給了我一個包裝精美的小盒，裏面是帶玫瑰香氣的香水，其流線型的金色瓶身恰恰是我喜歡的。

我滿心歡喜地收下禮物。

～

我哼著歌把瑪格麗特披薩放進熔岩烤爐裏，又心情大好地在濃縮咖啡上做出心形拉花。

"好香啊！"Eva靠近我。

"是的，我也喜歡阿拉比卡咖啡豆的味道。"

"我不是指這個。"

"噢！羅勒葉及馬蘇里拉奶酪的味道很濃郁，的確很香。"

"我也不是指那個。"

我問她到底是什麼味道很香？她答是我身上的Dior Jadore香水味。

"妳的鼻子真靈，連哪個牌子的香水也聞得出來。"我笑說。

"我當然知道，因爲是我買的。"

一時只覺天旋地轉、風雲變色。

"爲什麼是妳買的？"我停下手中的拉花動作，眼睛瞪著她。

那女人無畏地解釋Presl感激我百忙之中抽空爲他答疑，所以想買份禮物表達謝意，她便當仁不讓地接下這個任務，還說適合中年女性的香水有很多種，她特別選了淡香水，因爲太刺鼻的她受不了。

中年女性？我不過三十初頭就被列爲中年人？還有，送我禮物爲什麼選她喜歡的？這將我置於何地？

是可忍孰不可忍？我把拉花拉到一半的咖啡置於案上，轉身解下圍裙。

"妳去哪兒？"Eva問。

"回家洗澡！"我答。

第二十七章／盡棄前嫌

Eva六點離店，再怎麼不爽（何況還有一個好學不倦的學生等著我），洗完澡我還是回到Sicily Café。

"Excuse me. Are you there?"Presl問我在嗎？

"Oh, yes."我答在，意興闌珊的。

他問我怎麼了？我答没什麼，此時有客人喚我，我借故走開，再回來時，3號桌已没了Presl的影子。

我開門進屋，空氣中有烤肉的味道。

"回來了？"Eva的聲音很高昂，似在炫耀，"今晚我們吃烤肉。"

想到自己包裹裝著的冷凍三明治，頓時没了胃口。

"哪裏來的醃肉？看來我們真的勞力不均，我都累成一條狗，妳還有時間醃肉。"我酸溜溜地說。

“天地良心，韓國超市就有醃好的肉，烤爐也用一次性的，既方便又快捷，用完還不需清洗，直接扔進垃圾桶得了。”

我將眼光落在那些香味撲鼻的牛、羊、豬、雞肉上，腸胃攪成一團，似在抗議美食當前卻無福消受。

“請慢用！Please enjoy your meal.”我中英文並用地祝福他倆用餐愉快，然後高傲地走回自己的房間。

巨大的落差和失落感排山倒海而來，我，三十一歲，守著一個雞肋似的咖啡館，連個男朋友也無，更可悲的是每天還得看著心目中的男神和失婚婦女秀恩愛，真他媽的如鯁在喉！

“扣、扣、”我走過去開門。

“肉烤多了，Presl讓我拿過來給妳吃。”Eva手捧著一盤色澤焦黃油亮又脂香四溢的烤肉，虛情假意地說。

“是他的意思？爲什麼他自己不親自送給我？”再次被當作食物垃圾處理器，讓我怒火中燒，“不必，今晚我吃了烤豬肘和帝王蟹，肚子飽到不行。”

然後在Eva說出更惹人厭的話之前，我趕緊闔上門。

“扣、扣、”沒五分鐘，又有敲門聲傳來。

真夠煩人，不吃還不行？我憤怒地打開門。

“I guess you don't mind to eat some yummy BBQ.”Presl說他猜我不介意吃些美味的烤肉。

本來想再次拒絕，但看到Presl真摯的笑臉，我改主意了，就想挫挫Eva的驕氣。

“No, I don't mind at all. In fact, l love BBQ.”我收下他的好意。

没想到他接著問我喜不喜歡他送的禮物？

我先答Yes, 想了想，又答No, 還挑了個不冷不熱的藉口，說Dior Jadore香水是中年婦女用的，適合像Eva這樣的年齡層，我才三十歲零九個月，正當蜜桃成熟期……

面對我的風話，Presl有些招架不住，連話都講得不利索。

" Then……goodnight. Don't ……Don't forget to brush ……brush your teeth after eating."他跟我道晚安，又提醒我別忘了刷牙。

我答自己不會忘了刷，還問他要不要試試我的桃味牙膏？好聞到飛起來。

" Oh no. Thanks! Maybe……maybe next time."謝我過後，他轉身離開，不是我多心，那樣子就像落荒而逃。

" 妳是怎麼了？犯花癡？想把Presl 嚇跑嗎？"關上門，我做自我反省。

想把Presl嚇跑倒不致於，頂多只是撩他，眼看他就要被Eva搶了去，我能不打保衛戰嗎？

" 昨天的烤肉好吃吧？"我正在做賬，Eva泡了杯咖啡給我，隨口一問。

" 還行，有韓國辣醬的味道。"

" 都說是在韓國超市買的，當然有韓國辣醬的味道。"她坐了下來。

我下意識瞄了一眼店內客人，只有兩桌，四個人加起來近三百歲。

" 放心，有客人進來時，我會回到工作崗位。"她說。

我提醒她自己正在做賬，沒空風花雪月。

" 要風花雪月也不找妳，我找Presl."

好個小賤貨！Presl算是遇上蜘蛛精了。

"說說妳和Presl是怎麼認識的？"我邊按計算器邊問。

"那年我上尼泊爾玩，住在青年旅舍裏，下樓時撞上Presl，就這麼認識了。"

果然和所有異國情侶一樣，他們也有個浪漫的開始。

"你們認識多久後確認戀愛關係？"說沒空風花雪月，我還是往那個方向去。

"多久？妳是說上床？"她想了想，"沒多久，兩天吧！"

才兩天就上床？我說她夠不矜持的了。

"拜托！是Presl主動的，他問我什麼是'無爲而治'？我答說來話長，讓他上我房間詳談，就這麼滾到床上去，他若不問我那個狗屎問題就沒後來什麼事了。"

我根本不信她，她那個人呀！連店裏的男客人都要撩兩句，怎麼可能是Presl主動出擊？

"妳回到布拉格也有好一段時間了，Presl有沒有再次主動？"我低下頭去佯裝忙著做賬的樣子，但耳朵是開著的，就想知道答案。

"當然有，他主動對我噓寒問暖，還主動清潔我用髒了的廚房……"

我擡起頭正色地說："妳知道我不是問這個。"

"還說不風花雪月，"她站起身，微慍，"明明就是偷窺狂！"

偷窺狂？我怎麼就成了偷窺狂？

Eva走後，我唉聲嘆氣起來，看來因爲Presl，我病得不輕。

～

米星來我店裏時，我正在給窗前的小花澆水，如果不是她喚我，我恐怕認不出她來。

她的胸部又大了，大概是D罩杯，下巴尖了，鼻子挺了，連皮膚也變白皙了，但這些都遠不及她水桶般的腰身來得搶眼。

"看來妳有幸福肥。"我說。

"的確很幸福，"她摸了摸自己的肚腩，"還得謝謝妳！"

"謝我什麼？"

米星沒回答我的問題，只是頻頻喊餓，說她一天吃五餐，有時剛吃完，肚子又餓了。

"妳得減減肥，才三十歲，別過早有家庭主婦的體形。"我邊說邊打開玻璃門，讓米星先行一步。

~

米星點了水果沙拉和鴨肉捲，飲料選了牛奶。

"我記得妳不愛喝牛奶。"我問。

"人是會變的，現在家裏的冰箱塞滿了鮮牛奶，我把它當水喝。"

Well, 天要下雨，娘要嫁人，米星愛喝啥的確不干我事。

我聳聳肩，回到廚房。

~

Eva問我坐在3號桌的那個矮個子是誰？我答是我的髮小兼閨蜜。

"她幾個月了？怕有兩、三個月了吧？！"Eva又問。

我要她別瞎說，米星還是未出嫁的姑娘。

“這年頭帶球走的未婚女還會少嗎？妳那閨蜜不僅小腹微突，胸部還大得出奇，分明是孕婦才會有的身形，肯定錯不了。”

我吞了好幾口口水才把受驚嚇的心給壓下去。

不會吧？！這麼容易就受孕？盧卡不戴套的嗎？……我有太多疑問。

我把米星要的水果沙拉和鴨肉捲呈上，牛奶給了她兩杯。

“謝謝！”她大快朵頤起來，像餓死鬼投胎。

我坐了下來，目不轉睛地看著她吃。

“怎麼？沒看過我吃飯？”她含糊不清地問。

“不是沒看過妳吃飯，而是沒面對面看孕婦吃飯過。”

“沒什麼不同，都是嘴巴一張一闔。”

“幾個月了？誰的？”

“兩個多月，盧卡的。”

我推算一下時間，罵她豬腦袋，懷孕了還整形，也不怕生出畸形兒？

“妳這不是廢話，我若知道自己懷孕還會整形嗎？就是不知道才整的。”米星拿叉子戳水果，戳出一個個小洞，“盧卡現在也很懊惱，手術前我的血液HCG值超過5，有受孕的可能，他曾建議再做進一步檢查，也不知哪個筋不對，我信誓旦旦地跟他保證絕不可能懷孕，他才動刀子，沒想到……”

知道大勢已定，再責怪也無用，我轉而要她安心養胎，不想做飯時可以上咖啡館來，總有吃的。

“對不起。”應該說謝謝的時候，米星卻說對不起，但我明白她的意思。

我要她什麼都別說了，過去的就讓它過去，孩子出生後，我就是乾媽。

"謝謝！"米星終於道謝，眼睛泛著淚光。

第二十八章/占卜

不是我大肚量，知道閨蜜和自己的男友有染那會兒，我也曾咀咒她喝水嗆死、睡夢中睡死、游泳時淹死......再不然被從天而降的鳥屎擊斃也行，但生氣歸生氣，冷靜下來後，我發現自己和盧卡之間的問題多多，他沒那麼愛我，我也沒那麼愛他，與其不鹹不淡地繼續交往下去，倒不如就此打住。

從某方面來說，米星的介入其實是解救了我。

和米星握手言和後，她時不時上咖啡館來，有時一坐就是一整天（當然避開 Presl 會來的時間段）。看她在陽光裏靜靜讀書的樣子，好像福拉哥納爾的名畫—《讀書少女》，全身散發出嫻靜氣息與知性之美。

"妳讀什麼？"我遞給她一杯牛奶問。

"《天然格鬥少女》，好看得不得了。"

她接著詳述故事大意：青空高中女子摔角社的社員南千薰，外表可愛又甜美，在校受到廣大男同學的追捧，唯利是圖的社長便把她當作搖錢樹賺取社費，有時還會假藉特訓的名義讓她去做寬衣解帶的事，漫畫裏有滿滿的養眼鏡頭……

呃！從天堂掉到地獄的感覺大概便是如此。

"妳不覺得該讀一些育兒方面的書籍嗎？再不濟，正能量的書也成，畢竟這是胎教的一部份。"

"我讀的就是正能量的書呀！每天讓我笑顏逐開，有什麼比這個更好的？"她答。

我翻了個大白眼，話懶得說一句。

～

"妳能不能說一說那個矮個子，讓她別再嗑瓜子了？瓜子殼嗑了一桌子不說，聲音還特響，吵得我頭疼。"Eva埋怨。

我答米星是孕婦，咱們得包容點兒，況且她天天上我們咖啡館消費，也算是忠實客戶。

"可是本店謝絕外帶食品，如果每個客人都像她一樣，我們就要喝西北風了。"

我也知道在咖啡館裏嗑瓜子有礙觀瞻，但鑒於她是前店長，我們又剛和好，難聽的話還是緩緩再說吧！

～

"太可惡了！竟然將我們的咖啡館當成占卜室，這生意還做不做？"Eva氣急敗壞地說。

孕婦的口味很奇怪，前陣子米星迷上嗑瓜子，没多久忽然不嗑了，還說光聞瓜子的味道就反胃。這才消停没幾天，她又迷上塔羅牌，不僅買書研究，還身體力行，把78張牌攤了一桌子，没事抓人練習，中英文夾雜，把那些老先生、老太太唬得一愣一愣的。

"好，我去說說她！"我脫了塑料手套說。

把咖啡館當成占卜室的確不像話，再怎麼好的交情，我也不能坐視不管。

"洗牌！"我走過去，話都還沒說上一句，米星便要我洗牌。

我接過牌，在她鋪好的黑色桌布上洗牌，米星提醒我得邊洗牌邊心無雜念地默述想要推測的問題。

洗完牌後是切牌，然後選牌。

米星將我選中的牌依次入位，接著根據牌陣爲我開牌和解讀。

"妳工作上的壓力過大，使妳有種被束縛的感覺，尋找新的工作方向，儘管有阻力，但最終會帶來事業上的第二春……愛情上妳屈從他人，自以爲這是必要的付出，其實不過是被迫的選擇……要避免惡意的規勸，別把自己帶進死胡同裏……"

我問她講完了沒？講完換我講。

" Go ahead."她把時間留給我。

我告訴她咖啡館是營業場所，非占卜室，我希望客人走進來是爲了放輕鬆，而不是爲了怪力亂神，加上我的合夥人已經不高興了，她得適可而止……

"尋找新的工作方向，儘管有阻力，但最終會帶來事業上的第二春。"她複述。

看規勸無望，我明白告訴她，若再我行我素，只能讓她離開。

"要避免惡意的規勸，別把自己帶進死胡同裏。"她又說。

我轉頭看Eva, 她正雙手抱胸，一副等著看我出糗的模樣。

"抱歉！妳得走了。"我果斷幫她收起桌布及塔羅牌，又護送她出門。

米星没反抗，乖乖走人，倒讓我心有愧疚。

那群銀髮族進來時嘰嘰喳喳，發現米星不見後，很是失望，紛紛交頭接耳。

"他們說啥？"我問捷克語明顯比我好太多的Eva.

"他們說占卜師今天不在，還是改天再來。"

同樣的情形又發生兩次，當第四撥人將要離去時，我趕緊攔下，說今天有買一送一的活動，點一杯咖啡送一片黃油餅乾……

Eva在旁翻譯，又說"占卜師"有事外出，也許待會兒會回來，這才勉強留住客人，成功賣出七杯咖啡。

"妳怎麼看？"我問Eva.

"她是妳朋友，妳想怎樣就怎樣。"她把決定權交還給我，顯然不反對米星在咖啡館玩塔羅牌。

我沒考慮多久就決定讓米星回來重操舊業。

接連打了好幾通電話，米星都拒絕接聽，大概我的逐客令太傷人。

我特意選在中午時分上門負荊請罪，避開和盧卡見面的尷尬，順便帶上米星愛吃的蔬菜燉牛肉。它是由牛肉塊加上紅蘿蔔、馬鈴薯、捲心菜、黑胡椒、辣椒粉及茄汁燉煮而成，對孕婦來說再好不過，既有鐵質還有豐富的維生素及澱粉質。

"扣、扣、"我輕敲302室。

没多久米星來開門，臉上敷著面膜。

“妳可別在男人面前敷面膜，看著挺嚇人的。”我不請自入，哪管米星哼哼呀呀的阻止聲，結果……尷尬了。

盧卡杵在客廳裏，手中拿著一張嬰兒海報。

“呃……需要幫忙嗎？”連我自己都覺得臉上的笑容很假。

“不……不用了，我自己來。”

我不管盧卡表面上的客氣，把午餐放在桌上後，轉身接過海報：“孕婦多看可愛寶寶的照片能讓心情愉悅，讓我看看放哪裏好……”

“別瞎忙了，若真生出海報上的藍眼珠，盧卡反要殺了我。”米星不知何時已取下面膜，嘴巴終於能開口說話了。

“怎麼會？又不是老……”

在我說出驚心動魄的話之前，米星趕緊催促盧卡出門：“下午一點不是有手術嗎？還不快走？”

那個反應慢半拍的男人終於開竅，他要我多坐會兒陪米星聊天，又說冰箱裏有我愛喝的巧克力牛奶，請自取……

聽到盧卡還記得我愛喝什麼，讓我有些動容。

他走後，米星果然為我倒了杯巧克力牛奶。

“現在冰箱裏除了鮮牛奶之外，還有滿滿一整排的巧克力牛奶，可容納的空間少之又少，我們正想換台大冰箱。”

“以前我擺巧克力牛奶時，盧卡總是抱怨，怎麼現在……”

“人的口味會變，不代表睹物思人，妳別想多了。”

我老大不高興，反問她：“我能想什麼？妳現在連孩子都懷上了，怎麼還有那麼強烈的不安全感？”

話題瞬間冷卻下來，我能感覺到有什麼東西正在台面下暗潮洶湧著，而這不是我要的。

“給妳帶來蔬菜燉牛肉，現在吃嗎？”我先釋放善意。

“待會兒吃，今天起晚了，才剛吃完早餐。”

我答那好，我走了，下午還要上班。

“妳來就爲了給我送午餐？”她問。

“還有請妳回咖啡館占卜，老先生和老太太挺惦記妳的。”我答。

第二十九章/奪門而出的米星

塔羅牌被稱爲"大自然的奧秘庫"，它是西方古老的占卜工具，中世紀起盛行於歐洲，地位相當於中國的《周易》。在不知採取何種行動前，塔羅占卜起到提示作用，具有一定的心理暗示功能，被歸於神秘學的範疇。

玩塔羅牌原本是米星心血來潮下的舉動，壓根兒沒想過靠此賺錢，但Eva說了，勞有所獲，何況這是燒腦的工作，價位還得標高一些，300克朗占一次卜，相當於賣出五杯咖啡的價錢。

"客人之間的閒談乃至胡謅，只要無傷大雅也沒人在意，但真要收起費來就不是玩玩而已，得有工作簽證還得納稅。"

話一說完，我才想起米星已經閒賦在家許久，美其名是盧卡的家務員，但誰都知道那不過是口頭協議，盧卡可給不了簽證。

"妳是怎麼留下來的？有簽證嗎？"我問。

"當初買下咖啡館的經營權，我以老闆的身份，自己雇用自己。將咖啡館交給妳之後，妳頂替了我的位置，我就再也没關心過簽證的事。"她答。

啥？這豈不是逾期滯留？

我火燒屁股地要她趕緊回家查看護照，果真一語成讖，簽證早過期了。想到閨蜜就要被遣返，我萬念俱灰地跌坐在椅子上。

"没事的，頂多再去找個端盤子的工作。"

面對閨蜜的天真，我無言以對。

～

"妳當真要米星入股？"我簡直不敢相信Eva說的。

"嗯！不過是乾股，掛個名而已，如此一來，她也算老闆，可以堂而皇之地留下來。"

"可是她已經逾期居留了......"

Eva要我放心，全天下的國家官員最不缺的就是敗類，塞點兒小錢就没事。

果然拜敗類所賜，米星得以安然無恙地"合法"居留下來，只是Eva說錯了，花了六萬克朗才擺平，那可不是"小"錢。

"盧卡有没有說什麼？"我問起那個付錢的冤大頭。

"他没說什麼，只說孩子生下來後幫我申請德國護照，這樣我在申根國家便可以到處遊走、工作和居住，不用擔心簽證問題。"

知道盧卡有意"娶"米星，我應該替她高興，但不知爲什麼，心裏發酸。

～

由於Eva的肝膽相照，米星現在對她掏心掏肺的，不僅讓她分享漫畫，還掏出占卜所得的20%給她。

"我怎麼就沒享受這福利？"我老大不高興。

"妳會口譯捷克語嗎？若會，我也讓妳分紅。"

把占卜當成收入來源後，Eva在角落的位置上留出一張桌子，又拉上絳紫色的簾布，活脫脫成了隱秘的占卜室。

每當米星的中英文及肢體語言不夠用時，她會喚來"口譯"幫忙，這也是占卜生意紅火及他們兩人越發親近的原因。

我不反對這樣的安排，不論是衝著占卜而來，還是忍不住好奇心一探究竟的顧客，他們或多或少都會在店裏消費，只是這樣一來便有違初心了。

大概很多文青都曾有過開咖啡館的夢想，我雖是半路出家，但也曾在腦海裏畫過藍圖，類似：田園風格的咖啡館裏播放著輕音樂，空氣中飄散著Arabica或Canephora咖啡豆的香氣，和煦的微風吹來，吹過白紗簾還吹過少女的亞麻色長髮，那男人舉著一包白砂糖，問："妳的咖啡加糖不？"……

又或者像某位奧地利詩人所描述的："一個好的咖啡館應該明亮，但不華麗；空間裏應該有一定氣息，但又不僅僅是苦澀；主人應該是知己，但又不過份殷勤；每天來的客人應該互相認識，但又不必時時都說話……咖啡是有價格的，但坐在這裏的時間無需付錢。"

雖然不想承認，但我們的咖啡館離夢想越來越遠，離市儈倒是越來越近，好處是打破了長久以來的收支平衡，開始走向盈利。

~

這一天，Presl照舊在晚餐時間過來，Eva和米星早已不見蹤影，他問起絳紫色簾布後面是什麼？

我很驚訝那麼久之後Presl才注意到占卜室的存在，或者他早已留意到，只是現在才問。

" That's a ......divination chamber."我答那是占卜室。

Presl說Eva告訴過他，咖啡館請來一位女占卜師，還是我的朋友，他很想會會她，討論一下自己一直想探索的神秘學領域......

我趕緊制止，強調我的朋友非常害羞，不會想討論這麼嚴肅的話題，請他別在平靜的湖面上開槍。

Presl對我投來意味深長的眼神，我低下頭將他空了的咖啡杯收走，然後動手做起蝦仁蛋炒飯，冰箱裏還剩下幾尾蝦，再不處理就要餿了。

今天一進咖啡館就感覺氣氛有些詭異，3號桌沒有Presl的影子，這不奇怪，沒人強迫他得待到下午一點（直至我來上班），奇怪的是絳紫色的簾布被拉開，還能看到散落在地上的幾張塔羅牌。

"米星呢？"我問。

"跑出去了。"

Eva也很奇怪，她背靠著流理台，鍋子裏的水開了，冒出白色蒸氣，她卻視若無睹。

我走過去問她客人點了什麼？

"青醬意麵。"她答。

我忙著將長形意大利麵條放進鍋中，又將羅勒葉洗淨，與大蒜、橄欖油、芝士粉、淡奶一起混合，接著倒入料理機中打成醬汁。

"妳說......米星看到Presl爲什麼要跑？"

“什麼？！”我將料理機關了，嗡嗡嗡的聲音很吵，“妳說他們兩人......見面了？”

Eva雙手抱胸，眉頭緊鎖地對我點了點頭。

“他們怎麼見上面的？米星不是固定在中午12點消失兩小時嗎？”我問。

Eva答誰知道Presl今天提早報到，然後在前一位占卜客人拉開簾布離去時，一腳踏入，接著“慘案”便發生了，米星右手摀住臉，左手遮住小腹，義無反顧地衝出咖啡館，Presl緊隨其後，害她到現在還沒從驚嚇中走出來......

“完了，這下子占卜室開不下去了，米星根本沒臉見Presl。”我喃喃道。

“他倆到底是什麼關係？”Eva問。

該答“暗戀與被暗戀者”還是“繼母與繼子”？我也迷糊了。

第三十章／一言難盡

當Eva知道米星和Presl的父親有一腿時，嚇得合不攏嘴。

"媽呀！現在的女孩子爲了錢什麼都敢上。"Eva搖搖頭，露出鄙夷的神情。

我認爲有必要替閨蜜說兩句："她和老……Thor在一起不全爲了錢，要真爲了錢也不會離開，她還沒撈夠呢！"

"大概是看上更好的吧？！妳不是說她現在跟了個醫生？任誰都知道醫生的口袋麥克麥克的。"

其實……不盡如此，故事太曲折，又涉及到我，只能模糊帶過。

"難怪米星看到Presl要跑，才離開Thor沒多久又搭上別人，肚子裏還有了，簡直丟死人！"

我提醒Eva可別在米星面前說這個，誰都有過去，既然"男未婚、女未嫁"，就別管誰上誰的床，況且咖啡館的生意剛有起色，部份客人還是米星帶過來的，所謂"和氣生財"，別在這時候吹皺一池春水……

“知道了啦！我才沒空理別人的感情事，何況她對我構成不了威脅，不像妳！”

“不像我什麼？”

Eva笑而不語，像個道行很高的僧人。

～

真實的世界比小說情節還狗血。

米星跑出去沒多久便與有軌電車“擦身而過”，雖然只是小小的擦傷，卻不幸動了胎氣，她當下便不行了。

“ Where is she?”我問Presl.

他答米星人在醫院，很抱歉沒能保住胎兒。

真是晴天霹靂！我拿起包就要出門，被Presl制止了，他說現在不是會客時間，明天早上九點才能見病人。

我轉而問他有沒有聯繫盧卡？他問我爲什麼要聯繫那個人？

這叫我如何回答？

～

我打給盧卡，他知道米星進了Na Homolce 醫院後，半天沒說話，我以爲他嚇傻了，趕緊表明米星沒事，只是孩子沒了。

“孩子沒了？”他喃喃自語。

“是的，你別太難過。”

“知道了。”

掛上電話，我才想起明天早上才能見病人，盧卡這一去豈不是撲了個空？趕緊再打電話過去，可是對方竟關機了。

"該不會上手術台了吧？！"我想。

~

聽說小產後的調理等同坐月子，我起了個大早煲了鍋薏仁排骨湯，可惜家裏没蓮藕。

"妳先去，没辦法，店還是得開。"Eva邊吃早餐邊說，"告訴妳，Presl很內疚，難過了一晚上。"

"妳怎麼知道？"

"昨晚起床上廁所，看到他屋裏的燈還亮著，肯定是睡不著。"

也是，任何有良知的人都會將責任往身上攬，尤其他還是個想得比較深的衛道人士，我心裏琢磨著該找個時間好好開導他。

~

米星身著病號服躺在床上，眼睛望著窗外，空氣中有酸臭的氣味。

"給妳帶薏仁排骨湯，還好前陣子在越南超市多買了薏仁，不然妳只能啃排骨了。"我將保溫鍋放在桌上。

"醫院有吃的。"她冷漠地答，仍不看我。

我自己找了把椅子坐下，問她盧卡呢？

"回家給我拿換洗衣服，我需要洗個澡，全身臭死了！"

此時我應該說些安慰的話，但話到嘴邊卻開不了口。

若說"來日方長，妳還會有寶寶。"，聽著像"隔靴搔癢"；若說"太糟糕了！妳怎麼這麼不小心？"，感覺又像"落井下石"，反正怎麼說都不對。

"妳若想說安慰的話就省省吧！這個結局不見得不好。"她終於轉頭看我，"雖然是個意外，沒人希望它發生，但一旦發生了，我反倒鬆了一口氣，畢竟懷孕不在計劃內。"

"妳想過盧卡沒？我猜他沒妳想得豁達。"

米星說我想錯了，依據她對盧卡的了解，他現在應該也鬆了一口氣，搞不好還額手稱慶。

我感到不解，這兩人是怎麼回事？好像懷的寶寶跟他們沒關係似的。

～

我在病房外踫見盧卡，如同米星所說，他真的回家拿衣服了，手中拎著兩個大號塑料袋。

"要走了？"

"嗯！下午一點的班。"我答。

盧卡看了一眼牆上的時鐘，說："還來得及喝杯咖啡。"

自從他和閨蜜做了對不起我的事之後，我便下決心不再與他有任何交集，如今他剛失去寶寶，此刻若說不，似乎有點兒不近人情，尤其他要的不過是喝一杯咖啡的時間。

"好，哪裏喝？"我問。

～

爲什麼全世界的醫院咖啡都只提供即溶的？這對喝慣蒸餾咖啡的我來說簡直無法入口，還好今天的重點不在咖啡，加上他們有不錯的馬芬，稍稍彌補心中的缺憾。

"沒了寶寶，我心中的枷鎖也可卸下，自從米星懷孕後，我每天都活在恐懼與疑惑當中。"

我能理解一個臨時被通知當父親的男人心理，但不明白他的

179

疑惑從何而來？

"和她……我是做好防範措施的，不瞞妳說，我曾在她懷孕七週時提出做親子鑒定，但她尋死覓活的，只得做罷，這次意外……從某方面而言，對我是種解脫。"

"如果不是你的，那就是老……頭的，不對，不是老頭的，我記得那件事後，你曾替她買過衛生巾。"

盧卡反問我那又能說明什麼？有沒有來月經只有當事人知道，米星差他買衛生巾極有可能是爲了氣走我，而她真的達到目的了。

我嘴裏嚷著不可能，但心裏挺害怕的，如果事情屬實，米星就是比我想像還要可怕一百倍的人，雖然我早知道她不若外表單純。

"那天她當著妳的面說若生出藍眼珠，我會殺了她！殺她倒不至於，我還沒愛她那麼深。"

"没愛那麼深，還……"發現自己正在吃飛醋，我趕緊住嘴。

"那天……是她主動的，但我也有錯，這個得承認。自從和米星在一起，我才知道爲時已晚。"

我一點兒也不懷疑盧卡說的，米星就是那樣的人，好起來恨不得與你同穿一條褲子、同吃一口飯；壞起來不把你往死裏整，誓不干休，真正印驗了孔子說過的話—愛之欲其生，惡之欲其死。

"好了，你總算看清楚狐狸的真面目，下次請記得張開雙眼。"

"葳葳，"他忽然握緊我的手，"回來吧！我還在等妳。"

"不可能的，"我抽回自己的手，"你等的是茉莉，不是我，還是醒醒吧！"

在他受傷眼神的注視下，我推開咖啡室的門，12:45，再不快走，Eva又要在背後喋喋不休地數落人了。

第三十一章/叉燒炒飯

大約休息了半個月後，米星又回來上班，絳紫色的簾布重新拉上，幾位老先生、老太太還"米西、米西"地喊，不同的是米星不再需要避開Presl, 相反的，他倆很有默契地展開"午餐約會"，把Eva氣到不行。

"妳能不能說說她？每天和男人打情罵俏的，也不怕醫生說話！"她義憤填膺。

這裏的醫生指的是盧卡。

"他們沒有婚約，米星是自由的。"我冷冷地答，然後把咖啡豆倒進機子裏。

對於米星的"明目張膽"，我也挺不開心的，遑論Eva，但又能怎樣？米星用餐是付費的，雖然買單的人是Presl.

"没人比我更了解Presl, 他除了堅持不婚外，完全不懂跟女人說不，就算一個矮不拉幾的女人死纏住他，他還是有辦法做到禮貌相待，不讓對方下不了台。"

矮不拉幾的女人？說的可是米星？我轉頭看3號桌，此時米星正表情誇張地侃侃而談，而Presl果然如同Eva所說的，非常專注地看著說話的人。

"大學副教授其實收入不高，加上房子還需要還貸，做好人也得有底線，天底下就是有愛佔便宜的人。"Eva仍然怒氣未消。

上學那會兒，每當米星用多了預算，偶爾蹭吃蹭喝是有的，但等到荷包鼓起，她也會買些零食、滷味犒賞大家，算不上真正意義上的佔便宜，但這次她的確過份了點兒，已經連續白吃白喝Presl好幾頓了。

"好，我找時間和她談談。"說完，我把咖啡連同三明治放進托盤裏端給客人。

下午兩點半，趁著上一位占卜客人已走而下一位未到，我堂而皇之地坐在占卜室內的座椅上。

"抽一張！"米星把一沓的塔羅牌舉在我面前，"我能預知妳這週的運勢。"

我隨便抽了一張，那是勝利女神彎腰撫摸獅子的牌。

"獅子代表人類的本能，而美女則象徵愛情與服從，它意味著在工作上你有能力解決當下所面臨的困難局面；在愛情上，你將發展一段真正親密的感情，你們會全心投入，絲毫沒有距離感。"米星說。

"謝謝！這可真是好消息，不過我不問這週運勢，既然妳是占卜師，能不能卜一下接下來我想說什麼？"

米星答那個不用卜，她早知道我和Eva看不慣她讓Presl破費，但幾個克朗就能讓內疚的人感到心安，怎麼說都便宜。

"妳知道那不是Presl的錯，是妳自己撞上電車的。"

米星問我有沒有聽過"我不殺伯仁，伯仁因我而死"這句話？

"妳的意思是從此吃定他了？"

"話不能這麼說，他也可以拒絕呀！他之所以不拒絕是因爲對我有特殊的感情。"

我睜大雙眼，感覺太不可思議了，我從來不知道閨蜜犯花癡。

"那麼盧卡呢？妳將他置於何地？"我問。

"我本來也想就這麼跟他走下去，但他的心裏一直藏著一個人，加上身高没達180公分，我想了想還是壯士斷臂，止損要緊，妳要的話，還妳！"

不知怎的，我聽了怒不可遏，盧卡不是商品，可以讓來讓去。

"妳這是把我當成廢品回收站？"我火冒三丈。

"喂！我可没說盧卡是廢品，那是妳說的，我不過是給妳提個醒，他最近和醫院的捷克女人走得近，妳不在乎的話就算了，反正我和盧卡現在形同陌路，已經分房睡了，差就差在他還没開口要我滾蛋。"

捷克女人？我問是哪個？

"就那個面試官，有一頭金髮及F罩杯的那一個。"

"我想起來了，原來是她。"

"怎麼，失落了吧?！"米星壞壞地笑。

我答没有的事，和盧卡的那一段早吹了。

"可憐的盧卡，没有中國女人看上他，所以回頭找白皮豬，聽說跳河的那個也是白的。"

"這跟膚色無關，盧卡也没那麼糟糕，如果不是……我或許會和他走在一起。"

米星要我搞搞清楚，是我先不仁，休怪她不義，而且一色誘就入甕的男人也不是什麼好鳥，說到底我應該謝謝她，若不是她，還不知這個男人這麼把持不了自己……

"要不我每交一個男友就讓妳去色誘，如何？"我冷嘲熱諷。

"成，如果Presl不反對的話。"

等等，幹嘛要聽Presl的意見？然而米星沒回答我，因爲下一位占卜客人已經來到。

我摸摸鼻子起身，與其說"教育"米星，倒不如說被她"反教育"，她不僅打算繼續"吃定"Presl，而且毫無愧色地甩了盧卡，而我還在想著如何安慰前男友，真是傻得可憐！

Eva說要彎到粵菜館買塊叉燒回家煮叉燒炒飯。

"粵菜館也賣叉燒炒飯。"我說。

"但没有愛的味道呀！我留著給Presl當宵夜吃，妳要也給妳留一碗，謝謝妳指導我家Presl寫論文哈！"她把已經擺好的咖啡杯又重新挪動一下位置，喃喃自語，"這年頭還有免費家教也是奇跡，我得提醒他天下没白吃的午餐，免費的到頭來最貴。"

我知道爲什麼Eva說話帶刺，今天下午四點多米星便早早下班，Eva問她去哪裏？她答去聽演講，有幻燈片和錄像，應該很有意思。

待米星走後，Eva說小矮人肯定知道Presl也會去聽演講，所以屁顛屁顛地跟過去……

"妳若不放心也可以跟著過去，但別喚人家'小矮人'，如果有人喚妳'失婚婦女'，妳作何感想？"

Eva撇撇嘴問我見過那麼明豔動人的'失婚婦女'嗎？若有，給她來一打！

顯然過了一個多小時，她的氣仍未消除，所以拐彎抹角地刺我一下。

"我不愛吃叉燒炒飯，妳省省吧！不過有一點妳倒說對了，天下沒有白吃的叉燒炒飯，看來我也得提醒Presl免費的到頭來最貴。"我以牙還牙。

～

Presl今天晚了一刻鐘進咖啡館，我問他是不是去聽演講了？

他答原本想去，但因和學生討論作業拉長了時間，錯過了很可惜。

我又問他是否告訴米星有關演講的事？他大方承認。

"Why didn't you tell me?"我質問他爲什麼不告訴我？

Presl有些支吾，他說以爲我抽不開身，因爲咖啡館九點才關門……

說的也是，我這不是犯傻嗎？

知道Presl沒冷落我，而米星也撲了個空，我突然感到無來由的一陣欣喜。

"What's up?"大概看我喜形於色，他問我怎麼了？

我答今天是我的生日，所以開心。

他隨即起身給我一個擁抱，不光祝我生日快樂，還問我想要什麼禮物。

我告訴他什麼都不需要，但如果他能在咖啡館關門後陪我去粵菜館吃叉燒炒飯，我會非常高興。

"No problem."他答。

～

今天不是我的生日，但我想不到更好的理由留住Presl，所以說謊了。

在粵菜館裏，我點了叉燒炒飯和三籠點心，其實不餓，但不吃就圓不了謊。

我看見Presl跟服務員低語了幾句，後者點頭走開。我問他說了什麼，他微笑不語，没多久服務員捧來一碗熱騰騰的長壽麵，說是給壽星的。我太驚訝了，問他是怎麼知道傳統上中國人過生日吃長壽麵？

" Because I am an old China hand."他笑說因爲自己是"中國通"。

多了碗長壽麵，肚子飽到不行，我能感覺褲頭幾乎要崩裂，趕緊宣佈明天起節食三天。

Presl問爲什麼？我已經這麼瘦了。

呵呵！與布拉格普遍"肉感"的女性比，我的確是瘦子，但以亞洲人的眼光，我還有瘦的空間。由於東方以瘦爲美，所以我非瘦不可，否則没人喜歡我了。

" I like you. You are a good ......teacher."

當Presl說他喜歡我時，我還一陣狂喜，没想到後面補上一句"妳是好老師"，讓我從雲端跌落下來。

Well, 好老師就好老師唄！聊勝於無。

" Let's go home. Don't let Eva wait too long."我說回家吧！別讓Eva等太久。

雖然不願承認，但我真的等不及看Eva那張鐵青的臉。

第三十二章／不請自來的軍師

我和Presl聯袂回家，時間：11:05 pm, Eva還在等門。

她先是責怪Presl把手機落在家裏，又說今晚特地爲他煮了叉燒炒飯，現在冷掉了，但加熱很快的。

Presl歉然地表示吃過飯了，吃的還是叉燒炒飯，噢！對了，今天是葳葳的生日，吧吧啦、吧吧啦……

" Today is Weiwei's birthday?"Eva揚起聲來，顯然不相信今天是我的生日。

我特別強調是31歲生日，比她還小兩歲。

"我以爲妳是牡羊座，三月生的。"她雙手叉腰質問。

我辯稱自己的太陽宮在牡羊座但月亮宮在天蠍，所以11月也是我的生日。

"妳怎麼不說星星宮在其他10個星座？每個月都能過上一次生日。"

"好主意，謝謝妳的提醒，這樣一來，每個月我都有藉口和Presl吃上一回叉燒炒飯。"

Eva隨即罵我不要臉，樣子很鄙夷，我没理她，逕自回房。

你若問我爲什麼要在平靜的湖面上開機關槍？我也答不上來，或許可以解釋爲女人間的小肚雞腸所引發的鬥爭吧！

Eva早表明自己是回來攻城的，米星兜兜轉轉後還是把目光鎖定在年輕的山寨版學長身上，她們兩人都對Presl有意思，本來我不想加入混戰（尤其知道Presl是不婚主義者後），但因爲那兩人想要，所以激起我的佔有慾，論長相、身高、學識……我比她們更勝一籌，憑什麼我不能將Presl拿下？

回到最關心的話題—不婚，這也好解決，不婚主義者通常在男女之事上缺乏擔當，只要我發揮"鐵杵成針"的毅力，終有一天會"愚公移山"，日本女演員後藤久美子就是最好的例子（當年法國賽車手尚阿力滋就是不婚族，如今兩人不僅結了婚還有三個可愛的孩子），所以……事在人爲，我打算以自己的獨特魅力讓Presl俯首稱臣。

～

下午三點，雖然冷風颼颼，但老城廣場的人群還是絡繹不絕，尤其想喝杯熱的，藉以暖暖肚子的人所在多有，然而Eva和米星卻選在這時候拉上所有的窗簾及掛出"CLOSE"的牌子。

"說！妳是不是也想染指Presl?"

"不懂你們在說什麼？"我作勢起身又被她們強按在座位上。

" Eva說妳謊稱自己過生日，把Presl騙去吃宵夜。"米星首先發難。

"So what? 妳不也使出渾身解數和Presl打情罵俏？"我反問。

"喂！"這次是Eva,"早告訴妳，我是回來攻城的，要妳別扯我後腿，這下好了，除了小矮人，妳也來湊熱鬧，這算什麼？"

"小矮人？誰是小矮人？"米星河東獅吼，"妳這個被三振出局的棄婦也好吃回頭草？婚戀市場早沒有妳的位置了。"

就在Eva做出反擊前，我搶先一步表示 Presl一定覺得可笑，三個女人爲了他在工作時間拉上窗簾談判，這能談出什麼？就算我們同意從三人當中選出一人與Presl匹配，難道這事就成了？那也得看男主角同不同意。

Eva遂將注意力轉向我："這麼說，妳正式加入戰局？"

我愣了一下後，堅定地點頭。

本來兩個人的爭奪戰，現在增加第三人，米星這下炸開鍋，她氣急敗壞地質問我是不是不要盧卡了？

Eva因此知道原來我和"醫生"還有一段情。

"有些事可以商量，但這事沒得商量，"我起身，"還是開門營業吧！把白花花的銀子擋在門外很不智。"

我率先去開門，並把所有的窗簾都拉開，讓陽光灑落進來。

天氣越來越冷，生意也越來越好，大概想喝點熱的順便蹭暖氣的人多了起來的緣故。

這一天午後近四點，大門被推開，貌似有客人進來。Eva主動接手我切到一半的奇異果，說："這水果不好切，我來，妳去問問十號桌的客人要什麼。"

自從我表明加入戰局後，情勢變得很詭異，本來敵對的兩方突然站到同一陣線，把我晾在一邊，明顯想孤立我，所以Eva的突然示好難免讓人心生疑竇，但我仍洗淨雙手，拿著菜單往十號桌走去。

客人問我有什麼好吃的？

"北京烤鴨、蘭州拉麵、重慶火鍋、乳豬拼盤、韓式烤肉⋯⋯
這些都沒有。"我答。

"還生氣？"他闔上菜單問。

"不生氣了，但對你也沒什麼好感。"

"沒好感還約我來？"

我轉過頭去，Eva佯裝忙著切水果的樣子；再右轉15度，沒
占卜客人的米星把漫畫高高舉起，剛好遮住她巴掌大的臉
孔，我頓時知道紅娘是誰了。

"誰約你，你跟誰去，干我何事？"我作勢要走，被
盧卡拉住。

"對不起，如果原諒我了，明天早上九點我們在Café Lounge
見面，不見不散。"

盧卡走了，連杯水也沒喝。

我隨即把那兩位女人叫來開會，問她們是不是太卑鄙了？

"這不是卑不卑鄙，而是合不合適的問題，我們覺得妳和醫
生就是天生一對，連長相都有夫妻臉。"Eva說。

米星在旁猛點頭。

"反正我不吃回頭草，你們白忙一場了！"我解下圍裙外出。

店裏正忙著，但此時不呼吸點兒新鮮空氣，我會鬱悶死！

查理大橋的橋腳不遠處有家網紅冰淇淋店，可以將冰淇淋
做成花朵形狀，不僅如此，只要裝得下甜筒，可以任意選
擇多種口味。於是我選了薄荷、香草、芒果、椰子和草莓
口味，將花擠壓成一朵彩虹花，煞是好看。

"天氣冷還吃冰淇淋？"

"要你管！"我翻了個大白眼，心想這個盧卡還真是陰魂不散。

"妳是出來找我的吧？"

我告訴那個明顯過度自信的男人，自己絕不是出來找他，而是惱怒被人當成棋子，接著告訴他何謂"三個女人的戰爭"。

"妳......愛上Presl了？"

我大方承認。

盧卡顯得失望至極但仍祝福我找到愛情。

"謝謝！我也祝你早日找到另一半。"我邊舔冰淇淋邊說。

盧卡走了之後，我上查理大橋轉轉，河面風大，我又剛吃冰的，頓時冷得打哆嗦。

"回去吧！這裏風大。"

"你怎麼又來了？"三度看到盧卡，我不禁懷疑他一直在背後跟蹤我，根本沒走遠。

"我在想......三個人的戰役中，妳需要後方支援才能勝出，我反正閒著，當妳軍師如何？"

我答這一點兒都不好玩，他若想惡作劇請找別人，我沒空理他。

"不是惡作劇，我是真的想幫妳，算是爲過去給妳帶來的傷害所做的補償，"他低頭看錶，"五點半我有個手術，得走了，還是那句話，明天早上九點在Café Lounge見面，不見不散。"

看盧卡的背影消失在查理大橋的另一端，我才接受這次他真的走了。

"哪有軍師不請自來的道理？盧卡是說笑的吧？！"我心想。

第三十三章／索吻

老咖啡館都有一種高貴的氛圍，吊燈、繪畫、高雅的裝飾、後院、小花園⋯⋯等，Café Lounge 的硬體可以打高分，但軟體⋯⋯首先員工的態度就不咋地，菜單還只提供捷克文，真不知將遊客置於何地？

"老咖啡館、老餐廳都這樣，總一副高高在上的姿態，但食物是上乘的，妳吃過就知道。"盧卡説。

因爲看不懂捷克文，點餐的工作只能交給前男友，他翻了翻菜單很快做出決定，等服務員呈上後，我才知道份量之多能把午餐一併給解決了。

他點了什麼？讓我一一道來：含藍莓，酸奶油和糖粉的煎餅、炒蛋、熏鱒魚、烤牛肉、奶油辣根、內有洋蔥、番茄、向日葵籽的百吉餅、水果沙拉配奶酪、自製的格蘭諾拉麥片，外加霍根咖啡與路易波士血橙茶。

我說這些食物能撐死胃小的人，他答下午有大手術得吃多一點兒，一旦上手術台連口水都沒時間喝。

"真辛苦！我再也不羨慕你能賺那麼多錢了。"我有感而發。

“也是，難怪有人說嫁給醫生像守活寡，所以到現在我還單著。”

我很想說他單著是因爲見異思遷，跟他的職業無關，但怕他誤會我還在乎他，所以憋著没說。

食物一式兩份，他吃他的，我吃我的，他看我吃得慢，還幫著將魚切塊及在炒蛋上加鹽與黑胡椒。

“謝謝！”我說。

“不客氣，茉莉……”他停頓了一下，“茉莉花很香，妳知道哪裏有的賣？”

呵！敢情“將魚切塊及在炒蛋上加鹽與黑胡椒”是茉莉的吃法，我有了微微的醋意。

“不知道，也許你問問伏爾塔瓦河上的天鵝。”

空氣一下子凍結起來，只聽到刀叉踫撞的聲音。

“對不起！”盧卡呐呐地說。

我問他爲什麼要道歉？想念舊愛人没錯，我偶爾也會想起戈墨，但那已是塵封往事，若不是他心裏還有茉莉，米星也不會心死。

“米星說我心裏還有茉莉？”他問。

“她說你的心裏藏著一個人。”我更正。

盧卡欲言又止，後來還是把話吞下肚轉而問我的心裏藏著誰？

還會有誰？當然是 Presl 囉！然後我告訴他那男人種種的好。

“怎麼聽著像是粉絲對偶像的愛？我問妳，除了學術上的成就外，他喜歡什麼音樂？愛看哪些閒書？有什麼愛好？是過敏體質嗎？喜歡哪類食物？愛旅遊嗎？……喜歡妳嗎？”

“當然喜歡我！”前幾道問題把我給問傻了，但最後一道題我會，所以趕緊搶答。

“那好，舉個例子。”

“例子？很多呀！譬如……譬如……我心情不好時，他會安慰我；有好吃的東西，他會與我分享；還有還有，咖啡館打佯時會陪我回家，還說夜晚的布拉格治安不太好，尤其礙於歐盟壓力所接收的幾萬名難民個個都是隱形炸彈。”

盧卡說我舉的例子太籠統，一般的朋友也做得到，問我Presl可曾口頭暗示過？

“有，他說我很可愛。”

盧卡一副天要塌下來的樣子：“拜托，我也會對貓咪說同樣的話呀！”

見我面有不豫，他轉而問我更實際的：“你們接吻過嗎？或者……真槍實彈過？”

我答那倒沒有，因爲Presl是謙謙君子，我們一直是“發乎情，止乎禮義”。

盧卡捂住臉，一副天已經塌下來的樣子，我問怎麼了？

“没什麼？妳確定要和Presl繼續玩曖昧？”

“我是認真的，不是玩玩而已。”

“那好，三天之內如果妳能索吻成功，我們便正式進入作戰計劃第二階段；如果不成功，代表前景堪憂，妳最好馬上終止行動。”

我以爲盧卡說要當我軍師是隨便說說而已，没想到來真的。考慮再三，我接下任務。

～

接吻的確是驗證情感的試金石，但怎麼讓道貌岸然的 Presl 吻我呢？這真是個難題。

想到 Eva 曾說只花短短兩天的工夫就和 Presl 上床，我決定不恥下問作為借鏡。

趁著客人不多且絳紫色的簾布已拉上（代表米星有客人），我送上手指餅乾請她給意見，說是新進的貨。

"還行，奶香味濃，可以放進下午茶點心之列。"

"我也這麼認為……尼泊爾有下午茶嗎？"我趕緊導入正題。

她答應該有，那個國家雖窮，但在加德滿都能見到五星級酒店，既然是高檔酒店，肯定提供下午茶……

我又說山路難行，Presl 既然是紳士，在尼泊爾旅遊時必定是拉著她的手前行……

"那自然是，不僅山路難行，大卡車經過時還會揚起陣陣黃沙，害沙子進眼，我就是趁 Presl 幫我吹眼時趁機奪走他的吻。他愣在原地好一會兒才回到現實，大概從沒見過這麼直接的女孩，所以懵了，嘻嘻！"

啥？簡直無恥到了極點！不過她的奪吻計劃倒是提醒我何不"依樣畫葫蘆"？

～

傍晚時分，Presl 照例來上課，我給他講孫子兵法裏的九變篇，他再一次讚揚孫子的睿智。

我笑說"士為知己者死"，孫子若地下有知，也會高興地跳起來……

" Are you talking about the zombie?"他問我講的是不是僵屍？

老天！這讓我從何說起？

" No, I am talking about the soulmate."我說我談的是"知己"，又問他有沒有知己？

他想了想答有，蘇格拉底就是他的soulmate, 其哲學理論和思想一直影響著他，鞭笞他去追求真理與自我，是真正的偉大聖者......

說得我真是大寫的尷尬啊！

我轉而問他有沒有"在世"的知己？

" Ye...Yes, Miss bi."他有些猶豫地說。

畢小姐？說的可是我？

他笑著承認，說我是他的活字典和百科全書。

呃！這是褒還是貶？人變成了書？

看他笑得一臉燦爛，估且歸爲褒吧！

意外榮升成爲"知己"，看來我的索吻之途又往前邁了一大步。

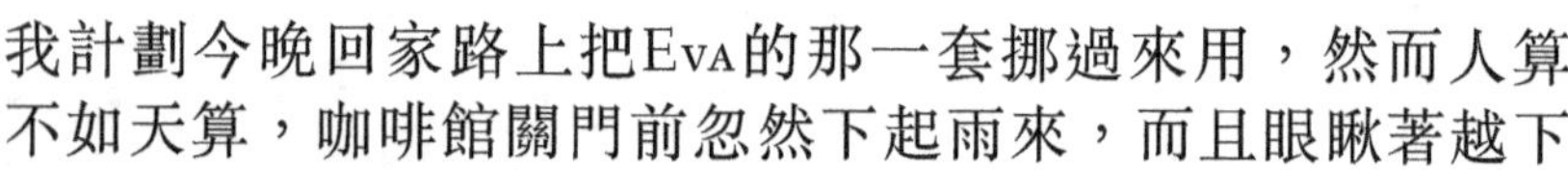

我計劃今晚回家路上把Eva的那一套挪過來用，然而人算不如天算，咖啡館關門前忽然下起雨來，而且眼瞅著越下越大，這如何是好？

正當不知所措時，我忽然靈光乍現，夜黑風高外加大雨滂沱，有什麼比當下索吻更加天時地利人和？

我隨即關上所有的燈，只留下玄關處的小燈，並且努力擺出春情蕩漾的姿態，拋去迷離的眼神：" Presl, I ......"

此時"叭、叭、叭、"的喇叭聲傳來，嚇了我一跳。

Presl說看樣子"醫生"來接我了。

我往外探去，那不是盧卡的車嗎？真是的，早不來晚不來，偏偏選這時候來，叫我怎麼索吻？

" Both of you get in the car,quickly."盧卡打開車窗喊我們上車

我正想答不，Presl已經熄了小燈並催促我鎖門，我無奈掏出鑰匙。

第三十四章/戰書

我在 13:01 進入咖啡館，Eva在 13:02 告訴我米星今天沒來上班。

"怎麼了？"我問。

"她說休假一天。"

咖啡館雖然不在草創階段，也開始有了盈利，但我和Eva依然不敢怠慢，一週開足七天，只有當其中一人不舒服或有要事待辦才勉強縮短營業時間，但門還是照樣開的。

米星不算真正意義上的合夥人，頂多只能算兼職，難得這些日子她像個公務員似的準時打卡，偶爾休假一天不爲過。

Eva說怕就怕她的休假動機不單純，Presl一提要帶學生到高堡戶外教學，米星也跟著不見了。

"所以中午Presl沒過來用餐？"我問，然後套上塑料手套開始洗碗盤。

"那自然是，搞得我的心七上八下的，尤其前幾天才剛和米星聊過，她說她的夢想是在某個清悠、寂靜的地方親吻她的男神，不管他是未婚還是已婚，樂意或者不樂意。”

我說看不出兩者有何關聯？米星若想犯花癡，隨時隨地都可以……

“誰都知道高堡有塊墓地，全捷克最有身份地位的名人家族都長眠於此，有哪個地方比墓地更清悠、寂靜的？”Eva答。

這下子連我也坐不住了，原來那個男神不是歌星或影星，而是Presl。想到米星就要早我一步索吻成功，急忙對Eva說既然她如鯁在喉，我跑一趟把米星押解回來就是。

“那太好了，趕緊出發，咖啡館由我照看，妳別管。”

有了合夥人的御令，我猶如神助，脫下塑料手套即刻啟程！

高堡建於１０世紀，位於伏爾塔瓦河河邊的山丘上。傳說莉布瑟公主和英俊的農夫相愛後，共同在此開啟波西米亞王朝，後來羅馬帝國建都於布拉格，並且將王權重心移至布拉格城堡，高堡才逐漸衰敗成爲布拉格的一個區。

我坐地鐵C線到Vyehrad站下，進入高堡的城門後，首先看到的是著名的聖馬丁圓形教堂，然後是哥德式雙尖塔造型的聖彼得與聖保羅教堂。

我在這三座仿古羅馬建築的教堂間徘徊，雖然十二世紀出土的石棺及祭壇上的“女雨神”版畫讓人很震撼，但我的心思不在此，轉了一圈後走出教堂往北行。

走著走著，我很快發現花木扶疏兼綠地成蔭的墓園與中國墓地的陰森不同，這裏更像公園多一些。

“￥@%&#……”我終於看到Presl站在一根方形尖頂石碑前對著一群學生模樣的人侃侃而談。

我悄悄走過去排在人群後面，米星的小腦袋瓜在最前排晃動著。

雖然聽不懂Presl在講什麼，但我仍認真傾聽，他那富有磁性的聲調及飛快的語速，估計這輩子我是學不會了……

" This is Kafka's grave."Presl突然介紹這是卡夫卡的墳墓，說的是英語而且眼光明顯落在隊伍後面的我身上，學生們紛紛轉頭，這當然包括站在最前面的米星。

" Oh yes！ Kafka……I know him."爲了表示自己不是不學無術之人，我答我認識卡夫卡，不知爲什麼引來訕笑。

Presl也笑了，但更多是理解與寬容。

" @&$%€£¥……"當他又說起捷克語時，學生們紛紛掉轉頭去，我才放下心來，畢竟被聚光燈打中並不令人愉悅。

當隊伍離開卡夫卡墓地前往下一個目標時，米星筆直地走過來，一臉殺氣。

"說！來這兒做什麼？"

我答來蹭課，聽Eva說Presl今天有戶外教學活動……

"妳聽不懂捷克語，蹭什麼課？"

"咦！我不懂捷克語，妳懂？妳能來，我憑啥不能來？"

米星說凡事總有個先來後到，再沒多久就是自由時間，她等這一刻等很久了，拜托我別搞破壞，趕緊消失爲快……

"妳真的打算和Presl在此接吻？聽說在墓園接吻很晦氣。"

米星聽完愣了一下，沒好氣地說原來Eva是個大嘴巴，看來以後得守口如瓶。

我仍試圖扭轉局勢，勸她打消瘋狂的念頭，然而她非但沒改變主意反而下戰書："這樣吧！我們看誰今天能索吻成功，失敗者退出爭奪戰，如何？"

“開什麼玩笑？Presl即使不跟我接吻也不會跟妳接吻，誰會跟父親的舊情人勾勾搭搭的？”

“那就試試唄！”米星挑釁地說。

我們在墓園兜兜轉轉了好一會兒才找到Presl, 他正拿著500克朗講話，我猜墓主人便是紙鈔上的人物。

約莫五分鐘後，Presl說了聲：“ Ahoj.”, 學生們紛紛散去，想必今天的戶外教學已結束。

米星對我使個眼色後也跟著人群消失。

“ Hi, good teaching.”我走過去跟Presl打招呼並且讚揚他教得好。

“Thanks!”他不卑不亢地接受了。

想到米星已開始計時，我得趕緊拉近彼此的距離，遂說這墓園真清靜, 像個小公園似的……

Presl同意我說的，還表示每當心神不寧時會上這裏走走，浮躁的心馬上沈靜下來。

於是我說下次當他再心神不寧時可以邀我一起來。

“ Why?”

“ Because ……”我看見一頭俏麗短髮的影子躲進灌木叢中，一時分了神，“ Because I feel uneasy sometimes.”

Presl答既然有時我也會心神不寧，他不介意和我一同上墓園討論人生……

Eva說的對，Presl果然不懂得對女人說不，幾乎有求必應，看來我的索吻計劃已成功一半，只待風起……

我們又拉拉雜雜談了一些才等來大風刮過。

“ Ah～”我驚叫一聲捂住右眼。

Presl問我怎麼了？我答沙子進眼了。

" Let me see what's wrong with your eye."他說讓他看看我的眼睛怎麼了？

來了，他走過來了，他真的走過來了，我的心因此小鹿亂撞。

Presl小心翼翼地扒開我的右眼眼皮，此時臉與臉的距離還不到一塊橡皮的長度，不把握當下更待何時？

我踮起腳尖往前一蹬，嘴巴匆匆擦過那男人略帶鬍髭的臉頰（事情的發展不該如此才對，誰會想到Presl像個動作敏捷的運動員，很快跳彈開來？）。

" Sorry. I am so sorry."Presl慌忙向我道歉，誠惶誠恐的樣子倒讓我一臉尷尬。

" Oh, never mind."我只好順勢而下，要他別介意。

"葳葳，"米星適時現身，想必一切都看在眼裏，" Eva要妳回個電話給她。"

我噢了一聲，很識相地走開換她上場。

～

我跟在他們兩人身後好一會兒了，都是米星在講，偶爾Presl插上幾句，但不論他說了什麼，米星一律興致勃勃地附合，簡直狗腿得可以。

我看了看錶，還差5分鐘就到截止時間，不禁沾沾自喜，因爲勝利在望。

Well,我是有那麼點兒"勝之不武"的感覺，但自己終究是吻到了，反觀米星還在"套交情"，真不知她心裏是怎麼想的？

" Ah～"米星尖叫一聲，跌坐在地上。

Presl見狀，蹲下來想扶她起身，没料到被米星一拉也滾進草

地裏，兩人因此糾纏了好一會兒。待雙雙起立，不出意外，
她……瘸腿了。

“這個小賤貨，够敬業的了！”我憤恨地想。

那個好男人沒考慮多久便抱起嬌小的米星往停早場的方向走
去，我還能看見那隻環繞Presl脖子的手伸出來比出“勝
利”的手勢。

“喂！你們去哪裏？”我喊著，感覺自己輸得徹底。

第三十五章／孟珈宇

我垂頭喪氣地回到咖啡館，裏面只有一位客人，Eva正在炸春捲，油炸的味道很刺鼻。

"小心被隔壁投訴。"我無力地坐在木椅上。

"投訴啥？我還沒投訴他家的大蒜麵包辛辣味太重，搞得我頭疼。"她答。

隔壁麵包店的大蒜麵包每天固定出爐兩次，濃濃的蒜香味久久不散，光聞味道就能讓人胃口大開，Eva卻說搞得她頭疼，真不知是真是假。

"哪兒來的春捲？"我接著問。

"送的。"

"送的？誰會送春捲？"

"好人送的。"

Eva將炸好的春捲放在白瓷盤裏，旁邊不忘放上生菜與西紅柿切片，又放了個小碟，擠上甜辣醬。

我看了一眼時鐘，下午五點半。Eva六點下班，這時吃晚餐正好，然而她沒在廚房裏吃，反而捧著盤子走向客人。

" 呵呵！你那時像個大傻個兒。"

" 我是傻個兒，妳就是十三點，好不到哪裏去！"

……

那兩人嘻嘻哈哈，看起來很熟悉，尤其說的還是普通話，我藉著加水的名義前去滿足我的好奇心。

"Hi, 給你們加點兒水。"我拿起男人的杯子，餘光掃過他，那是個挺有藝術範兒的男人，頭戴著一頂皮製貝雷帽。

"我的大學同學孟珈宇。"Eva主動介紹。

我說怎麼自己的男同學就沒這麼好看的？

"去去去，孟珈宇正在歐遊，順道過來拜訪我，下一站是泰爾奇歷史中心，後天一早出發，妳沒機會了。"

"什麼機會？"我問。

"撩人的機會。"

對於Eva的男同學，我本來沒多大興趣，但怎麼辦呢？別人越不看好，我越不信邪。

"泰爾奇歷史中心位於捷克摩拉維亞的東南部，距離奧地利邊境25公里，是個很小很小的城市，與其他更有旅遊價值的地方比顯得微不足道，除非想欣賞文藝復興時期的建築或順道去奧地利，否則一般人不會刻意前往。"

叫孟珈宇的男人深看我一眼後，說我完全道出他的內心想望，他的確是爲了欣賞文藝復興時期的建築及順道去奧地利而將它列入行程內。

“葳葳以前是導遊，這種常識是有的。”Eva趕緊打破神話。

“導遊？如果我有多餘的錢也會請私人導遊。”姓孟的說。

爲了氣Eva,我故意答：“何必等有錢？我義務當你的導遊。”

這下子那女人急了，她要我搞搞清楚再說，我是咖啡館的合夥人兼打雜，別想又找機會玩去，讓她累得像條狗……

把我說得像是只拿錢不做事之人。

“得，我現在就去幹狗會幹的事。”我拿著檸檬水轉身走人，不理會背後傳來的笑聲。

今天客人不多，我打算把廚房清洗乾淨。

“走了，請老朋友吃正餐去。”Eva說。

我噢了一聲表示知道了。

“對了，米星呢？妳怎麼没押她回來？”

我還以爲她忘了此事。

“米星弄傷腳了，和Presl一道消失。”我邊擦流理台邊說。

“什麼？！妳怎麼現在才講？”

“我以爲……”我看了一眼貝雷帽，“我以爲老朋友重要。”

她瞪了我一眼後，轉身跟孟珈宇解釋：“我老公被小三搶走了，抱歉，你得自己去帥克餐廳，不知道在哪兒問葳葳。”

帥克餐廳是小說《好兵帥克》的主題餐廳，在布拉格有多家分店。

待Eva氣呼呼地走後，我找來餐巾紙畫畫。

“這是本咖啡館，往南是天文鐘，冰淇淋店在這裏，麥當勞在這裏，賭場在這裏，剛好圍成一個三角形，你只要找到三角形的重心即可。”我在重心的位置上打一個大叉叉，寫下“帥克餐廳”四個漢字。

“妳要我在人生地不熟的地方去找一個三角形的重心？”他笑了，彷彿這是天底下最好笑的笑話。

“我也可以親自帶你去，帥克餐廳午夜打佯，我九點下班。”

他思考了一下，說：“行，我等妳！”

雖然不想承認，但 PRESL 今晚沒來上課還是讓人很失望，我以爲再怎麼著，他還是會在固定的時間內坐在老位子上。

今晚的客人算多的，大概與附近的商場正在做促銷有關，他處省下的錢轉身便在吃吃喝喝當中消費完畢，也算是另一種平衡。

等我能閒下來時才發覺自己竟然忘了孟同學的存在。

“這是獼猴桃汁，”我遞上果汁，“不收你錢。”

“謝謝！”他頭擡也不擡地說。

我這才注意到他正在餐巾紙上做畫，畫的是我。

“果汁可以不收錢，但肖像權得收。”我說，雖然他畫得真心不錯。

他快速給褐色圍裙加好陰影後遞給我：“喏！送妳的。”

不只我有，一號桌的憂鬱男孩、四號桌的中年男女及五號桌的嬌俏少女都人手一張。

“不得了呀！真會公關，大小通吃哪！”我揶揄。

“好說，如果紙筆能好一點兒，我不白送的，再怎麼著我也是專業的平面設計師。”

聽他這麼一說，我趕緊問他能否給咖啡館的窗戶稍加裝飾一下，因爲聖誕節快到了。

"我很想幫忙，但後天一早就得離開布拉格，我連查理大橋長什麼樣都還未見識到。"

想給咖啡館裝飾一下不是心血來潮，這裏的商戶早已爲佳節提早"打扮"了，只有Sicily Café還未見動靜，我不想讓人有"華人老闆都不過西方節日"的印象，但連看起來不太牢靠的小工都要價一小時1200克朗，我真恨不得親自上場。

還好上帝終究聽到我的心聲，適時送來一位專業人士，畢竟從現在起到聖誕假期結束有整整一個月的時間，我可不想每天面對空蕩蕩的窗戶。

"這樣吧！你犧牲半天的時間，我負責擔任你在捷克期間的導遊工作直至離境。"

見他面有難色，我強調在這裏雇用私人導遊，一小時少說也要800克朗，算一算，他不吃虧，而且我保證讓他一路吃好、睡好……

"既然這樣，一言爲定。"他伸出手來，手心向上。

我心想真是事多，還得握手約定，遂勉爲其難地與他握了握。

"妳是外星人嗎？"他問。

"什麼？"我一頭霧水。

"跟妳要買材料的錢，總不能讓我既出錢又出力吧？！"

我這才大夢初醒，趕緊掏出2000克朗給他。

"放心，用剩的我會還妳。"他說。

第三十六章/可笑的願望

小說《好兵帥克》講述一戰時期士兵帥克的逗逼故事，所以帥克餐廳裏到處都能看到那張胖嘟嘟的憨笑臉。

餐廳主打捷克及中歐風味的菜餚，氛圍不錯，身穿奧匈帝國服飾的服務員往來其間，台上的樂手正吹拉彈唱著捷克的傳統民謠，加上昏黃的燈光，很有異域風情。

由於孟珈宇初來乍到不知本地有何特色菜，我便自作主張地幫他點了烤乳豬、烤肘子、烤鴨外加主食饅頭片，飲料則要了黑啤。

"我的預算沒那麼多。"姓孟的說。

我以爲他開玩笑，但一聽說他住在辣椒酒店後，我不淡定了。

辣椒酒店的地理位置雖不錯，到哪兒，哪兒方便，但裏面清一色是十人或十二人間，說白了就是背包客客棧，跟住大學宿舍無異，孟珈宇的經濟情況可見一斑。

"那……我們AA好了，黑啤算我的。"

"黑啤也AA吧！誰也不欠誰。"他答。

好個AA，我本來想以退爲進，没料到他順利劃清界限，也罷，至少没欠下人情債。

"當導遊的人爲什麽跑來開咖啡館？"他忽然問。

我答一言難盡，然後做了簡單交待。

"聽Eva說她在布拉格與人合夥開咖啡館，我還半信半疑，没想到是真的。她那個人呀！發號施令可以，端盤子就太委屈了。"

"哈！真是一語中的,現在店裏發號施令的人是她，我則負責端盤子，連老同學來了，我也負責接待。"

氣氛一下子冷掉，只聽到孟珈宇用食指敲擊桌面的聲音。没多久，他冷冷地說我若在意，明天裝飾好門面，他獨自上路。

"我……我不是這個意思，對不起，說錯話了，我自罰三杯。"我拿起黑啤一飲而盡，"Promise is promise. 我們還是按照原先的約定來吧！"

"所以妳打算在我完成工作後休假兩天陪我？"

"是的，直至送你上離境火車爲止。"我答。

席間，孟珈宇有時話多，會主動交待一些事情，譬如他和Eva曾經短暫曖昧過，最後不了了之；但有時卻守口如瓶，譬如他們的戀情爲什麽夭折及其家世背景。從一些蛛絲馬跡，我知道他的父母健在，妹妹自殺後，他成了家裏唯一的孩子，如此而已。

我能想像那是棟位於舊小區的兩居室，父母是工薪階級，栽培他讀完大學已是最大的級限，眼睛長在頭頂上的Eva怎會把他列入結婚對象？當然是摸完底細後快速閃人。

"人生總有過不完的坎，別看我是老闆，其實跟打雜無異。打雜還有休息日，我是一年做足365天，連生病都生病不起。"

"爲什麼不做別的工作或者回國？"他問。

我答國外的工作不外中餐廳、洗衣店及華人超市，三者都要出賣勞力，換湯不換藥，至於回國……我若在國內有個像樣的工作還會遠渡重洋嗎？現在高不成低不就的能回國嗎？再怎麼著也得衣錦還鄉……

"看來妳比我還慘！"他說。

哎！其實我父母在二線城市有兩間房收租，經濟狀況還不壞，但爲了避免刺激家境不好的他，我暫不糾正。

吃完豐盛的一餐已近午夜，孟珈宇說送我回家後想上查理大橋走走，因爲扣掉替我工作的時數，他在布拉格停留的時間不到36個小時。

"我陪你去，說好了做導遊的工作。"

"不用，時間很晚了。"

其實瞌睡蟲早已爬上身，但查理大橋上騙子和扒手橫行，放一個新來乍到的人獨闖，我還真不放心。

見拗不過我，孟珈宇勉爲其難地答應了。

"現在我們來到查理大橋，它被卡夫卡喻爲生命的搖籃，建於1357年，是一座極具藝術價值的石橋。大橋橫跨伏爾塔瓦河，長520米，寬10米，有16座橋墩，没用一釘一木，全用石頭建成。兩端分別是布拉格城堡區和老城區，這裏還是歷代國王加晃遊行的必經之路……"我把當導遊那會兒背的，照本宣科地移過來。

走到橋右側的第8尊聖約翰雕像前，我介紹：“這位紅衣大主教因爲拒絕向國王透露王后的秘密，被國王下令扔進伏爾塔瓦河，成爲第一位爲保護宗教懺悔隱秘權的殉道者。當他從河中被撈起時，人們發現聖約翰頭上出現五顆星星，之後被教廷封爲聖人……”

和一般遊客不同，孟珈宇對我的介紹没表現出高昂的興致，反倒對橋上落單的女性感興趣，不管高矮、胖瘦或美醜，一律行注目禮。

“我不知道自己是這麼失敗的導遊。”我的心跌落至谷底。

“爲什麼這麼說？”他把目光從女清潔工的身上移開。

拜托！連清潔工也比我有魅力，簡直生無可戀。

“我看我還是回家吧！省得壞了你的獵豔計劃。”我賭氣地說。

孟珈宇刷的紅了臉，看來我猜對了。

“抱歉，妳講得很好，只是……我分心了，爲了一個可笑的願望。”

“可笑的願望？什麼可笑的願望？”

“不說了，妳會笑話我。”

就在我指天發誓下，他終於道出個中緣由。原來年少時期的他曾被布拉格的圖片驚豔到，下決心有朝一日一定前往朝聖，並且在浪漫的查理大橋上親吻一名女性，不論她高矮、胖瘦或美醜。眼看待在布拉格的時間不多了，他就想趕緊完成願望，以致心不在焉……

Well, 他的願望聽起來是有那麼點兒古怪，但也不到離譜的程度。我說我理解，放他去實現願望。

“妳確定？”他問。

"嗯！我就站在這裏等你，一完成願望，記得回來找我喔！"我答。

夜深了，查理大橋上的人越來越少，是有那麼幾對情侶，但我不認爲孟珈宇有勇氣跟別人借女朋友接吻。

只見他慢慢往西踱去，孤獨的背影讓人有些許惆悵。

好不容易等來一位慢跑的女漢子，那人目測有190公分高，體型魁梧，像是舉重或摔跤選手。孟珈宇停下腳步目視她，但女漢子的眼光未曾在他身上逗留，很快往東跑去。

錯過了第一個，孟珈宇繼續找下一個目標，沒多久，一身贅肉的大媽走來，邊走邊講電話，那聲量之大能驚醒在布拉格城堡睡覺的捷克總統，毫無意外的，孟珈宇選擇飄過。

都說最好的總留在最後出現，錯過大嗓門大媽後，一位長髮美女踩著高跟皮靴過來，身上的皮草看起來很高級。

這次總該對了吧？！然而孟珈宇仍目送她直到橋的盡頭。

白白錯失良機，我忍不住跑向他。

"你眼瞎了嗎？剛剛那個多好，簡直是畫報上走出來的模特兒。"我竟動了氣。

"眼沒瞎，但……鼓不起勇氣。算了，回去吧！反正也不是什麼了不起的願望。"

看他一副失魂落魄的樣子，我提醒他明天和厄運不知哪個會先到，如果一覺醒不過來，豈不扼腕？不行，今晚他一定得實現願望。

"怎麼實現？這橋上只剩不到一支籃球隊員的人數，清一色是男的，遠一點兒還有兩名警察，也是男的，妳讓我跟男的接吻？"

我環顧四周，果然橋上只剩下雄性動物，我是唯一的女性，也難怪，都這麼晚了……

“回去吧！等我攢夠錢再來。”他說。

想到窮苦人家出一趟國門多不容易，我不能讓他抱憾而歸。

“這樣吧！跟我接吻，我滿足你的願望。”

“妳？……妳……妳……不好吧？……還是不要……”

這下子我惱怒了，投懷送抱竟然遭嫌棄，敢情我還比不上“矮胖醜”？

他要我別誤會，若只是萍水相逢，吻過可以拋諸腦後，但我們接下來還要相處兩天，怕到時尷尬了。

“不用擔心，我吻過的男人不止一個，到現在誰也沒躲著誰，除非這是你的初吻。”

“不……不算初吻……以前吻過……高中時……後來沒聯繫……根據統計，中國人接吻的年紀……”

看他越扯越遠而時間已經很晚了，我實在睏到不行，一不做二不休便上前一步把嘴湊上去，一秒、兩秒、三秒……

孟珈宇緊閉的牙關終於開了，我們像吸吮果凍一樣的一發不可收拾……

“ &$@;*+€……”那兩名穿黑色制服的警察走過來對我們說起外星語。

“What?”離開孟珈宇的懷抱，我問。

其中一名警察對我們說不流利的英語，大意是夜深了，查理大橋不安全，回酒店去吧！

“没錯，的確不安全，還是走吧！”孟珈宇對我說，早先一步邁開步伐。

第三十七章／吻我別問我

昨天没聯繫上Eva,遂留言讓她今天改上晚班，我上早班，因爲打算替咖啡館做聖誕節裝飾……

由於趕著開門，早餐没吃就出門，走時屋內靜悄悄的，大概Presl比我更早出門而Eva還在睡覺。

我前腳剛踏進咖啡館，孟珈宇後腳就到。

"美術用品店九點才開門，害我吃了好幾個路邊的烤麵包捲。"他說。

今天的他戴著一頂黑色小禮帽，墨綠色的長大衣看起來很帥氣，手上提著一個大號塑料袋。

"那是Tredlnik,"我將烤箱預熱，再把從烘焙坊拿來的糕餅放進冷藏櫃裏，"本來想給你準備早餐。"

"不用，時間晚了，我馬上開始工作。"

只見他從塑料袋裏拿出瓶瓶罐罐，我竟然還看到綠色藤蔓，假的。

孟珈宇在忙，我也沒閒著，趕緊把咖啡豆拿出來研磨。

孟大師給天花板貼上立體雪花，又將串燈和藤蔓纏繞在一起做出一個圓形掛飾掛在大門門板上，然後搬了張椅子到屋外給窗戶"做畫"。只見他從袋裏拿出裁剪好的貼紙貼在窗上，再用白色噴漆細細地在邊緣上噴出各種線條及花樣，撕開貼紙後，聖誕老人便駕著雪橇從天而降，12隻馴鹿在前開路……

我忍不住跑了出去，喊著："太好看了，怎麼做到的？"

"雕蟲小技，每個學藝術的都會，"他下了椅子，"葳葳，我手髒，妳能不能到隔壁麵包店把姜餅屋抱過來？"

"姜餅屋？"

"嗯！用姜餅做成的迷你小屋，上面有糖果及蜜餞。"

拜托！我當然知道何謂姜餅屋，只是他是什麼時候訂的？

他答不用訂，麵包店就有現貨，明碼標價，讓我去選棟心怡的屋子……

有那麼幾秒鐘我有個錯覺，以爲是自己的男人豪氣地丟下一沓鈔票，讓我愛住哪兒便住哪兒。

我把一個城堡造型的姜餅屋帶回店裏，只因塔頂處立著一位公主，用糖霜做的。

"這個不合格，沒有王子。"孟珈宇說。

"管他合不合格，只要有過節氣氛就好。"我說，然後把姜餅屋移到冷藏櫃上方，讓它面對大門做"送往迎來"的工作。

～

PRESL中午沒來用餐，連同合夥人Eva也不見蹤影，時間：13:45。

送走最後一位客人，我鎖上咖啡館大門，孟珈宇在背後問："妳確定可以？"

"沒問題，不過是暫停營業一小會兒，Eva應該很快會來開門，不礙事。"

然後我陪著唯一的團員去看天文鐘、火藥塔、聖母教堂、跳舞的房子……等我們從布拉格城堡走出來時已近黃昏，剛好帶他到市政廳酒窖餐廳吃飯。那是本地風味的代表之一，不僅食物上乘、氣氛佳，而且價格只有景區餐廳的一半，非常適合像孟珈宇這樣的屌絲。

"這裏的烤豬肘只要150克朗。"他說，像發現新大陸。

"沒錯，所以你需要一位專業的導遊替你省錢。"

我們拉拉雜雜說著話，談完今天去過的景點後，我提醒他明天的大巴準九點開，8:20 am我到辣椒酒店接他……

"別，妳別來，我去大巴站與妳會面。"

"不好找的。"

"妳畫圖，"他遞過來一張餐巾紙，"我保證找得到。"

無奈之下我又祭出自己的三腳貓畫功。

看來孟珈宇是怕我發現他住的是背包客客棧，真是的，我的導遊不是白當的好嗎？布拉格的大大小小酒店我早已了若指掌。

用完餐，孟珈宇說他還想上一趟查理大橋，問我能不能陪他去？

"還是想實現那個願望？"我問。

他點頭。

媽的，昨晚豈不是白吻了？

"好，我陪你走一趟，這次可不准再做縮頭烏龜了喔！"我說。

夜裏九點，查理大橋上的人群絡繹不絕，我看到好幾個落單的女性，環肥燕瘦都有，這下子孟珈宇的選擇多了去。

"那個穿黃衣服的不錯。"我說。

"我不喜歡她的紅頭髮。"

"穿皮褲的這個也行。"

"鼻環看起來很可怕。"

我翻了個大白眼往右看去："來了來了，芭比來了，是個金髮尤物。"

"她嘴上的唇膏顏色不對。"

這下子我炸開鍋了："這個不行、那個不對，根本不像你嘴上說的不管高矮、肥瘦與美醜，只求一吻。"

"本來我是打算爲了一吻無下限，但自從昨晚……我覺得有必要把標準提高。"他答。

我問什麼標準？

"亞洲女性，約165公分高，中等身材，長髮，穿短款白色羽絨服及灰藍色衝鋒褲。"

這說的可是我？

他聳聳肩答沒辦法，人有時管不住自己。

"也許我結婚了。"

"没關係，我九歲就離婚了。"

我忍住笑的衝動，正經地表示我們只有兩天的緣份。

"那正好，兩天後相忘於江湖。"

雖然他人不壞，接吻的滋味也很美妙，但這未免太過輕率？

"昨晚的接吻可以解釋出於同情，今晚若再接吻，意義就不一樣了。"我說。

"那麼我們把決定權交給上天吧！五分鐘內摸聖約翰雕像的人數若是奇數，我們不接吻；若是偶數，我們接吻，如何？"

在布拉格有個傳說，只要用心觸摸石雕像便會帶來一生的好運與幸福，所以查理大橋上時不時可見大小手伸向雕像，尤其第八座的聖約翰大主教像更甚，已經被摸得發亮。

我把眼光落在左前方的雕像，喃喃說道："若是奇數，我們接吻；若是偶數，我們不接吻。"

你若問我爲什麼要隨魔杖起舞？我也說不出個所以然，大概我還不反感那頂小禮帽吧？！

孟珈宇很快調好手機鬧鐘，我們開始數人數："1、2、3……28、29、30……叮鈴鈴、叮鈴鈴……"

那男人歡呼一聲，像中了頭彩，隨即過來擁抱我。

"不對，"我用力推開他，"30是偶數，我說了偶數不接吻。"

"明明說的是偶數接吻。"

"不對不對，不是這樣的。"我還是堅持己見。

“好，再數一次，照妳說的，偶數不接吻，奇數接吻。”

孟珈宇重新設置鬧鐘，我們也重新數數：“1、2、3……16、17、18……叮鈴鈴、叮鈴鈴……”

“哈！是偶數。”我擊掌笑了。

相對我的歡喜，小禮帽卻是一臉慘淡：“哎！總是壞運氣。”

他很氣餒地轉頭面向伏爾塔瓦河，夜晚的河面在燈光照射下璀璨得猶如天上繁星。

我安慰他沒那麼糟糕。

“就是這麼糟糕，我總是壞運居多……”

看他垂頭喪氣的樣子，真讓人糾心。

“孟珈宇……”我喚他。

他轉過頭來，我給他一個鼓勵之吻，輕輕的。

“下次吻我別問我，記住了沒？”我說。

第三十八章/別離

回到家，剛好看到Eva頂著一頭亂髮坐在客廳內看電視，桌上有一份吃剩的微波爐餐，味道聞起來像lasagna，一種意大利麵餅。

"我帶妳的老同學到處逛逛。"我將包放下，爲今天的咖啡館提早關門做出解釋。

Eva噢了一聲，換了電視頻道，眼睛沒離開屏幕。等我喝了冰箱裏的巧克力牛奶回到客廳，她依舊保持原來的坐姿沒變。

"今天上班了嗎？"我坐下。

她搖頭，我遂問她是否看到我的留言？

"看了，心情不好所以在家休息一天。"

我"當然"又問她爲什麼心情不好？

"還問爲什麼？誰家老公被搶會心情好？"

我轉頭望了一眼Presl的房間，他的房門緊閉著。

“別看了，他說爲了控制好局面，暫不回家。”

我問控制好局面是啥意思？那個氣憤非常的女人答：“肯定是被蜘蛛精纏上，想著要如何脫身。”

“他們兩人……在一起嗎？”我小心地問。

Eva的臉部肌肉抽搐了一下：“大概没有……應該没有……”

我拿出手機主動撥打米星的電話，問她在哪裏？

“在家，腳踝扭傷了。”她答。

原來真的扭傷了。

我轉而問她昨天離開墓園後發生的事，她答什麼也没發生，到醫院照完X光，證明是單純的扭傷後，醫生做完冷敷便讓回家了……

“米小姐，妳能不能痛快點兒？既然什麼事也没發生，Presl爲什麼昨晚没回來睡覺，到現在還不見人影呢？”

米星知道Presl没回家反倒開心，她說没想到Presl對她動心了……

我問啥意思？然而手機那頭卻没了聲息，真是的，竟然掛我電話？！

Eva知道Presl没回家竟然是因爲米星，怒不可遏，搶走我的手機直接撥給Presl，大有興師問罪之意。

“喂！那是我的手機。”

Eva瞪了我一眼，邊講邊起身回房，還不忘將房門關上。

“待會兒得記得跟她收通話費！”我心想。

七點起床梳洗時屋內還是靜悄悄，Presl昨晚有没有回家睡及Eva今天會不會開門營業都不是我關心的，我現在滿

腦子想的是：孟珈宇今晚搭晚班火車去奧地利，我要如何讓他有個難忘的回憶？

雖然我的"團員"要我別去辣椒酒店接他，但我還是"順路"在酒店前駐足，怕他找不到大巴站。

這是一棟坐落在伏爾塔瓦河沿岸的5層巴洛克建築，外表挺有歷史感，雖然是"租床位"模式，但據說乾淨整潔，有公用廚房、起居區及覆蓋大堂的免費wifi.

我從8:05等到8:30仍不見孟珈宇的踪影，難不成睡死了？我趕緊撥打他的手機號，問他在哪兒？

"剛走出酒店大門。"他答。

我望向大門口，那裏站著三名歐洲青年，人手一煙，正邊聊邊吞雲吐霧，哪有孟珈宇的身影？難道辣椒酒店的出入口不止一個？

"好，待會兒見。"掛上手機，我拉起行李往大巴站快步走去。

布拉格到泰爾奇約三小時車程，車子抵達後，我們拖著行李走了約100米來到一家二星級酒店。

"先把行李放這裏，送你上火車後，我回來住一晚，明天一早再搭大巴回布拉格。"我說。

"這……太委屈妳了，我……酒店錢還是由我付。"他竟然"窮大方"起來。

我要他別磨嘰了，還是趕緊出門遊玩。

泰爾奇坐落於小山頂上，房屋最初爲木結構，自14世紀末的一場大火後，小鎮改以石頭爲材料進行重建。重建後的城堡採用了新哥特式風格，即外表保持尖塔，尖肋拱頂、飛扶壁……等，但內部功能採現代化，說白了就是"內現外古"

的表現手法。

反觀廣場上的平民房子，那一排排的聯棟建築非常整齊劃一，其"山形牆"的設計尤具特色，宛如一頂三角形的大帽子，端正地戴在每座建築的頭頂上。

天氣很冷加上不是熱門的旅遊景點，我們充份享受了小鎮的寧靜與悠閒。參觀完水城堡及教堂後，我們上鐘樓俯瞰整座小城，感歎泰爾奇雖小，卻把文藝復興時期的建築風格很完整地保留下來，不愧爲世界遺產。

"那是什麼？"站在鐘樓上，孟珈宇指著廣場中央矗立的石柱問。

我答那是瑪利亞柱，當十五世紀中葉的黑死病疫情得到控制後，多國統治者爲了感謝上帝終結這場浩劫所建造的紀念柱，這種石柱在歐洲很常見……

"中國就沒黑死病，"他挪了挪頭頂上的鴨舌帽，"妳不覺得國外和中國差很多嗎？我很難想像有一天會娶個外國女人同床共枕，因爲永遠猜不透她們心裏想什麼？"

"你錯了，中國也有黑死病，只是不叫這個名，而叫'瘟疫'或'鼠疫'，而且一人一世界，每個人都有與衆不同的內心世界，跟是不是外國人沒多大關係。"

孟珈宇愣了一下，感嘆很少有人會和他唱反調，多是附合他的言論，所以很多時候他不知自己是對還是錯。

我笑說原來他是地方上的惡棍，大家避之唯恐不及。

他聽了不以爲忤，眼睛反而閃著異彩，問我看過馬克吐溫寫的《王子與乞丐》沒？有什麼感想？

"没什麼感想？人本來就不公平，生下來是王子就過王子的生活；生下來是乞丐就過乞丐的生活，硬要交換身份只會悲劇收場，還好故事結局讓他們都各自回到原來的身份。"

"我很想過一把交換身份的癮。"他說。

我笑了，說自己也想當一回公主，可惜事與願違。

"有一天......我幫妳實現願望。"

幫我實現願望？一個住背包客旅店的人要幫我實現"公主夢"？真是滑天下之大稽！

"好呀！記得幫我買鑲有鑽石的公主冠。"我說。

泰爾奇很小，半天可以逛完，但又是最耐人尋味的，待上一個星期也不厭倦，可惜孟珈宇只能做短暫停留。

用完酒店附屬餐廳稍嫌平淡無奇的晚餐後，他帶上行李，我們匆匆趕往火車站。

"給妳的郵箱地址和國內的手機號別丟了，任何時候想找我，我都在。"

"嗯！"

"一個人住酒店要當心，房間記得反鎖。"

"好。"

"待會兒打車回去吧！夜晚獨行很危險。"

"知道了。"

......

我們來到檢票口，孟珈宇這才停止囉嗦，但遲遲拿不出火車票。

"怎麼了？"我問。

“火車票好像掉了？”

掉了？剛剛才給到他，怎麼掉的？我急著想回頭找，被他一把抓住：“没事，待會兒再找。葳葳，我……”

聽到火車進站的聲音，我急得像熱鍋上的螞蟻：“不行，我再去幫你買一張。”

“傻瓜！”他匆匆在我嘴上啄了一下，“只想和妳多待一秒鐘。”

我還没反應過來，他已經從外套口袋裏掏出火車票遞給檢票員。

“走了，小傻瓜。”他在閘口的另一邊對我揮手，然後轉身上火車。

待火車駛離，我才發現自己竟然有些許惆悵，不知相思之苦才剛開始……

第三十九章／攤牌

大巴抵達布拉格時已過了飯點，本來想先回家將行李放下，但心裏無端發毛，還是繞到咖啡館看個究竟。果然大門緊閉，門板上還貼著一張鬼畫符，像糾纏在一起的毛線，剪不斷理還亂。

不用說也知道畫家是誰，我把A4紙撕下，馬上開門營業，這樣"三天打魚兩天曬網"可不行，顧客很快會流失。

我沒打給Eva或米星，連Presl也不理會，一門心思在應付客人上，等我能緩口氣坐下來休息時，發現孟珈宇曾打來兩通電話，真是的，耳聾了嗎？我正想回撥過去，盧卡推門進來："怎麼回事？關門兩天了。"

"我……有事，Eva……也有事。"我答。

他看了一眼立在廚房間的行李箱，問我是否今天有遠行？

"沒有，剛從泰爾奇回來。"

"一個人的旅行？"他問。

"不是。"

盧卡欲言又止，最終還是換了話題，他要我給他來一杯濃咖啡。

我給他Espresso, 他一飲而盡，接著問我店裏的聖誕裝飾是誰的作品？

"一個......平面設計師。"

他又看了幾眼才說："聖誕老人過胖、雪橇歪了、馴鹿的跑姿不協調......對了，姜餅屋上幹嘛立一個香蕉人？"

我轉過頭去，果然公主身邊多了一個小黃人，用樂高拼成的，比公主高了2公分。

"那個......是王子，城堡裏應該有公主和王子才合格。"我答。

知道孟珈宇爲公主找來一位王子，不知怎的，心裏暖暖的。

没料到盧卡潑來一盆冷水："看起來不相配，像美女與野獸。"

"我覺得挺好的，我喜歡小黃人。"說完，我轉身回廚房。

我等著盧卡離開好打給孟珈宇，偏偏他好像没事似地直盯著窗外發呆。

把店內客人都照顧好後，我走向那個明顯有點兒反常的人，問他還想點些什麼，目的是趕人。

"給我隨便來點兒吃的吧！"他說。

"今天没手術嗎？"

"有，但心情不好想休息一天。"

我說有時我也會心情不好。

"妳怎麼排解？"他問。

"想想快樂的事或者出去旅遊。"

"譬如：泰爾奇？"

我很不高興盧卡總是話中有話，要他有事快講，無事退朝。

"先回答我一個問題，三天之內妳索吻成功了嗎？"

我一時迷惑，他指的是Presl還是孟珈宇？Anyway, 不論哪個，我都算索吻成功了。

見我點頭，盧卡有些失望但還是強打起精神說："那麼我們開始第二階段的作戰計劃。"

"不用了，三個女人搶一個男人多無趣，我看我還是退出算了。"

盧卡灰暗的眼神突然有了光彩，直呼太好了！

"是很好，"我站起身，"給你準備三明治吧！醃黃瓜愛吃嗎？"

傍晚Presl仍然没上門，倒是盧卡一直待到咖啡館打伴。

"抱歉，店要關了。"我過來趕人。

"這麼晚了？"盧卡喃喃自語，然後從口袋掏出五百克朗放桌上，"剩下的當小費。"

我答免了，但他已早先一步起身離去。

從咖啡館步行回家大概得花二十分鐘，我打算利用這段時間打給孟珈宇，問他是否平安？

鈴聲響了兩聲，他接了。

"你在哪兒？"我問

他答在瓦豪，那裏有一個美麗的湖泊叫"月亮湖"。

"今天爲什麼打給我？"

"因爲想聽妳的聲音，才分開一個晚上，我就開始想妳。"

不知爲什麼，我聽了有想哭的衝動。

"你不應該說這個撩人，很容易讓人誤會。"

"我的確想妳，妳不想我嗎？"

我不想他嗎？那麼昨晚的輾轉難眠爲的是哪樁？

"不想，才相處兩天能有什麼化學反應？"

"那好，我掛了。"

"別……"我急了，"別掛，我……我也想聽你的聲音。"

我們就這麼拉拉雜雜地談著瑣事直到抵達家門口。

"我到家了，網上聊吧！省通話費。"

掛上手機，我跳上台階，正想刷門卡時突然感覺芒刺在背。我一個轉身，發現盧卡正立在身後，很是錯愕。

"你走錯方向了，你家在另一邊。"我提醒他。

" 一路陪妳回家就想和妳聊會兒天，可惜妳忙著和別人聊天。"

我答我下班了，沒義務還陪客人聊天……

"我不是客人。"

"對我而言，你就是客人。"

他問攪亂我心思的人是誰？該不會就是那位水平不高的平面設計師吧？！

"我覺得他挺有天份的。"

"大概挺有撩妹的天份吧！兩天就到手。"

我火大了，說他滿腦子大便；他也不高興，說我見一個愛一個，十足的水性楊花……

"哈！太好了，你終於看清楚我的本質，所以請別再和我有任何聯繫，省得惹來一身騷。"我轉身刷卡上樓。

~

又是個萬里晴空的冷天氣。

我推開咖啡館大門，發現Eva和米星正在廚房聊天，頓時有種錯覺，以為穿越了時空，回到幾天前。

"大和解了？"我問。

"沒什麼和不和解，本來就不是仇人。"米星答。

我剛把包放下就發現Presl坐在3號桌飛快地打字，神情很嚴肅，時間已是13:05。

"別吵他，下午五點他得交論文報告，最後期限。"Eva提醒我。

哎！我竟然忘了此事，希望他這些日子以來的焚膏繼晷能有個圓滿的結果。

"對了，先跟妳告假一小時，今天我提早下班。"Eva說。

"又幹嘛去了？要不干脆把咖啡館收起來算了。"我沒好氣地答。

米星插嘴："放她假吧！Presl說等他發完論文給我倆一個交待，省得互相猜來猜去。"

我問這是攤牌的意思嗎？

米星和Eva相視而笑，在我看來那不過是決鬥前的裝模作樣罷了。

"看來今晚有人要流淚了。"我心想。

第四十章/疑雲

天氣特別冷，我穿了秋衣秋褲還是感覺冷風穿透層層衣物，像小蟲子似地噬咬我的肌膚，不禁擁緊大衣，縮著頭快步疾走。經過港式茶餐廳時，我忽然想起Eva極愛他家的叉燒，再看鹽水鴨和燒鵝也不錯，咬咬牙各帶上一份。

失戀需要用美食來撫慰，屢試不爽。

"吃飯了！"我一進門就嚷嚷，"顧客呢？上哪兒去了？"

"今年的雪下得早，克爾科諾謝滑雪場提早開放，加上某個滑雪名將到該地做慈善表演，估計人們都上山了。"Eva邊說邊將滷味接過手裝盤。

"別找藉口了，"米星嗆聲，"會來咖啡館的都是我的客戶，其中絕大多數是老人，今天太冷，他們全躲家裏了。"

"是呀！妳是我們的衣食父母，缺了妳，咖啡館就經營不下去了。"Eva酸溜溜地說。

米星聳聳肩答"忠言逆耳"，有些人就是不願面對現實……

我趕緊岔開話題，說既然没客人，索性坐下來擺龍門陣吧！想喝什麼我來泡。

"滷味配啤酒最好，對面酒吧有賣。"Eva說。

於是我還没來得及脫大衣便又頂著寒風去買酒。

"我說男人都没一個好東西，吃乾抹淨，好個三不政策—不主動、不拒絕、不負責，話都跟妳講清楚，妳還飛蛾撲火那就是妳的錯。"米星自怨自艾，鵝腿倒是啃得乾乾淨淨。

我問這可是昨晚談判的結果？

"算是吧！"Eva代答，"我倒覺得這樣很好，没負擔。"

"男人就是被妳這種女人寵壞的，這跟炮友有何兩樣？"米星大動肝火。

"奇怪了，"Eva撿了塊叉燒入口，"每個人都有選擇的權利，妳不喜歡大可退出，犯不著批判別人。"

我總算看明白，在這場戰役中，Presl訂下遊戲規則，Eva接受了，米星嗤之以鼻。

"退出吧！"我面向米星，"妳父母還没那麼開明，況且全天下的男人不只有Presl一人。"

米星唉聲嘆氣，說自己已是31歲高齡，好不容易看上一個，對方身高也達標，偏偏在婚戀觀上不按理出牌，讓她情何以堪？她的時間不多了，再談一個起碼一年，還不見得成……

"我是結過婚的，告訴妳，婚姻没啥稀奇的，不過是男人的照妖鏡，妳結一次婚試試，包管妳嚇得屁滾尿流。"Eva說。

"得，"米星將注滿啤酒的玻璃杯高舉，"我讓妳，祝妳和食古不化的人從此永浴愛河。"

她一飲而盡，很自棄的樣子。我勸了幾句，她反倒將矛頭指向我，說還是我聰明，提早退出，不像她，煞費苦心卻成空。

"我想……我對Presl更多的是崇拜而不是真愛，所以沒有全力以赴，錯過了不可惜。"我解釋。

"所以妳只是來攪亂一池春水？"米星終於找到發洩的對象，"媽的，就知道妳不懷好心眼。"

我答天地良心，事情根本不是這樣的。

"那好，來玩真心話大冒險，敢不敢？"米星挑釁地說。

喝空了的啤酒瓶被扳倒，猜拳的結果由我來轉空瓶，我大力一轉，瓶口對準Eva.

"哈！"米星擊掌，"這下妳死定了，說！是不是曾在Presl面前說我壞話？說了什麼？"

Eva想了想，痛快地承認曾在Presl面前批評過米星，至於說了什麼……還是別說吧！

"說！否則……否則裸體在老城廣場繞一圈。"米星給出懲罰。

想到要在那麼冷的天氣下光身子示人，Eva可沒這麼傻，她選擇說真心話。

"我告訴Presl，那個矮個子是來毀壞他清譽的人，想父子通吃，口味還真重。"

米星氣得發抖，說Eva就是背後使壞的那種人，會遭天譴……

"別……"我馬上制止，"說好了要玩就不動氣。"

米星這才閉嘴。

輪到我發問，我首先向Eva表明自己不是偷窺狂，但實在太好奇了，就想問她和Presl的第一次到底是誰主動的？因爲很難相信外表正直的人也會是個登徒子。

Eva仰天作沈思狀，我要她別想了，越想真實性就越低，別忘了這是玩"真心話"，遮遮掩掩就沒意思了。

" All right. 說就說，是我主動的，他没拒絕，一切順理成章。"她答

米星輕蔑地說用膝蓋想也知道是誰主動的。

"妳呢？要不要說一說奪閨蜜之夫的噁心行徑？"Eva反擊。

米星反問當事人都雲淡風輕，她著什麼急？

"雲淡風輕？虧妳說得出口，妳等著，我幫妳問。"

果然她一轉空瓶，瓶口對準了我。

"告訴妳閨蜜，在不在乎她把醫生奪走？"Eva提問。

"我……"我看了一眼米星，没考慮多久就決定一吐爲快，"在意，很在意，感覺風雲變色。"

"妳是不是曾想將我碎屍萬段？"米星接著問。

我答碎屍萬段不致於，倒是曾想像過他們兩口子在床上被雷劈的情景……

Eva聽了哈哈大笑，直呼大快人心，米星則鐵青著一張臉。

現在換我轉空瓶，怎麼著也得掏一掏米星的秘密，無奈瓶口竟然對準自己。

"妳現在有心怡的對象嗎？"米星問。

"……有。"我想起月亮湖畔的他。

Eva再補一刀："是誰？"

"是……"

雖然戈墨之後也曾得到過不少異性的關愛眼神，但真正交往過的也只有盧卡，偏偏他還兔子偷吃窩邊草，讓我如鯁在喉，所以一旦遇上令人心動的男人，我便死守住，小氣地不願與他人分享。

Eva算心善，讓我到大街上抓一位客人進店消費，以此當作懲罰。天知道大冬天的，連查理大橋上的觀光客也寥若晨星，但我還是幸運地發現Kovar夫婦正在肉店徘徊，他們是米星的客戶，能講簡易的英語。

我一說米星想念他們，又提到今天的糕餅有他們愛吃的蘋果派，沒兩下功夫就把客人帶進咖啡館。

"動作倒挺快的。"Eva說。

"沒辦法，外面冷得像要把人的臉整張割下來，當然得快，不信妳去試試。"我答。

把客人帶進來後，咖啡館開始有了生氣，為了活絡氣氛，我將想得到的笑話全搬出來，把等候在占卜室外的老先生哄得很開心，他說我是可人兒，一定有很多追求者……

"那個人是誰？"見我公關回來，一進廚房，Eva問。

"誰？"我假裝聽不懂。

"繼續裝傻吧！"Eva端起加了蛋奶沙司的蘋果派，"妳喜歡的那個人可以是任何人，但千萬別是孟珈宇，如果是，有的妳受的。"

她走了，留下一團疑雲給我。

第四十一章／雪人

我默默回房，沒洗澡就上床，眼睛盯著天花板發呆，耳朵響起臨下班前和Eva的對話……

"孟家是大戶人家，那樣的家庭兒媳婦早被人設好了，我和孟珈宇交往那會兒就被棒打鴛鴦，妳還是自求多福吧！"

沒想到會跟我AA的人，其實含著金湯匙出生。

"我以爲妳是那種會死磕到底的人。"我說。

"其實我和孟珈宇是屬於那種無話不談的哥們兒，離戀人還差那麼點兒火候，加上他妹妹因無法和窮小子在一起而自殺，我覺得沒必要當炮灰，所以退出了。"

"那麼他這次的歐遊爲的是哪椿？"

Eva反問我不是和人家親嘴了嗎？怎麼連這點兒小事也不清楚？

我瞪了她一眼，說："誰會相信HD集團的小開住在辣椒酒店？我還以爲他攢了好幾年的薪水才得來那麼一個到國外遊玩的機會。"

"拉倒吧妳！孟珈宇住的是大衛王酒店，還說原來每晚三千克朗房費的酒店沒熱牛奶喝。"

知道我朝思暮想的他像玩一隻無知小貓似地玩我，我有種被背叛的屈辱感。

Eva彷彿看出端倪，她勸我別動了真感情，這可不是好現象。

"誰動了真感情？"我仍死鴨子嘴硬，"才處兩天能有什麼變化？"

"繼續逞強吧！剛剛妳問起歐遊的目的，讓我告訴妳，孟珈宇爲了逃避繼承家業，選擇回校讀研及讀博，眼看博士帽都戴上了，再也無藉口推拖，索性跟家裏人說讓他上歐洲大陸玩一趟，回來再替公司效命。"

"讀研及讀博？這年頭連平面設計師也需要博士學位？"我問。

Eva聽完噗嗤一笑，她說孟珈宇平時是愛畫兩筆，但不能當飯吃，人家可是正正經經985大學金融專業的博士生呀！

原來盧卡說的沒錯，他是個不入流的平面設計師。

"博士有什麼見不得人的？也需要遮遮掩掩？"

"拜托！這是他的放鬆之旅，懂嗎？既然是放鬆，不想引來過多關注的眼神也可理解。"

我說放鬆就放鬆，誰不想放鬆？但放鬆不代表不嚴肅，更不代表可以謊話連篇。

"嘖嘖嘖！"她猛搖頭，"妳看起來很生氣，難道妳更希望孟珈宇是個窮鬼？"

"也……也不能這麼說，我生氣是因爲他不夠坦白。"

"不夠坦白？"Eva揚起聲，"他憑什麼跟一個才認識兩天的女人坦白？這年頭多的是投懷送抱的拜金女，我反倒覺得裝窮能有效地保護他，尤其他的未婚妻正在中國等他，不出意外，明年秋天他們就會結婚。”

突來的炸彈炸得我頭昏眼花，半天才緩過來。

“清醒了沒？”她問。

“醒了。”

“那好，世界上少了個傻子。”

是傻啊！做了好幾天的白日夢不說，還跟著王子演了一齣假扮乞丐的戲碼，我是演得投入，人家可不這麼想，拍拍屁股回去繼續當王子了。

～

客人要羅宋湯，我把湯盛好，又在湯碗旁放了兩片烤好的大蒜麵包。

“妳的手機響了。”Eva過來拿湯，順便提醒我。

“是陌生人的來電。”我答。

“怎麼不告訴他打錯了？鈴聲響了一下午，吵死了。”

我將手機從圍裙口袋裏取出，果然還是孟珈宇打來的，按掉後，我調成靜音。

“謝謝，早該如此。”她滿意地走了。

沒有了鈴聲，彷彿把兩人間的樞紐給切斷了，他會不會再打來？害我每幾分鐘都要掏出手機察看。

～

“妳在等誰的電話？”米星問。

“沒……沒有哇！”

"還說沒有，妳把手機從口袋裏拿出又放入，已經不下五十次了。"

有這麼多嗎？我反正記不清了。

"妳該不會在等孟珈宇的來電吧？！"Eva投來擔心的眼神。

"不⋯⋯不是⋯⋯哪⋯⋯哪有？"我漲紅了臉。

米星問誰是孟珈宇？

Eva果然大嘴巴："我的老同學，葳葳和他相處兩天就深陷進去，妳好好勸勸她，人家是有未婚妻的人。"

米星將眼光投向我，我趕緊否認，說童話故事都是騙人的，自己的夢早醒了，她們兩位看倌可以作鳥獸散！

冬天的夜晚來得快，才下午五點，外面已經漆黑一片，米星早回家去了。

"我看我們也提早回家算了，外面冷得像冰庫，街道上連個鬼影子也沒有。"Eva看著屋外，"奇怪！都十二月了，怎麼還不下雪？"

"妳先回去吧！也許吃完飯的人會想過來喝杯咖啡。"我坐在3號桌望著窗外發呆（論文寫完，現在連Presl也不來了）。

"昨天我離開後，有幾位客人進來？"她問。

"三個，沒點吃的，只點三杯美式咖啡。"

美式咖啡是選項中最便宜的。

"媽的，賺的還不夠付暖氣費！"Eva罵道。

"別生氣，也許妳走後會有導遊帶旅行團進來，把冷藏櫃裏賣不掉的蛋糕一掃而空。"我說。

～

没有導遊，也没有旅行團，Eva走後，情況比昨晚更慘，而暖氣還開著，燈也還亮著。

爲了節省開支，我把暖氣關了，燈只留下一盞，然後坐在Presl的專用位子上繼續望著窗外發呆。

就著路燈，孟珈宇用白色噴漆噴出的聖誕裝飾更加顯眼。以前没注意到，今天仔細一瞧，果真如盧卡所言，聖誕老人過胖、雪橇歪了、馴鹿的的四肢也粗細不一……

這麼拙劣的畫技怎麼可能出自專業的平面設計師之手？我是怎麼了？眼瞎了不成？

我還在自責，奇跡發生了，聖誕老人的衣服上開始出現點點雪花，連馴鹿也在雪中奔跑……

"竟然下雪了。"我輕歎，然後穿上大衣跑向屋外。

今年布拉格的雪下得晚，但終究是下了。我仰起頭在原地打轉, 讓一片片的雪花打在臉上。

轉著轉著，一顆顆水珠沿著臉頰滑落下來，我知道那必定帶著鹹味。

"噢！心碎的感覺也不過如此。"我心想。

第四十二章／相親

進到客廳，我看見Eva坐在Presl的大腿上，雙手摟著他的脖子，兩人正情話綿綿。

" Sorry."我下意識退到玄關處，想想不對，難道我不進屋了？

" 進來吧！葳葳。"Eva喊。

我跨步進去，還刻意將臉撇向一旁。

" Is everything ok?"Presl問我是否一切順利？

聽見他問，我只好將臉轉過去，還好他們兩人已解體。

" Fine."我答很好。

沒想到那個叛徒竟然告狀，說我剛失戀，勸Presl別踩地雷。

" Is it?"他問。

我怒髮衝冠地否認，雖然不是針對問話的人，但卻坐實了Eva的說法，我的確正處暴風圈。

～

一進房間就有強烈的心電感應，掏出手機，果然是富家子弟打來的。

看著屏幕一閃一閃的亮光，自問難道爲了一個大話王，我得永遠將手機調成靜音？這很不現實，不是嗎？

"喂！"我按下接聽鍵。

"老天！妳終於接聽了，我打了一整天的電話，很擔心妳出事。"

"我是31歲的老小姐了，有什麼好擔心的？"

"在我眼裏，妳永遠是個小妹妹，需要人保護。"

昨天之前如果聽到這樣的回答，我會高興壞了，但物換星移，現在一切都不一樣了。

"你在哪裏？"我問。

他答在哈斯坦特村，這裏的人過著世外桃源般的生活，坐擁湖光山色，有優雅的教堂、古老的旅館和美麗的村舍……

"你住的是面湖的民宿嗎？"我問。

"怎麼可能？那得多貴！我住在青年旅舍裏，單身漢，一個床位足矣！"

奧地利的哈斯坦特村只有民宿，沒有青年旅舍，我曾帶團去過那裏，清楚得很。

聽到孟珈宇還在玩"假扮乞丐"的遊戲，我的心跌入谷底。

"住青年旅舍最有意思了，能認識世界各地的朋友，"我話鋒一轉，"噢！對了，家裏人要我回國相親，對方是個富二代，想想也是，我已經是大齡剩女，沒時間玩感情的遊戲。你很好，就是……太窮了，貧賤夫妻百事哀，讓我們到此爲止吧！"

"葳葳……"

"聽著！別再打來了，打來也不接。"

我狠心掛斷電話，然後躺在床上淚流滿面。剛開始只是靜靜地決堤，不知怎的，一發不可收拾，哭得上氣不接下氣。

"扣、扣、"有人敲門。

我大喊著要他們全滾蛋，我失戀了，什麼都看不見……

知道我失戀，周圍的人都特別有耐心，我餓了有東西吃，我冷了有衣服穿，還時不時噓寒問暖，把我侍候得像個皇太后似的。

"葳葳，吃不吃叉燒？米星待會兒要出去。"Eva問。

"不吃。"我在客人點的咖啡上拉出心型花，雖然自己的心早已支離破碎。

"再這麼下去，妳會是我們三人當中最瘦的，妳讓小矮人怎麼活？"

米星要Eva閉嘴，若再叫她小矮人，她就把Presl搶回來……

"能不能別吵？讓人耳根清淨點兒不行嗎？"我沒好氣地說。

安靜沒一會兒，米星忽然喚我，很小心翼翼的樣子。

"又怎麼了？"我想殺人的心都有。

"盧……盧卡想賣房子，廣告牌已經掛出來，妳看到沒？"

盧卡想賣房？這消息的確來得突然，但……干我何事？

"賣就賣唄！"我說。

"那我住哪兒？難不成妳要收留我？"

我答她可以搬到Eva那間，反正現在Eva和Presl擠一塊兒去了。

Eva馬上否決提案，她說她的衣服多，化妝品也多，Presl的房間根本放不下她的所有物，而且萬一將來兩人吵架了，她得有個後路可退……

知道Eva不願讓出，我對米星說我把自己的房間讓給她。

"妳讓給我，妳住哪裏？"她問。

"我……回國相親去。"

～

回國相親不是隨便說說而已，在家鄉的父母知道我已經從"必剩客"升級到"必戰剩佛"，每天愁雲滿面。他們廣發天下傳單，只要能成婚，附送二線城市樓房一棟，簡直像在賣臨期商品，買一贈一。

我極其厭惡此行徑，對他們的安排和呼喚視而不見，但現在……我累了，真的累了，哪怕只是個不解風情的人，兩個人的體溫也勝過一個人擁被的溫暖。

"真的？妳真的要回國相親？"

自從我放出回國的風聲，米星和Eva逮到我總要再三確認，似乎不相信我會如此草率地把自己給賣了。

我答當然是真的，而且還立下高標準：有房、有車、有家族企業；沒祖業庇佑者，年收入不得少於40萬人民幣。

"31歲的剩女也能提條件？"Eva問，一副拒絕相信的樣子。

"抱歉哈！我父母已備妥人選等我挑，都堅持這麼久了，就算賣也得賣高價，不是嗎？"

說的是氣話，我長期以來的堅持就是爲了嫁給愛情，否則何需等待？但孟珈宇太傷人了，爲了與他抗衡，我偏要和富二代相親，表示自己也是有身價的。

"妳若能嫁富二代，我也能，到時別忘了把對方兄弟的聯繫方式帶給我。"說話的是米星。

"什麼時候走？"Eva接著問。

我答這個聖誕假期走，如果能成，我就不回來了；如果不成，也不會影響咖啡館的生意太多（畢竟商店在這段時間要嘛停止營業，要嘛提早打烊）。

～

我將咖啡館的門上鎖，走沒兩步，從小巷子裏走出來一個人，嚇了我一跳。

"大半夜的，別嚇人好嗎？"我說。

"沒想嚇妳，妳心裏有事，所以沒聽到我的咳嗽聲。"盧卡答。

我沒理他，繼續向前走，他卻像個甩不掉的影子，一直尾隨在後。

"你想跟我回家嗎？"我不得不停下腳步。

"聽說……妳失戀了；還聽說……妳要回國相親。"

這個"聽說"肯定是米星說的，沒別的人選。

"你還聽說了什麼？我一天吃幾頓飯還是洗了幾次澡？"

"這倒沒聽說。"他一本正經地答。

我翻了個大白眼，要他趕緊回家去，聽說今晚午夜過後有大暴雪，這可不，已經冷風颼颼了。

"爲什麼討厭我？"他忽然一問。

我討厭盧卡嗎？正好相反，如果討厭他就不會一度將他列爲結婚人選。之所以對他冷淡下來，除了出軌事件讓我如鯁在喉外，"四人行"也讓我不安。

"你想多了，我有什麼資格討厭你？"

"既然……妳也迷失過，讓我們彼此原諒，我雖没祖業，但年薪肯定超過妳的標準，何不重新考慮我？"

我一時犯迷糊，問他這是什麼跟什麼？哪來的迷失？又談何原諒？

"我說過，他是個不入流的平面設計師。"

盧卡的解釋讓我恍然大悟，原來他以爲我跟孟珈宇上床了，既然一報還一報，現在誰也不欠誰。

"抱歉！我把剛才說過的話收回，我的確討厭你。討厭你的'自以爲是'及'自我感覺良好'，我寧願單著也不願和你這樣的人在一起。聽說你的房子掛牌了，太好了，我要天天祈禱它賣出，不爲別的，就爲了不想再次見到你！"

說完，我小跑步起來，還濺起了一地的雪花……

第四十三章/傻子

父母知道我即將回國，很是高興，他們說路口我最愛吃的牛肉麵麵攤還在；我走後，房間一直幫我留著；還有還有，七大爺八大媽會輪流請吃飯，而相親的名單也早已安排好了……

明明都是愛意的表達，但對我來說卻是排山倒海而來的壓力，我忽然近鄉情怯。

"幾號的飛機？"Eva問。

"24號午夜走，那個時段的機票最便宜。"我答。

米星說她既希望我回來又希望我別回來，問我這是不是很病態？

"不是病態，如果這一去有好結果，代表剩女也有春天，妳也可以依樣畫葫蘆找到Mr. Right。"

米星說我這是身先士卒……

Eva不苟同："你們二位把婚戀市場看得太簡單，31歲的老小姐已經不具競爭力。我敢打包票，那些來相親的或多或少都有隱疾，葳葳肯定要失望了。”

哎！不入虎穴焉得虎子？如果國內已經沒有我的位置，到時再回來死守咖啡館，也算斷了念想。

～

Presl照例在中午時分過來用餐，不同的是，我和米星非常自覺地隱去，讓Eva前去招呼他。

“ May I have some water, please.”

我正在收拾2號桌，Presl舉起玻璃杯跟我討水喝，我望了一眼Eva, 她正在幫客人點餐。

“ Certainly.”我走過去為他倒檸檬水。

“ I heard you will fly back to China.”他說。

流言的速度可真快，連Presl也知道我要回國了。

我答離開中國已有兩年多，剛好趁假期回去看看。

“ I hope you can find your Mr.Right.”他舉杯祝福我能找到白馬王子，樣子很真誠。

我忽然覺得這才是最好的安排，高高在上的學者不應落入凡間，保持距離才有美感。

“ I hope so.”我微笑著走回2號桌，把髒了的桌子抹乾淨。

～

米星說有一對捷克夫妻來盧卡的公寓看過兩回，還請專業人士評估過，看來有戲了。

“盧卡的心情如何？”我問。

“唉聲嘆氣的，真是奇怪！他的要價比當初買的貴出很多，應該高興不是嗎？”

“盧卡賣房有戲了，那你們……有戲嗎？”我好奇一問。

“我們？”米星特意看了我一眼，“我們早沒戲了，不瞞妳說，身高是硬傷。”

我和米星是髮小，太清楚發生在她身上的一切（小學五年級被誤會是一年級新生，成年後，不到一米五的身高只能到童裝部買衣服），而她隆胸的目的，我猜也與身高脫不了干係，誰也不想30歲了還被誤會是發育不良的青少年……

米星是可憐，但因身高而被米星拒絕的盧卡難道不可憐？

“可憐的盧卡～”我喃喃自語。

“不可憐，他曾說他的空窗期從未超過一年，我們是杞人憂天了，何況他的德國老東家正敞開雙手歡迎他歸隊。”

盧卡要回德國了？我以爲他只是搬個家重新開始。

米星答若是那樣就好了，她不僅能繼續免費住宿，還能有一份家務員的收入。

24號聖誕節前夕，大家都在做最後一分鐘購物，意外爲咖啡館帶來一撥人潮（大概逛街逛累了，就想坐下來歇歇腿），連米星也被抓來當臨時工。

“妳可別閃婚啊！”米星邊洗碗邊說，“我想當伴娘。”

“放心，我的大部份東西還放在這裏，再怎麼著也得回來拿。”我邊答邊把4號桌點的瑪格麗特披薩送進烤爐裏。

那人進來時，離關門的時間不到五分鐘，Eva 早回家替“老公”準備火雞大餐，我聽到米星在跟客人說對不起。

“没關係，我喝Espresso, 很快的。”

這聲音聽起來很熟悉，我的心喀噔了一下，不會吧？！

"客人要Espresso, 說很快會喝完，"米星在我身邊壓低聲音，"如果不是長得好看又戴了一頂帥氣的氈帽，我肯定讓他吃閉門羹。"

"回去吧！妳不是得替雇主準備聖誕晚餐？"我開始趕人。

"哎！就快不是雇主了，"米星脫下圍裙，"得，當一天和尚撞一天鐘，我把帥哥讓給妳。"

米星走後，我才把Espresso 端給客人，他抱怨咖啡冷掉了，已經不能喝。

Espresso的正確喝法是在製作完成後以三口喝完，時間控制在三分鐘內，因爲精華部份是表面漂浮的油脂沫，現在他面前的這杯，咖啡油已經壞了。

"的確不能喝了。"我毫無愧色地承認。

他讓我重做一杯。

"抱歉！聖誕夜得提早打伴，你確定不在商店關門前買禮物送給你遠在中國的未婚妻？"

他大力吞了口口水，樣子有些狼狽。

"或者我該恭喜你'角色扮演'得很成功，不過下次請記得堵住豬隊友的嘴，若不是她報料，你還可以演久一點兒。"我繼續捅刀。

"葳葳，事情不像妳想的那樣，我……我的確想過普通人的生活。"

我答普通人可住不起大衛王酒店。

"那好，妳說哪家酒店最接地氣，我馬上搬！"

老天！這不是酒店問題，而是誠信問題，我不願和信口雌黃的人有任何交集……

孟珈宇反問我，若早知道他是HD集團的小開，父母已經幫他選好結婚對象，我還會和他接吻嗎？

我答也許會，但不會做夢，像個傻子似的。

"妳寧願錯過一段愛情也不願當傻子，那才是真傻！"

"對！我就是傻，傻到爲了滿足你的願望獻上自己的吻；傻到不願增加你的經濟負擔，自己掏腰包陪你一段；傻到爲了和你置氣，今晚飛回中國相親……"

"葳葳，對不起，我也是情非得已，自從妳不接我電話，我一路心神不寧，好山好水也無心欣賞，妳是我回來的理由，知道不？答應我，別回中國。"

我說不可能，旺季的機票錢夠我買一個Gucci小包……

"多少錢？我付。"

呵呵！想當初他連黑啤都要跟我AA，如今卻大方得令人髮指！

"不必，你走你的陽關道，我過我的獨木橋，咱們互不相干。"我冷默回答。

坐的是夜半起飛的東方航空，我的位子在30F.

飛機起飛後沒多久，空服員對我隔壁的乘客說有位商務艙的客人想和他換位坐，因爲30E的位子對他來說有重大意義。

那位年輕人很高興地表示樂意換座，因爲自己從未坐過商務艙……

當我又看到那頂氈帽時，既高興又生氣。

"有錢果然能使鬼推磨，你將這句話發揚光大了。"我揶揄。

"怎能算發揚光大？妳還在生我氣呢！"他繫上安全帶說。

我按下呼叫鈴，一位空服務很快走過來。

"我想換位子，這裏空氣稀薄。"我說。

大眼睛空姐此時將眼睛睜得更大："抱歉，不論前艙還是後艙，空氣密度是一樣的，再說今天滿艙，沒有多餘的位子了！"

孟珈宇聽完噗嗤一笑："對……對不起，我會找時間給我女朋友上物理學，好讓她打消顧慮。"

待空服員走後，我埋怨他不該這麼說，好像我是個傻子似的……

"妳的確是個傻子，所以不知道自己正被人義無反顧地愛著。"他說。

第四十四章/相親之路

一走出關口，我便聽到此起彼落的呼喊聲，原來不僅父母來了，七大爺八大媽也揮舞著雙手。待我走近，他們馬上圍著我話家常，久違了的親情讓我倍感溫暖，我還沒享受夠，一聲"葳葳"瞬間讓我石化。

"這位是……"母親向我投來詢問的眼神。

我望著氈帽，一時竟無法言語。

"葳葳，"他對我微笑，"妳忘了這個。"

那是從機上雜誌撕下的紙張，上面有章子怡的采訪報導，而我的畫像就在空白處……

"真像啊！"、"畫得真好！"、"是畫家嗎？"……

就在此起彼落的讚歎聲中，我冷默地要那人趕緊離開，母親卻開口了："這位先生，你認識我家葳葳？"

孟珈宇望著我，我的心跳得好快。

"在飛機上認識的，我們的座位緊挨著。"他解釋。

我鬆了一口氣，然而接下來的對話讓我的心又跳上喉頭。

“你多大？結婚了没？”問話的是我媽。

“虛歲33歲，大概頭腦不太靈光，博士學位斷斷續續讀了八年，也因此耽誤終身大事。”

父親說能拿到博士學位的，頭腦怎麼可能不靈光？又問他在哪裏工作？是國企、外企還是擔任教職？

“我恐怕没那麼厲害，父親要我回HD集團工作，應該是從基層做起，也許搬搬貨物或接聽電話。”

“回HD集團工作？”說話的是小姨，“莫非你是孟……孟凡非的兒子？”

看孟珈宇點頭，我的家人很欣喜，那樣子像是高興我釣了一個金龜婿，雖然八字都還没一撇……

“孟先生，怎麼有空來杭州？”母親問，聲音像浸過蜜似的。

“我來此觀摩考察，住在希爾頓酒店。”

這回答百分百是胡謅的，在機上他還說今晚不知落腳何處，問能不能上我家蹭一晚？

“是江邊那一家嗎？”父親接著問。

“是……是的。”

眼看孟珈宇就快和家裏人打成一片，我趕緊出手制止：“謝謝你的神來一筆，萍水相逢，祝你在杭州一切順利！”

話都說到這個份上，姓孟的只好點頭走人。

待人走後，母親喃喃自語：“年齡合適還未婚，配葳葳正好。”

我答是不錯，但雙方家庭背景差太多，別熱臉貼冷屁股，還是早點兒覺醒爲佳。

"說的也是，"接話的是小姨，"聽說HD集團的小開有未婚妻了，好像還是個官三代。"

"可惜了，就這麼錯過一段姻緣。"母親說，樣子像到嘴的鴨子飛没了。

~

"葳葳，起床了。"母親喊。

也不知睡了多久，這一覺醒來真是舒服。

"幾點了？"我問。

母親答快11點了，我得起床梳洗一下，中午在嘉里中心吃杭幫菜。

聽到有西湖醋魚和東坡肉可吃，我一溜煙爬起。

在海外很難找到正宗的杭幫菜，趁著回家鄉，剛好大快朵頤一番。

我很快換上墨綠色褲裝，母親說不合適，雖然天氣冷，還是穿A字裙加羊毛褲襪為宜，反正餐廳開足了暖氣……

"都是家裏人，何必講究？"

母親答是家裏人没錯，但修車廠的小開也會一起過來吃個飯。

"修車廠的小開？"我揚起聲，"什麼時候修車廠也有小開？他們不都是滿手油污，在車底鑽進鑽出的工人嗎？"

"這妳就不懂了，修車廠賺的才多，都是現金交易，年薪絕對有40萬元。"

哎！千錯萬錯都是我的錯，只顧在收入上提條件，忘了學歷也很重要，真不知文化水平不同的人要如何交流？

"順便告訴妳，從今天起每天都有相親飯可吃。不是我打擊妳，早兩年還能挑挑揀揀，現在都31了，妳得放低標準才行。"母親語重心長地說。

～

桌上擺了好幾道特色菜：東坡肉、龍井蝦仁、西湖醋魚、筍乾老鴨煲、八寶豆腐、叫花雞、青豆泥、乾隆魚頭等。

我的左手邊是父母，右手邊是小姨和姨丈，對面有初次見面的四個人。

"張老闆的生意做得可成功了，"說話的是一個矮胖的女人，穿得很喜氣，想來應該是媒人，"哪家車子壞了都往他家送，兒子也爭氣，現在管著兩家分店，一家在建德，另一家在機場附近，家庭年收入上百萬。"

我看見"我方人員"頻頻點頭。

她話鋒一轉，轉到我家："畢家是書香門第，女兒學歷高又有氣質，現在在布拉格開咖啡館，若想移民，娶這個最好，結婚後馬上能拿歐洲護照，整個歐盟國敞開雙手歡迎你！"

聽完媒人的介紹，再對比我家現況，我幾乎可以確定相親對象絕對也言過其實。拿我自己來說，中國護照上蓋的還是捷克的商務簽證，何德何能幫結婚對象辦理歐洲護照？簡直是胡扯！

吃完食不知味的一餐，眾人很自覺地離開，留我和那個叫張起大的人獨處。

"其實……我家的年收入還達不到百萬，但溫飽不成問題，這點我先聲明一下。"他說。

既然對方如此坦白，我也投桃報李，說自己還辦不了移民……

"這無所謂，反正婚後哪裏也不去。我家現在有三個廠子，光煮三餐和點心給工人吃就要花去不少時間，母親老了，需要幫手。”

我問他該不會想讓老婆每天在廚房裏忙得昏天黑地吧？！

“聽說妳開咖啡館，廚藝肯定行，我家工人不挑食，煮什麼吃什麼，一點兒都不麻煩。”

“煮飯給錢嗎？”我想到實際問題。

他很震驚，反問家庭成員何需談錢？他家賺的每分錢都由母親支配，吃住在家，花不了什麼錢，每月能有兩、三千元零花足矣。

我同樣震驚，這種家族企業是把全家人都拉入當勞動力，我若嫁過去，肯定成爲没有話語權的小媳婦兒，從此跟水潤的日子告別。

“我……我對機油味過敏，大……大概做不來這份工作。”我笑得很勉強。

“有没有搞錯？妳是去相親，不是找工作，妳讓對方兒子徹底傻眼了。”一掛上對方媒人打來的電話，母親就數落起我來。

“本來就是嘛！我覺得他們家在找勞動力而非媳婦兒。”

“哎！”母親唉聲嘆氣，“那孩子看起來很實誠。”

我同意張起大是個實在人，但不是我要找的，除了生活安穩外，我還需要心靈伴侶，顯然生活環境局促的他給不了我這些……

“明天見面的這個喝過洋墨水，應該跟妳很搭，只是收入不咋地，月薪還不到一萬元。”母親打開她的手機備忘錄說。

"看看吧！若談得來，其他……也只能睜一隻眼閉一隻眼了。"我無奈回答。

~

相親地點約在一個徽派建築內吃西餐，門口的小池塘內有好幾條色彩斑斕的鯉魚悠遊其間。

我們在仿明黃花梨圈椅上坐了下來，我要了雞肉捲，他要了蟹肉塔，雙方親友團則坐在不遠處的長條桌上，時不時傳來笑聲，我不知他們都點了些什麼？

餐前麵包先上桌，熱乎乎的，搭配油醋汁和芝士醬很對味。

"我是985大學畢業的，"他開始自我介紹，"後來到美國留學，學的是計算機，這個專業在美國很吃香，要不是祖國需要我，我肯定會留下來賺美鈔。對了，聽說畢小姐在布拉格留學過。"

"不，不是的，"我趕緊將口中的麵包咀嚼完畢，"我的本科學位是在國內拿的。"

"也是985大學？"他問。

我有些氣餒地否認。

"聽說現在的HR只要看不是985，簡歷一律丟垃圾桶。"

我解釋並不全然如此，自己雖然不是985大學畢業的，但也如願在五百強企業中找到工作。

"做得好好的，爲什麼辭職？"他又問。

我答不是辭職，而是部門合併我被裁員了，因爲有朋友在布拉格開咖啡館，我飛去找她，一開始做的是導遊的工作，後來才接手朋友的咖啡館。

"原來是賣咖啡的……"他喃喃自語，而我已經開始討厭他了。

"簡先生喝咖啡嗎？"我問。

他答從不，因爲咖啡因很傷身體，他向來只喝依雲礦泉水和法國紅酒，中國的水和酒根本沒法兒入口。

"你的月薪買得起依雲礦泉水和法國紅酒？"我冷劍出鞘。

"可......可以的。"他有些尷尬地答。

我接著表示自己只是個賣咖啡的，從來沒喝過高級的紅酒，請他爲我普及常識。

"咳、咳、"他的自信心又回來了，"紅酒被喻爲有生命力的液體，蘊藏多種氨基酸、礦物質和維生素，可以直接被人體吸收，同時還有增進食慾、養顏美容等功效。全世界的紅酒當中以法國品種最佳，因爲土壤和天氣的關係，那裏生產的葡萄質量最好......"

"既然這麼好，叫兩瓶試試？"

在他阻止前，我喚來服務員，要他給我們這桌及不遠處的長桌各上一瓶餐廳內最貴的紅酒。

待服務員走後，他面帶慍色地質問我是不是故意的？

"抱歉！"我聳聳肩，樣子很無辜，"人有時管不住自己呀！"

第四十五章/四目相對

買單時，沈重的低氣壓一直籠罩著我們。

"這是八九年的拉菲，我們老闆留著給VIP客人享用，兩萬元一瓶不算貴，懂紅酒的都知道年份及產地決定酒的價值，超市也有幾十元一瓶的，没法兒和這個比。"餐廳經理解釋。

的確，不說兩萬，幾十萬、上百萬的紅酒都有，我們之所以沈默不是接受不了價格，而是雙方都等待對方表態，氛圍一下子降到冰點。

"你們倒是說話呀！"經理急了，"總得有人買單才是。"

"是……是畢葳葳點的酒，理應由女方買單，餐點……我們男方付。"我的相親對象終於開口了。

母親詢問是不是我點的酒？我無奈承認。

"酒也不光是我們女方喝，"說話的是我的姑姑，"出來聚餐，開心最重要，我看還是二一添作五，大家平均分擔吧！"

然而姓簡的堅決不同意，並且有意無意地暗示我們是酒托，專騙他這種無知的海歸……

" 別說了，"我掏出信用卡交給餐廳經理，" 我付，還不到一件Burberry長大衣的價錢，至於嗎？"

就在雙方人馬的怨懟下，我們没互道再見就各自離去，這親相得有夠憋屈！

~

" 妳不應該窮大方，四萬塊的酒錢不是小數目。"母親已經唸叨了一下午。

我苦中作樂地答：" 還好没喝完的酒都帶回來了，留著給你們老倆口金婚的時候喝哈！"

回到房間，我才懂得後悔，四萬塊是很多很多錢，夠讓我在歐洲窮遊半年了……

~

第三個相親對象是個死了老婆的醫生，有個十歲的女兒，整個相親過程，那個小女孩對準我的心口射出數百支仇恨的箭。

" 小菲，喜不喜歡這個阿姨？給妳當媽媽好不好？"那個頂著雞窩頭的媒人很不識相地問。

" 我的媽媽……死了，她每晚都會回來看我們，還會吃冰箱裏爸爸買的布丁。"

他奶奶的，兩三句話就把我嚇得魂飛魄散，這拍的可是靈異大片？

那父親乾笑著要我別往心裏去，小孩子亂說話……

“我才没亂說，你不也愛著媽媽？還說找新媽媽是爲了能更好地照顧我。”

這下子男人漲紅了臉，已經不能光用“尷尬”來形容。

“小菲，”我耐著性子說，“放心，我不會搶走妳父親，因爲我連自己都照顧不好，遑論別人的孩子。”

媒人這下子急了，她要我別跟孩子計較，處久了就有感情，也許他們父女倆還會反過來照顧我……

“没事，”我拉母親起身，“樓下烘焙坊的大蒜麵包出爐了，我和母親先上那兒轉轉，楊醫生父女可以留下來繼續吃飯，這家的紅燒肉做得很道地。”

第四位相親對象是個退休將軍，每月領的退休金雖不多，京城的房屋倒是有好幾棟。

我嫌他的年紀大，他的孩子們也對我有意見，說太年輕了，怕是衝著財産去的……

第五位相親對象是個飛行員，長得帥，談吐也行，年薪還達標，就是經常不在家，一個月約有15天在天上飛。

我對他的印象不錯，認爲可以進一步交往看看，但吃過一次相親飯後，對方便没了下文。據媒人說，飛行員認爲我的條件很好，但長得太像他的中學語文老師，心理上過不了那個坎……

敢情他的語文老師經常給他苦頭吃，夢魘到現在還揮之不去？

我甩甩頭，想把一切都甩開，我都已經放寬標準到這種程度了，還是没能找到契合的那一位。

購物商場在做聖誕節過後的促銷活動，母親正幫我挑衣服，邊挑邊說：“這是最後一個了，妳得好好把握，再不成就只能等下回，誰讓妳買了後天一早的機票。”

我問那人是做什麼的？她答搖筆竿的。

“作家嗎？都寫些什麼？”我太好奇了。

“好像寫武俠小說，打打殺殺的，聽說很暢銷，能賣百萬冊。”

這個“聽說”肯定是中間人說的，吃了幾頓相親飯後，我知道話傳來傳去會失真，不能全信，打個七折差不多。

由於對作家有不切實際的遐想，我期待那人最好有莫言的才氣，再不然有韓寒的顏質也行。

“約在希爾頓酒店喝下午茶，沒想到這個作家還挺小資的。”母親遞給我一件粉色呢大衣，“去試試，打完折還不到兩千元。”

希爾頓酒店，江邊那一家。

雖然明知道孟珈宇不過是隨口一說，但到了酒店附屬咖啡廳，我還是下意識地左看右瞧，害怕被他瞧見自己來此相親。

“怎麼了？心神不寧的樣子。”母親問。

我答沒有的事，不過是觀摩一下別人的裝潢設計，也許將來可作爲借鏡……

這位作家是表哥的同學的朋友，臨時約的（原以爲前五位相親對象中一定有一位看對眼，所以沒想過安排第六位），偏偏表哥忙，在通知雙方時間和地點後，自己拿上行李飛北京了。

我問少了介紹人，怎麼知道來的是本人？

"妳表哥說那人留著絡腮鬍，不會錯的。"母親答。

留著絡腮鬍的武俠小說作家？這讓我聯想起打鬼驅邪的鍾馗或《倩女幽魂》裏的燕赤霞。

離約定時間已經過去一刻鐘，絡腮鬍還沒到，打給表哥，他關機，大概還在飛機上吧？！

"算了，叫東西吃吧！不然服務員還以爲我們是來蹭暖氣的。"我說。

我們叫了下午茶套餐，有Twinings 紅茶及用三層瓷盤盛裝的精緻點心。

"葳葳，妳看那個戴針織帽的男人是不是在機場認識的那一位？"

我順著母親的目光望過去，果然，孟珈宇獨自坐在靠窗的位子上，正低頭看書。

"是的，"我壓低聲音，"咱們安靜點兒，別讓他發現我們的存在。"

說時遲那時快，隔壁桌的小男孩踫倒了自己的果汁，玻璃杯碎了一地。

那男孩的父母不住地道歉，服務員說没關係，很快蹲下身善後。

這算不算"池魚之殃"？因為我看見孟珈宇正向我們走來，手裏拿著一本書。

"這麼巧又踫面了。"他說。

"這麼'不巧'又踫面了。"我仍不假辭色。

於是他轉向我母親：“伯母，您好。”

“好，好，坐下來一起喝茶吧！”母親很熱情。

我用眼神提出抗議，但她假裝没看見。

得到允許後，孟珈宇很不客氣地坐了下來，並且要服務員把他的水果茶端到這桌。

“你看的是什麼書？愛看書的男人都是好男人。”

我很氣母親的“刻意討好”，把我苦心營造的“高姿態”給破壞了。

“是法國作家馬克.李維寫的《偷影子的人》，內容描述一個老受欺負的瘦弱男孩擁有‘偷別人影子’的特殊能力，從而替普羅大衆點亮生命光芒的故事。”他答。

母親說聽起來很有趣，看完借葳葳看，葳葳也愛看書……

我火大了，說自己没文化，只愛看漫畫及打遊戲，太高深的書看不了。

孟珈宇答此書一點兒也不高深，讓他慢慢講給我聽……

“哎呀！”母親忽然喊了起來，“我剛想到家裏的瓦斯爐好像忘了關，上面還燉著肉，你們談，我去去就回。”

她像風一樣地走人，留我和孟珈宇在咖啡廳四目相對。

第四十六章/孤獨白

孟珈宇說這幾天曾試著聯繫我，大概我用了國內的手機號，怎麼都聯繫不上。

我答那自然是，國內的號便宜，信號也穩定多了。

"妳怎麼就沒想過我？也許我在這段時間內病了、殘了、死了……"他說。

"好端端的咒自己幹嘛？你在國內又不是沒親人，再不濟還有個未婚妻。"

"她不知道我回國了，我的爸媽也不知道。"

我問爲什麼？他答因爲他還在等一個人，等她氣消、等她回心轉意。

若我說聽到這些完全沒感覺，那肯定是假的，尤其"曾經滄海難爲水"，看過的幾個相親人選都比不上眼前這一位，讓我更加氣餒，懷疑自己是不是已經處在"過盡千帆皆不是"的尷尬境地了？

"最近好嗎？"他問。

“還行。”

“幾號走？”

我答後天一早的飛機。

“相了幾個？成了嗎？”

“相了一些，還在觀望。”

他說那些人肯定不行，勸我還是早點兒放棄。

“怎麼就不行了？你又沒見過他們。”

“來，”他執起我的手，“讓我們做個實驗。”

他把我的手凌空放著，就著午後的陽光，桌上有個不太清晰的手影，然後他小心地移動自己的手，讓兩個手影重疊一起，接著閉上雙眼，似在冥想：“妳的影子告訴我，妳不討厭我，甚至談得上喜歡，只是因爲還在生氣，所以拉不下臉來。”

“什麼跟什麼嘛！”我將手抽回，覺得自己被當傻瓜，“簡直是胡扯，好幼稚！”

“是真的，我和《偷影子的人》的男主角一樣能和別人的影子交流。”

“就會欺負我無知，像在布拉格一樣。”

孟珈宇說那件事他已經解釋過了，沒必要重複，現在他把沒解釋過的，仔仔細細對我說……

我因此知道他的家族比我想像的還要富有，父母分別替他和妹妹都安排了結婚人選，只是沒料到從小聽話的妹妹會以死明志，而且死法很痛苦也很悲壯，先在腹部自左而右橫切一刀，再從下至上，直切至心臟，形成L形。

我問那個男人呢？

“也死了，一刀封喉，我猜他等妹妹死後才自殺，因爲用的是同一把刀。”

“要我說，”說話者留著絡腮鬍，“那男的必是協助女的自殺，因爲一般人腹部橫切後已經疼痛難當，很難再自下往上切，尤其自殺的還是個力道明顯不足的女人。”

“這位先生，你是……”孟珈宇問，看得出來很不開心。

“我是畢小姐的相親對象，”他從容就座，“還好小高給的照片夠清晰，加上咖啡廳沒多少女性客人，所以能快速找到人，倒是……你是誰？”

孟珈宇看著我，等我給他正名。

“咳、咳、他是……我的……朋友。”我說。

他補上幾句：“没錯，我來幫葳葳把關，她這個人很迷糊，不會分辨好人還是壞人。”

“當然是好人，我是孤獨白，幸會了。”絡腮鬍答。

孤獨白？《懸崖山洞明月劍》、《無極修道》、《天山飛狐》……的作者？那個長期霸佔華人小說富豪排行榜前十名的作家？

我的相親對象很大方地承認，但謙稱自己賺得不多，繳完稅，每年只夠買兩輛叫得出名字的跑車……

“呵呵！我連跑車的一個輪胎都買不起。”我笑說。

他答跑車的輪胎的確不便宜，用的是真空輪胎，充氣後外表張力會增大，提高對破口的自封能力，所以即使車胎被扎破，氣體也不會在瞬間洩完，保障了高速行車時的安全性……

雖然我對輪胎不感興趣，但還是感謝他為我普及常識。

“畢小姐要不要參觀一下保時捷？我的車子正停在酒店的停車場內。”他問。

“謝謝，”孟珈宇自作主張替我回答，“葳葳待在這裏很好，她不會想看輪胎。"

"我們讓女主角自己回答可以嗎？她是成年人，不是襁褓中的孩子。"

"我……"我看了孟珈宇一眼，突然想激他一下，"我想看真空輪胎長什麼樣。"

孟珈宇將雙眼緊閉，一副失望透的樣子。

"那走，順便帶妳上靈隱寺轉轉。"孤獨白說。

靈隱寺又稱雲林寺，是杭州最早的名剎，也是活佛濟公的出家地，據說求願很靈。我們去的時候已近黃昏，但來往祈福的香客仍絡繹不絕。除寺廟外，附近的山上還有很多奇幻多變的洞壑，以佛教石窟居多。

當黑夜來臨，孤獨白請我在靈隱寺旁的齋堂吃飯，素齋的味道很清爽，像把脾胃都洗滌了一遍。

"都上哪兒玩了？"回家時已近九點，母親問。

她的樣子很開心，像把多年的存貨給出清了。

"沒上哪兒，到靈隱寺轉轉，然後吃了齋菜，如此而已。"我答。

母親接著表示人是躲不過命運的，再次相逢就是有緣，勸我要好好把握……

"媽，我不是跟孟凡非的兒子出去，而是跟孤獨白，那個相親對象。"

"他怎麼來了？真是煞風景！"

等母親了解到這位作家開著兩百萬元的跑車陪我上山，頓時換了立場："還是作家牢靠，天天在家裏寫作，一字千金，還有比這個更低成本又無風險的職業嗎？"

客觀來說，這個相親對象風度翩翩、言之有物，雖自視甚高但不致於目中無人，遲到了也懂得道歉（原因是昨晚熬夜寫作，今天又跑錯酒店的緣故）。

母親很高興地說既然我對他的第一印像不錯，那他呢？可有表示？

"他約我明天遊千島湖。"

"那麼今晚我把頭洗了上髮捲，明天給準女婿留個好印象。"

雖然孤獨白不錯，但我還是難忘離開咖啡廳時孟珈宇難過的神情。

"不是我的錯，誰讓他先欺騙我。"我替自己開罪。

然而人是騙不了自己的，一整晚我翻來覆去睡不好覺，導致隔天一早頂著黑眼圈。

"怎麼了？"母親盯著我瞧，"快上點兒妝，否則無法見人了。"

我往鏡子前一站，果然膚色暗黃又帶熊貓眼，一下子老了十歲。反觀母親不僅膚白，血色還紅潤，人是胖了點兒，但穿上仿皮草後，反倒有富態之美。

"妳打扮得這麼漂亮，也不怕搶了我的風頭？這下子孤獨白不知要選妳還是選我了。"

"貧嘴！"母親打了我一下，"都五十多歲了還被妳消遣，不想活了？"

老爸開口，說他也得跟著去，省得母親被別人搶走！

"通通一起去，就當作是家庭出遊吧！"我答，接著給乾燥的臉頰塗上乳液。

第四十七章/青蛙王子

千島湖位於浙江省淳安縣境內，是我國建造的第一座爲了水力發電而攔壩蓄水的人工湖。

我和爸媽曾經坐普通遊船遊湖過，今天算是舊地重遊。絡腮鬍，噢！不，孤獨白說坐普通遊船没意思，他闊氣地包了一艘快艇，但叮嚀開船的小伙子"開慢點兒"，因爲有老人在⋯⋯

他的體貼很快俘虜了爸媽，加上有問必答，人也誠懇，一趟湖遊下來，兩位老人已經把那個叫孟珈宇的人丟諸腦後。

"哎！可惜葳葳明天一早走，要留在這裏多好，也許月底就能把證給領了。"船一靠岸，我們走没兩步，母親說。

"媽！"我急得跳腳，"妳讓落⋯⋯孤獨白看笑話了。"

孤獨白倒不以爲意，他說父母都希望看孩子早點兒成家立業，這很正常，只是月底領證恐怕太倉促，他和我還没那麼熟。

"多聊聊就熟了，我們都是很單純的人，没那麼多事，是不是？老頭。"母親推了父親一下，後者不明所以，愣了好幾秒，"看看你，葳葳的終身大事都不放在心上，你這個父親當得不合格，還是趕緊走人，讓孩子們單獨聊聊。"

看他們走遠，我轉身向孤獨白道歉。

"爲什麼道歉？我們的確是往領證的方向走去，不是嗎？"他問。

我啞口無言，認識不到24小時，我連他身上的痣都還沒認全，談終身大事未免過早？

見我扭捏不安，他轉而問我明天幾點的飛機？我答早上十點二十分，坐的是東方航空。

"祝妳一路順風。"他說。

"謝謝！"

~

早上六點起床打包，連早餐都沒來得及吃，叫的出租車已經抵達樓下。

父母本想跟著一起去，被我阻止了，因爲不想看到淚眼婆娑的離別場面。

"到了來個電話啊！"母親站在出租車外喊，聲音有些哽咽。

"會的，你們進屋吧！外面冷。"我揮了揮手，算是與父母及這幾天的歸鄉之旅道別。

~

屏幕上顯示飛布拉格的東方航空在H櫃台值機，我拉著行李箱走過去，不巧看到一個熟悉的人影。

"真早啊！孟先生。"我說。

"是很早，我六點就到，因爲不知妳搭的是哪個航班。"

"這麼說你連機票都還沒買？"

"嗯！待會兒買。"

我祝他好運，聽說元旦過後的機位一票難求，尤其明天又是上班日……

"那我先去買票，行李幫我看著。"說完，他一溜煙跑了，我來不及喊住他。

搞什麼鬼？這下子我走也不是，不走也不是。

我嘆了口氣，掏出手機上網，直到……

"妳的行李好多啊！"

看到孤獨白的身影，我頓時傻眼，他怎麼在這裏？

"嗯……噢……這個嘛……"一時真不知該做何解釋？

"女孩子的東西真多，我怕妳待會兒要付行李超重的費用了。"他接著說。

"別管行李，你怎麼來了？"我問。

他答他來送女朋友上飛機。

"女朋友？我以爲你沒女朋友。"說完，我下意識左顧右盼找人。

"是妳啊！傻瓜。"他說。

我？什麼時候我成了別人的女朋友？

看我一臉懵懂，他反問我難道相親是假的？還是我沒看上他？

"噢！不，不是假的，你……很好，太好了，我反倒覺得自己配不上你。"

孤獨白要我快別這麼說，見到我的第一眼，他就怦然心動，因爲我很像他筆下的水靈兒，乖巧、單純、還有點兒傻呼呼……

"葳葳，買到了。"孟珈宇邊跑邊揚了揚手中的機票。

面對兩個男人，我感覺心跳快停了。

"告訴我，妳没把我當猴耍。"孤獨白問我，臉色很難看。

"不，不是這樣的，我根本不知道他……他也來機場了，他讓我幫看行李，如此而已。"

我忙著澄清，孟珈宇卻不嫌事大："葳葳，妳怎麼不告訴他實情？我們……我們已經是接吻關係的朋友了。"

姓孟的故意將我往死裏整，我百口莫辯，只能拉上行李箱去排隊，一直到上機，我都不敢回頭望，更別說理那個讓我背負"不潔"之名的小人。

"回來了？親相得怎樣？"米星問。

"別問了，肯定不咋地，否則就不會回來了。"Eva搶答。

我說前五個的確不咋地，第六個倒不錯，是個開跑車的武俠小說作家—孤獨白。

"孤獨白？Are you kidding?"米星尖叫起來。

我答不開玩笑，我們還上靈隱寺吃素齋。

"快，幫我要簽名，打高中起我就愛看他的小說，他應該年紀很大了吧？！"

"看著很大，因爲留著絡腮鬍，但其實比我們大不了幾歲，可惜現在要不到簽名了，被姓孟的一攬和，我和作家連朋友都做不成。"

然後我把事情經過做簡單交待。

"那麼我的老同學現在在哪裏？"Eva問。

我剛答不知道，那人就推開門道午安，大衣上還有些許雪花。

"說曹操，曹操就到，把人讓給你了。"米星在我耳邊低語。

今天的孟珈宇戴了一頂深色的巴拿馬帽，讓我想起電視劇"上海灘"裏的許文強。

我走過去服務，問他吃什麼？喝什麼？

他没回答，遞給我一張四格漫畫。

第一格：灰姑娘問王子有没有看到她的青蛙？

第二格：王子問難道她愛青蛙甚過他？

第三格：灰姑娘答因爲青蛙會唱《小星星》。

最後一格：王子蹲在地上唱起《小星星》。

這是另類的道歉，我有些動容。

"你不會唱《小星星》。"我仍給他出難題。

然後他從口袋裏掏出口琴，爲我吹起《小星星》。

"原諒他吧！他都已經這麼低聲下氣，妳再也遇不到比他更好的人囉！"我作內心獨白。

待他吹完，我說給他來碗湯麵，天氣冷，吃這個最好。

"好，聽妳的，什麼都聽妳的。"

我走向廚房爲他做一碗不在菜單上的番茄牛肉麵，用的是新鮮番茄加冷凍牛肉片，起鍋前再加上香菜和水煮蛋。

"好香呀！"Eva和米星聞香而來，嚷著也要吃。

"不成，這是給客人吃的。"我答，然後捧著湯碗走向孟珈宇……

第四十八章/分手之旅

如果你以爲這就是故事的結局，那就大錯特錯了。

"那麼我的老同學現在在哪裏？"Eva問。

我剛答不知道，有人推開門道午安，大衣上還有些許雪花。

"說曹操，曹操就到，把人讓給你了，"米星在我耳邊低語，"看樣子來了個情敵。"

今天的孟珈宇戴了一頂深色的巴拿馬帽，讓我想起電視劇"上海灘"裏的許文強，有許文強當然少不了氣質高貴、舉止優雅的馮程程，這可不，孟珈宇的身邊正立著一位梳麻花辮的年輕女孩，長得不難看，就是有點兒目中無人的樣子。

我走過去服務，問他們吃什麼？喝什麼？

"熱可可加芝士蛋糕。"孟珈宇答。

我望向麻花辮女孩，她答魚子醬配白麵包，另外來一瓶香檳。

敢情她把咖啡館當成法式餐廳了？

"對不起，"孟珈宇笑得很尷尬，"給她來杯豆奶咖啡吧！她對牛奶過敏。"

我回到廚房，馬上被Eva拉至角落。

"我的老同學說了什麼？"她神色緊張地問。

"他要熱可可加芝士蛋糕。"

"誰問妳這個？"Eva睨了我一眼，"我問他有沒有介紹那個女的是誰？"

孟珈宇沒介紹，我也很好奇，反問Eva知不知道答案？

"李XX認不認識？女的是他的孫女。"她答。

李XX是中國政壇的風雲人物，歷史肯定有他一筆。

"噢！沒想到孟珈宇也認識名人後代。"

"何止認識？他們兩人就要成婚了，我也是從八卦雜誌上得知，原來真人和照片還是有差距。"

知道孟珈宇帶著未婚妻過來示威（或炫耀），我的心跌至谷底，多日來的偽裝一下子破功，我原想找個適當時機原諒他，這樣面子裏子都有了，無奈人家直接領著未婚妻前來打臉……

"結婚好啊！我還巴不得他快點兒結婚，省得像隻蒼蠅似的揮之不去。"我給 Eva 一個僵硬的笑臉，然後轉身回廚房工作。

～

我把豆奶咖啡遞過去，女的擡頭問我："妳叫什麼名字？"

"畢葳葳，畢業的畢。"我大方回答。

"我家打掃衛生的阿姨也姓畢。"

"噢！是嗎？以前我養過一條狗，取名'小李子'，木子李。"

那個高傲女没料到會挨我一記回馬槍，但仍頑強抵抗：“妳幾歲？該叫妳一聲大姐吧？！”

“妳叫聲‘姑奶奶’也成，我向來不跟晚輩計較。”

孟珈宇聽完噗嗤一笑，把姓李的氣得七竅生煙。

“你們二位看起來挺般配的，我們店裏正好有占卜師坐鎮，要不要卜一下你們的愛情指數？”我說。

會這麼提議其實有使壞的成份在，知道女人天生對未來好奇，尤其是婚姻。把“小李子”交給米星我很放心，占卜師是我閨蜜，肯定會很盡責地把我的“情敵”大卸八塊。

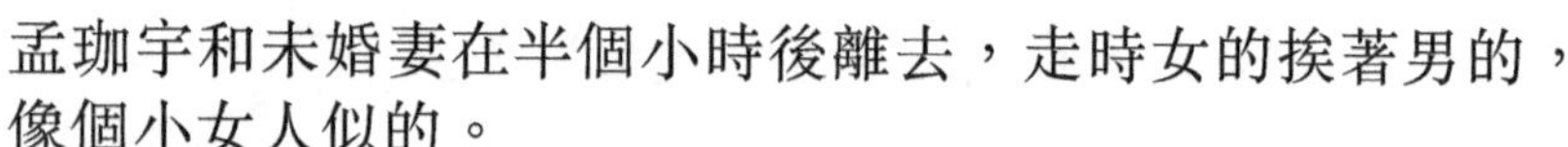

孟珈宇和未婚妻在半個小時後離去，走時女的挨著男的，像個小女人似的。

“拿來。”米星向我伸手。

“啥？”

“少說也得給一個禮拜的菜錢，感謝我擊退妳的情敵。”

原來根據塔羅牌的牌陣，“小李子”的真命天子還未出現，米星建議她放手，讓有情人終成眷屬……

“誰是有情人？”我問。

“當然指妳和姓孟的，我看出來妳對他有意思，妳說我這個閨蜜當得合不合格？”

雖然使壞是我的預謀，但我完全看不出占卜過後的“小李子”有任何悲傷情緒，要嘛她不愛他，要嘛另有計劃，到底哪個才是實情？

上床前接到盧卡的電話，他說他把房賣給一對德國老夫妻，新屋主不介意米星留下來，他們正缺一位家務員。

“這倒好，米星有地方住就不會過來和我擠一塊兒了。”

“哎！我原本想我們之間會有個美好的結局。”

“這樣也很美好呀！我們無需再當某人的替身，可以昂首做自己，哪天……你還是可以進來喝杯咖啡，不收錢的。”

手機那端因此沈默良久，久到我以爲他掛機了。

“妳不愛我了，我還以爲妳對我尚有一絲眷戀，會做最後的挽留，要我別走。”

感情真是微妙的東西，一年前我還想跟他走進結婚殿堂，一年後聽到他要走，我竟波瀾不驚。

“盧卡，別……別忘了你的空窗期不超過一年，加油！我祝福你。”

手機那端又沈默了，幾秒後，我聽到掛機的聲音。

“素顏的美女？好久没看到素顏的美女了，聽妳這麼一說，明天一早我再來一趟，嗯？”

“噢！不，天鵝不是我女友。我的她幾個月前來到布拉格，然後往伏爾塔瓦河縱身一跳淹死了，什麼話也没交待，到現在我還是不明白她爲什麼這麼做，我們在慕尼黑住得好好的。”

“不脫襪子，茉莉做愛時從不脫襪子。”

“如果我說我還是愛妳的，妳會不會覺得我矯情？”

“攪亂妳心思的人是誰？該不會就是那位水平不高的平面設計師吧？！”

"妳不愛我了，我還以爲妳對我尚有一絲眷戀，會做最後的挽留，要我別走。"

……

盧卡說過的話像錄音帶一樣在腦海中不斷地倒帶重播，而我再也沒有當初的悸動。

"嘟……嘟嘟……"

我還在緬懷我逝去的愛情，一通電話打進來。

"她叫李玫，我的……未婚妻，在我們回中國的那段時間內，她來到布拉格，我發誓完全不知情。她說想看看我移情別戀的對象，如果比她差，她無條件退出，所以今天我帶她過去了。"

我一時犯迷糊，聽過女生會因爲對方比自己好而退出，没聽過反著來的。

孟珈宇解釋在李玫的世界裏，她就是女王，要風得風，要雨得雨，是"遇強則強"的個性，所以我若是弱女子，她反倒寬容。

"你就看準我不如她？貶人也不是這種貶法。"我老大不高興。

"從外在條件看，妳的確很一般，但選鞋要選合腳的，妳就是我要找的人。"他停頓了一下，"明天我和李玫去卡羅維發利，妳也一起來。"

要我當電燈泡？門兒都沒有，我一口回絕。

"這是我和她的分手之旅，李玫說要妳見證。"

"奇怪了，分手就分手，何必拉我下水？"

"她說分手得有個儀式，因爲妳是接盤手，所以還需要一個交接儀式，否則心理上總覺得怪怪的，好像没斷乾淨。"

法國童話《小王子》裏曾說"儀式感"讓某一天與其他日子不同，某一時刻與其他時刻不同。中國人向來注重儀式感，常見的儀式感實踐有婚禮、節慶……等，但我不知道原來分手連同新人交接也需要儀式，這有多尷尬！

"好怪異，我不去！"我答。

孟珈宇反問我是不是不樂意他和李玫分手？

"也……也不能這麼說，我……"

"那就這樣，明天早上八點我到咖啡館接妳。"

我喂了半天，才發現他關機了。

"好個没禮貌的傢伙！明天鐵定讓他撲空。"我心想。

第四十九章/博弈

不知爲什麼，一整夜輾轉難眠。

"她一定不愛他，否則怎肯輕易分手？看李玫一副睥睨天下的樣子，平時一定把孟珈宇強壓在底下，無怪乎他要當逃兵。"我心想，並且一面倒地站在孟珈宇這一邊。

當晨光穿過窗簾縫隙滲透進來時，我望向床頭櫃上的小鐘，6:30,從這裏到咖啡館步行得20分鐘，加上梳洗打扮及在衣櫃前猶豫不決的時間……我是不是該起床了？

聽見廚房有動靜，我知道Presl開始準備早餐，有行政工作的那一天，他總是早起。

"好久没和Presl一對一談話了，不知他過得好不好？"我一骨碌爬起。

嘴巴說想"關心"對方，其實不過是找到起床的藉口，我當然知道在Eva的照料下，Presl過得很滋潤。

"Good morning, Weiwei."Presl 對我微笑。

我也向他問早道好，順便問他今天早餐吃什麼？他答水煮蛋加吐司。

其實我早看出來了，只是無話找話。

" You woke up very early this morning."他說我今天起得真早。

我答心裏有事，所以睡得淺。

" I know saying goodbye is very hard. "

Presl的回答讓我的心喀噔了一下，我還沒決定和孟珈宇道別，怎麼Eva這個大嘴巴就提前向枕邊人宣佈？簡直罪無可逭！

我期期艾艾地答自己還沒準備好⋯⋯

這下子換Presl一頭霧水了，他說昨天意外踫見"醫生"，後者心情很低落，覺得自己像四處飄零的浮萍，也許又要飄回德國了。

噢！原來是盧卡，我鬆了一口氣。

Presl對我投來意味深長的眼神，哎！太討厭了，總能被他"一眼看穿"。

" I⋯⋯I⋯⋯"

我還沒想好怎麼招供，Presl搶著說把廚房讓給我，他得準備去學校了。

Presl走後，我吃了穀物當早餐，邊吃邊想："既然醒了，早餐也吃了，接下來幹啥？"

我一直說服自己不過是慢跑，沒什麼大不了的，但跑呀跑，我竟上了查理大橋往老城廣場的方向跑去，經過天文鐘、冰淇淋店、麥當勞、賭場後，轉個方向北上。

"今天早上我只吃了低熱量的穀物，又慢跑了這麼久，肯定都消化完畢，我就看看大蒜麵包出爐了没？"我邊跑邊自欺欺人。

我們的咖啡館隔壁有家麵包店，每當大蒜麵包出爐時，那香味會穿牆而入，令人垂涎三尺。

"是妳？"就在前方路口轉角處，我差點兒撞上戴著針織帽的孟珈宇，他低頭看了一眼腕錶，"不用那麼趕，還差五分鐘，妳没遲到。"

"誰趕了？我……我這是去買大蒜麵包。"

"能別吃大蒜麵包嗎？"他身旁的李玫摀住口鼻，"我不想一路都聞大蒜味。"

我正想回答我吃我的，干卿何事？說時遲那時快，孟珈宇硬塞給我一個Trdelink，說："吃這個，甜的，嘴巴不會有大蒜味。"

"我不要，拿回去。"我遞還給他，他没接，逕自往前走去。

儘管我大聲喚他，孟珈宇好似聽不見，越走越遠。

"昨天我們住大衛王酒店，每晚三千克朗房費的酒店竟然没熱牛奶喝，小孟爲此没少抱怨過。"說話的是李玫。

"噢！爲什麼？"一問完我就後悔，幹嘛跟討厭的人說話？

"孟珈宇有睡眠問題，每晚睡前都得喝一大杯熱牛奶助眠，而外國人向來不喝熱牛奶，天氣再冷也喝冰的。"

我不知道孟珈宇有没有睡眠問題，不過外國人不喝熱牛奶倒是真的。

"謝謝妳告訴我姓孟的有隱疾，我走了，祝你們今天玩得愉快！"

走没兩步，聽到背後有人說話："妳怕什麼？我都說了把人讓妳，還怕？"

我轉過身去：“誰怕來著？而且談不上讓不讓，我若使出渾身解數，即使妳不讓，孟珈宇也會主動粘上來。”

“呵呵……”李玫笑得闔不攏嘴，“那句話叫什麼來著？……癩蛤蟆想吃天鵝肉，噢！不，不是這個……也不撒泡尿照照……嗯！好像也不是這個……”

李玫辭窮，但我了解她的意思，無非是說我不自量力。

“妳不過是誕生在好人家家裏，少了這個光環，什麼都不是。”我反擊。

“這是上天賦予我的，有什麼不對？”她將外套上的連衣帽戴上，好收起她的亂髮，“本來我看不上小孟，覺得他太溫吞了，現在多出一個妳，遊戲開始變得好玩，就想看看我的未婚夫最後會聰明地選擇條件比妳好太多的我，還是自甘墮落地選擇妳。”

啥？用“自甘墮落”形容選擇我的人？是可忍孰不可忍？

“今天的陽光不錯，我也想看看卡羅維發利的美麗風景。”我說，間接接受挑戰。

原來孟珈宇去取車了，他租了輛斯柯達（誰讓捷克是它的大本營？），就停在兩個 block 遠的路邊停車處。

我坐在後座給 Eva 打電話，她剛睡醒，聽到我臨時請假，大動肝火：“妳他媽的把這裏當遊樂場？想來就來，想走就走，憑什麼我就比較命苦？聖誕假期只休一天，而妳……”

“好啦好啦！回去後給妳做牛做馬，以効犬馬之勞。”

就在 Eva 又要大吐苦水前，我趕緊撤了。

“開咖啡館能賺多少？”我掛機後，李玫轉頭問。

“不多不少，養得起自己，也能一年做兩次國際窮遊。”我不卑不亢地答。

"妳想窮遊，小孟可不想，青年旅舍没熱牛奶喝，是吧？"她轉問駕駛員，後者沈默以對。

我問窮遊是什麼？就是凡事親力親爲，能走路絕不坐車，一整天折騰下來，包管頭一沾枕就能入睡，要什麼熱牛奶？

雖然没要啦啦隊，但孟珈宇還是主動站隊，他說如果旅行當中没熱牛奶喝，他是可以忍耐幾天的……

看孟珈宇主動站在我這邊，李玫不高興了，她答自己忽然想喝熱牛奶，就現在。

"妳不是對牛奶過敏嗎？"孟珈宇一臉不解。

"現在不過敏了，"她嘟著嘴，"我不管，我想喝你就得給我買，別忘了這是分手之旅，得讓我留下美麗的回憶。"

於是我們在空曠的E48公路上下了交流道，然後在鄉間小路上打轉，四周圍都是一望無際的農田。

"笨呀！這裏到處都是乳牛，不會下車跟牛主人要？"李玫說。

我受夠了那女人的任性和趾高氣揚，大聲說想喝自己去要，別指使人。

孟珈宇怕我們真打起來，趕緊停車，然後快步走向其中一棟農舍。没多久，他真的要來一杯牛奶。

"給，剛從母牛身上擠出來，還是溫的。"孟珈宇好脾氣地說。

"拿走，我不喝，"那女人又捂住口鼻，"腥味太重。"

我不禁懷疑她的嗅覺出了問題，動不動就捂口鼻，一副"欠揍"的模樣。

"她不喝，我喝。"我豪氣地將牛奶搶過來喝，原來剛擠出來的牛奶這麼美味。

"好喝嗎？"李玫問。

"好喝。"

"妳大概不知道剛擠出來的牛奶有很多細菌，是不能喝的，得經高溫消毒才行。"李玫似笑非笑地答，大有捉狹之意。

呃！等我喝完才說，真是"最毒婦人心"。

"没事，我的身體好得很。"此時也只能打落牙齒和血吞了。

没想到孟珈宇突然開口："其實……這是消過毒的瓶裝牛奶……我怕……所以……"

李玫的臉瞬間精彩極了。

博弈當中，我又得了一分，真得感謝孟珈宇的"積極配合"。

"快走吧！我肚子餓了，這裏什麼都沒有，沒看過比這個更鄉下的了。"李玫鐵青著臉抱怨。

於是孟珈宇繫上安全帶，我們繼續上路。

第五十章／晴天霹靂

卡羅維發利距離首都布拉格僅有兩個小時的車程，這是一個
古老的溫泉小鎮，無數訪客慕名前來，爲的就是享受那裏的
溫泉和礦泉水。

傳說小鎮得名於波西米亞國王查理四世，有一天他到山中狩
獵，在追蹤一隻受了箭傷的野鹿時，意外發現熱氣騰騰的泉
眼，那隻受傷野鹿喝了幾口熱泉後竟能健步如飛，一下子便
消失得無影無蹤。國王深感詫異，命御醫對泉水進行化驗，
結果證明泉水對治療多種疾病有奇效，於是查理四世將這口
冒著熱氣的泉眼命名爲Karlsbad，意思是"查理的溫泉"，也
是"卡羅維發利"名字的由來。

當我們的車子奔馳在公路上時，根本想像不出在一片翠綠的
深谷中竟有如此色彩豔麗的小鎮。那些依山傍水的建築融合
了巴洛克、洛可可、拜占庭和新古典主義的藝術風格，裝飾
極其華麗，彷彿無數個千嬌百媚的波西米亞姑娘，正列隊歡
迎著每一位到來的訪客。

孟珈宇沿著河行駛，最後將車子停在一棟雄偉的白色建築物
前，我問這是哪兒？

"普普大酒店，是好萊塢獲獎影片《布達佩斯大飯店》的原型，同時也是每年卡羅維發利電影節提供給各國明星住宿的地方。"他答。

我又問我們來這裏幹嘛？吃飯嗎？

李玫反問我該不會以爲只在這裏停留幾個小時就回去吧？！她的分手之旅才剛熱身呢！

"哪來那麼多名堂？簡直吃飽撐著！"我內心嘀咕著。

普普酒店和所有電影中看到的大酒店一樣，有開門的門僮、高大上的大堂和裝飾著各色盤子的牆壁。

" Two standard rooms, please."

聽到孟珈宇要了兩間標準房，我趕緊阻止："我沒帶換洗衣服，你別要兩間，今晚我走。"

"没帶換洗衣服是個事嗎？這裏有那麼多購物商場，再不濟把衣服交給酒店洗，包管明天又有乾淨衣服穿。"

李玫把我當成鄉巴佬,讓我很不爽，而且我壓根兒不知道分手之旅还得過夜，這分得掉嗎？都說"床頭吵，床尾和"，一想到那個畫面，我就覺得自己傻得可憐，原來吃飽撐著的人是我。

"你們的分手之旅到底需要多久？"我轉頭問李玫，心中祈禱可別是N多天，否則Eva要殺了我。

"兩天，明天下午回布拉格。"她答。

我鬆了一口氣，説："那......好吧！來回奔波也是很累人的，我估且忍耐一下吧！"

要的兩間房，一個130號，另一個139號，没緊挨著，走幾步路就到。

“你倆住130，我住139。”來到130號房，李玟突然丟下一句。

啥？我有沒有聽錯？

看我一臉狐疑，李玟笑彎了眼：“都說了這是分手之旅，妳是接盤手，當然需要一個交接儀式，所以就從現在起陸續交接吧！”

說完，她拉起自己的行李箱往139號房走去。

“喂！妳有病是不？”我衝著她的背影喊。

“別理她，進來吧！”孟珈宇刷開房門，“把行李放下後，待會兒還得找餐廳去。”

與想像中不同，房間寬敞得讓人驚喜，典雅的傢俱、鋪了波斯地毯的地板、檜木書桌以及超過兩米的超長睡床……兩個。

看到兩張睡床，孟珈宇似笑非笑地問：“這下子妳放心了吧？”

“有什麼好不放心的？”我將臉撇向一旁。

他向我走來，我的心因此跳得好快。

“我很高興妳答應見證我和李玟分手，這樣我就不用浪費唇舌去解釋了。”

“你分不分手干我何事？”我低下頭去。

“葳葳，我……”

突來的門鈴聲嚇壞我們了。

“應該是李玟，”他笑得很無奈，“她肚子餓了。”

孟珈宇提議到排名第一的捷克菜餐廳吃飯，但李玟嚷著肚

子實在太餓，非得現在吃不可！

無奈之下，我們只好進入酒店的附屬餐廳，點了烤牛肉套餐和蘋果餡餅當午餐。

"妳一定覺得我很霸道吧？！"李玫喝了一口啤酒後問。

我答一個願打，一個願挨，沒什麼好說的，還好孟珈宇的苦日子到頭了⋯⋯

"是嗎？"李玫轉向孟珈宇，"我讓你受苦了？"

"是⋯⋯是有那麼點兒，"看李玫的臉色沈了下去，他趕緊見風轉舵，"吃菜，這牛肉外焦裏嫩，難怪外國人個個臉色紅潤，原來吃肉民族就是不一樣啊！呵呵！"

話拗得很勉強，害我們三人接下來尷尷尬尬地用著餐，然而沒兩分鐘，李玫又開口了："我爸說我們結婚時，他會送我一個鴿子蛋，現在沒了，你得賠我。"

話是對孟珈宇說的，但我把話語權搶過來："妳要幾個我奉送，淘寶上滿59元還包郵。"

"妳想氣死我是不？"李玫氣急敗壞，"此蛋非彼蛋，我指的是鑽戒，而且是大鑽戒，妳這輩子都買不起！"

我當然知道此蛋非彼蛋，說這話無非就想氣死她。

見戰火又起，孟珈宇忙當和事佬，他面向李玫："我買一個送妳，其他還有什麼？一併說了。"

他的慷慨非但沒讓後者開心，反而點燃一盆火。

"我要的可多了，既要一棟面海大別墅，還要一張無上限的信用卡，但你給得起嗎？chicken."

聽見李玫喊孟珈宇懦夫，我火大了，像隻護衛小雞的母雞,對著她呲牙咧嘴："他憑什麼給妳這些？就算彩禮錢也沒給這麼多的，何況你們只是訂婚。"

李玫也不甘示弱，她說解除婚約多丟人，孟家做點兒賠償也是應該的……

我氣炸了，問她這哪是"一點兒"賠償？簡直是好大一筆呀！

"別說了，葳葳。"孟珈宇用眼神制止我，然後轉向李玫，"我會在能力範圍內盡量補償妳，行嗎？"

"可以，"她很豪爽，"但首先帶我上醫院檢查，我……好像懷孕了。"

第五十一章/不按理出牌

德沃夏克是十九世紀最重要的作曲家之一，他是捷克民族樂的代表人物，主要作品有《第九交響曲》、《b小調大提琴協奏曲》、《幽默曲》、《斯拉夫舞曲》等等。

以他爲名的德沃夏克公園就是爲了紀念這位偉大的作曲家，他的銅像掩映在樹叢中，公園內到處是繁花似錦、綠草如茵。

“快來看，這裏有個湖哪！”李玫奔向一個迷你小湖。

耀眼的陽光穿透樹葉後投影在湖面上，風一吹，樹葉便跟著婆娑起舞，在搖晃的樹影中有一位少女雕像面湖凝神靜思，超夢幻的。

“小孟，快，幫我拍照！”李玫坐在雕像旁，擺出一個可人的姿勢。

孟珈宇掏出手機幫她拍，五連拍之後，她起身做了一個高難度的瑜伽動作等著入鏡。有那麼幾秒鐘，我希望李玫失去重心跌進湖裏去，但一想到她可能有孕在身，我怎麼可以有如此邪惡的想法？又“道德高尚”地抹去臆想的畫面。

"要不要我也幫妳拍張照？"孟珈宇討好地問。

"不必，你管好你老婆就行。"

拍完照，李玫說要"answer the nature's call"（回應大自然的呼喚），把包交給孟珈宇後，轉身走了。

"妳說外國人上廁所用 answer the nature's call, 是不是很優雅？"孟珈宇問。

我面湖不發一語，知道李玫可能懷孕，我的心被壓上一塊大石頭，像這類的無聊問話，我根本懶得理會。

沈默了幾秒鐘後，孟珈宇答："不是，沒有。"

話說得莫名其妙，我問他啥意思？

"孩子不是我的，我沒有和她越雷池一步。"

聽到這個爆炸性的消息，我差點兒喜極而泣，那她......

孟珈宇答他也不清楚，李玫的思維是跳躍似的，經常不按理出牌，要是有一天她說自己曾死過一回又復活了，一點兒也不稀奇。他已經被她訓練得"波瀾不驚"，我也應該即早適應......

"誰信你？哪有女孩子隨隨便便說自己懷孕了？"我仍不相信。

"那好，算我沒說。"

沒多久，李玫哼著歌回來。

"小孟，我渴了。"她接過包，從裏面掏出粉餅，邊補妝邊說。

"我不渴，"我望向孟珈宇，"你渴嗎？"

那個傻小子一時不知該站在哪一邊。

"謝謝，孟珈宇也不渴。"我替他回答。

李玫閣上粉餅，語帶威脅地對那個可憐的男人說："小孟，我警告你，分手之旅若讓我不開心，你……後果自負！"

然後那個老好人"忍辱負重"地說他有點兒渴了，也許找家咖啡館坐坐……

"我才不喝咖啡，對寶寶不好，還是喝礦泉水吧！聽說治百病。"她答。

卡羅維發利有三個主要的溫泉回廊：磨坊溫泉回廊、市場溫泉回廊與花園溫泉回廊。每個溫泉回廊裏都有可以接溫泉的水龍頭，旁邊標註著出水溫度。與別的溫泉小鎮不同，這裏的溫泉可以直接喝，是真正的"礦泉"水，而不同的出水口不過是溫度高低及所含二氧化碳多少的不同罷了。

"哇！這就是溫泉水，好想喝呀！"李玫奔向一個水龍頭，興致勃勃地說。

這裏的回廊同時也是遊客休息中心，大廳四周設有許多紀念品商鋪，遊客可在此選購溫泉杯、溫泉餅、溫泉酒……等。

"去買個杯子吧！"孟珈宇說。

捷克的溫泉杯一般都是以白色爲基調，飾有花朵紋路，也有部份走華麗路線，各有奇趣。

我選了一個白底帶藍色小花的，孟珈宇則選了上面有卡羅維發利市景圖的酒瓶造型杯子，唯獨李玫很奇葩，她選了一匹五彩斑斕的馬，我問她不覺得花嗎？

"我選它不是因爲色彩豔麗，而是它是一匹懷孕的馬，就要生馬寶寶了。"她答。

我翻了個大白眼，孟珈宇說得没錯，她的思維的確不一般，和常人好像不在同一個頻道上。

買了杯子後，我們迫不及待地衝向水龍頭，我原以爲那必定是瓊漿玉液，没想到是帶鐵鏽味的鹹水。勉強喝了幾口後，我果斷放棄，倒是李玫很喜歡，一杯又一杯地喝。

“好喝嗎？”我問。

“不好喝，但對我肚子裏的寶寶好，所以不得不喝。”她答。

孟珈宇又說對了，我已經開始被李玫訓練得“波瀾不驚”。

“妳肚子裏的寶寶要不要吃溫泉餅？”我假意關心地又問。

溫泉餅是卡羅維發利的特產，這種直徑約15公分的薄餅既容易消化又符合療養病人的飲食需求，所以很盛行。

“妳怎麼知道我的寶寶正想吃溫泉餅？”她接著轉向孟珈宇，“孩子的爹，還不快去買？”

一路上我被那對男女搞得精神快崩潰，一個信誓旦旦地撇清兩人的親密關係，另一個則對號入座，左一句“孩子的爹”，右一句“小孟孟的爸”，偏偏孟珈宇三緘其口，既不承認也不否認。

經過Pharmacy時，我忍不住揣著“孩子的娘”進去買驗孕棒，就想知道她是不是真有了？

“買什麼驗孕棒？時候到了，孩子就落地了。”她說。

這真是非常、非常不負責任的說法，難道她不產檢？

我憤而取下貨架上的驗孕棒到櫃台繳費，然後強押她上洗手間。

“這要怎麼用？我不會。”她嘟著嘴。

我指著盒子上的照片說：“喏！待會兒尿在這上頭，我警告妳別不小心讓驗孕棒掉進馬桶裏，否則我們今天就待在這裏不走了。”

約莫經過十多分鐘，李玫才表情嚴肅地從洗手間走出來，看見孟珈宇，一頭撞進他懷裏，又是哭又是笑的，情緒頗為激動。

完了，她懷孕了，我的心跌至谷底。

"怎麼了？"孟珈宇問。

"孩子……孩子沒了。"她哭得慘兮。

完了，她懷孕了，我的心跌至谷底。

"怎麼了？"孟珈宇問。

"孩子……孩子沒了。"她哭得慘兮。

第五十二章/李玫的身世

餐廳佈置得很溫馨，桌上擺著鮮花和蠟燭，幾道前菜都在水準之上，主菜是波西米亞查理四世拼盤，有整隻蹄膀、半隻烤鴨、外加幾大塊里脊肉和香腸，光看已有七分飽，配上黑啤，那叫一個爽！

美食當前，李玫像頭餓壞了的豬，左右開弓，完全不顧淑女形象。

"妳該不會是吃東西洩憤吧？！"我問。

"洩什麼憤？"她反問，然後又啃起鴨腿來。

洩什麼憤？老實說我也迷糊了。說她因失去寶寶而沒能留住"孩子的爹"也不是（他們早說好這是"分手"之旅）；若說沒能繼續讓我添堵倒還說得過去，但她爲什麼要讓我不開心？難道她對孟珈宇還"依依不捨"？我好像陷入一個死循環裏。

"沒什麼，吃妳的。"我答。

"放心，明天的這個時候，我把小孟送給妳，所以……對我好一點兒。再說了，我之所以成爲棄婦也是拜妳所賜。"

剛開始聽，我還心懷愧疚，但聽到最後卻很不是滋味，冷不防又被她殺了個回馬槍。

"蒼蠅不叮無縫的蛋，妳也說了，孟珈宇很溫吞，不是妳的菜，棄船的人有什麼資格抱怨？"我毫不留情面地反擊。

李玫憤而將盤中物四分五裂，讓人倒盡胃口。

"小孟，有人欺負我。"分完屍，李玫向孟珈宇喊話，矛頭指向我。

那個一整天立場搖擺不定的男人吞了好幾口口水後，息事寧人地安慰她："沒人欺負妳，別太敏感了。"

"我不管，"李玫將盤子往外一推，"現在我還是你的未婚妻，有人讓你的未婚妻不舒服，你還坐視不管，到底是不是男人？"

"有妳這樣說話的嗎？"我義憤填膺，"連最起碼的尊重都做不到，還是不是人？"

這一路上，我受夠了李玫的跋扈與任性，即使她發洩的對象不是孟珈宇，我也會拔刀相助，沒想到……

"葳葳！"孟珈宇大喝一聲，把我結結實實給嚇住了，"妳……少說兩句。"

天哪！我這是替他出頭，他反倒斥責起我來，真不是普通的懦弱，算我瞎了眼，竟對他意亂情迷。

"得，你們真是天造地設的一對兒，"我將白色餐巾扔桌上，人也站了起來，"請慢用，我先撤了。"

卡羅維發利的地理緯度比較高，所以雖然已近開春，但夜晚走在大街上還能感受到陣陣寒意。

我走向廣場，那裏空空蕩蕩的，沒有大媽跳廣場舞，也沒有汽車或機車在城市裏呼嘯而過的聲音，有的只是蕭蕭的風聲以及從店鋪櫥窗發出的亮光，那麼收斂、含蓄與朦朧，有著別樣的歐式風情。

"葳葳～"呼喊聲和急促的足步聲瞬間破壞夜的寧靜。

我做了個噤聲的動作，再做一個"趕人"的動作，要他閃一邊去，別煩我！

"我找妳找得好辛苦，"他果然放低聲量，"以為妳會沿著河回酒店去。"

"回酒店幹嘛？跟個没骨氣的男人大眼瞪小眼？我吃飽撐著？"連續三個反問，明知會傷人，但我還是說了。

"連妳也看輕我？"他抿抿嘴，很受傷的樣子，"那好吧！我走了，天冷別在外面待太久。"

見孟珈宇要走，我忍不住喊他："就這麼走了？也不怕夜深人靜，我被大野狼一口吃掉？"

"怕，很怕，但我更怕妳，像隻母老虎似的。"

我問他什麼時候我成了母老虎？

他答當我和李玫撕逼時，活脫脫就是兩隻母老虎的PK賽……

"有没有搞錯？竟拿我和她比，簡直侮辱人！"

孟珈宇說其實李玫没我想的那麼糟糕，我跑出餐廳後，是她要他出來找我，說人生地不熟的，怕出什麼意外。

"呵呵！這是本世紀聽過的最大笑話，她會關心我？別扯了。"

"是真的，信不信由妳！"他環顧四周，"還是走吧！別等群狼出來，才想著逃生。"

我和孟珈宇沿著泰普拉河往北走（該河流經普普大酒店，我們不用擔心迷路），河邊的街道乾淨整潔，房屋井然有序，店鋪的牆面也沒有凌亂的廣告，街燈昏黃，一切的一切都慢慢的……靜靜的……

約莫走了十分鐘後，孟珈宇才告訴我李玫的故事。

原來孟李兩家是世交，孟珈宇小學四年級時，李家抱養了一名女嬰，取名李玫。

小時候的李玫不愛說話，加上他們兩人相差近十歲，玩也玩不起來，所以除了聚會時打過照面，說不上有什麼特殊的感覺，直到某個星期天，她被父母帶到他家作客。

"你爲什麼可以一直看書，不累嗎？"她問。

"因爲明天有考試，等妳高三時就知道考試的重要性。"

"你是你媽生的嗎？"她突然來上一句。

孟珈宇的心因此喀噔了一下，莫非……

李玫沒等他回答，逕自跳上他的床："我不是我媽生的，我爸也不是我的親生爸爸。"

"妳……別聽別人亂說，沒有的事。"

李玫將下巴抵住膝蓋，人蜷曲成一團，似笑非笑地："我還聽說……你是我未來的老公……公。"

這下子孟珈宇真生氣了，他起身趕她下床："我們兩個没任何關係，妳就是個小妹妹。"

"爲什麼……爲什麼所有人都不喜歡我？"她質問，樣子很委屈。

"没人不喜歡妳，別瞎想。"

"意思是你喜歡我？"

孟珈宇頓時覺得自己被下套了，但此時否認等於打臉，只能勉強說喜歡。

“哈！你是第一個說喜歡我的男孩，爲此，我要喜歡你一輩子。”她信誓旦旦地答。

歲月漸長，那個說會喜歡他一輩子的女孩已長成了亭亭玉立的大姑娘，並且如她所言，在雙方家長的撮合下成了一對，然而他還是視她爲“小妹妹”，沒有因關係的轉換而改變，也許正因這份疏遠，李玫時不時激他、諷刺他、對他指來喝去，讓他分不清這是喜歡他還是厭惡他，所以當她單方面提出分手時，他大鬆一口氣，至少不是由他先毀約，她愛怎麼折騰……隨她去吧！

“你確定她真的想分手？”我問。

“不然呢？以退爲進？”他笑了。

我卻笑不出來，因爲他道出我內心的擔憂。

看我一臉嚴肅，孟珈宇要我別多想，明天他就是自由身，可以光明正大地追我……

“我怕……”

“怕什麼？”

“怕你不夠愛我，怕你沒有勇氣跟反對我們的人說不。”

我的害怕其來有自，他總是逃避、總是妥協，我如何相信大難來臨時，他不會棄我而去？

孟珈宇緊握住我的手，很誠心誠意地説：“所以妳得支持我，和我一同面對惡勢力，嗯？”

他把來自家族的反對力量稱爲“惡勢力”，讓我噗嗤一笑。

“瞧！妳笑了，真喜歡看妳笑，妳一笑猶如春風，把一切的不愉快都一掃而空。”

“我哪有那麼厲害？你想多了。”

話是這麼説，但我的内心是歡喜的，總算在一連串的不愉快中，我們又再度貼近彼此的心。

第五十三章/與敵人共枕

越靠近酒店房間我越忐忑，夜晚來臨，我就要和孟珈宇同房共枕，會發生什麼？我要不要拒絕？

想必孟珈宇也有同樣的感覺，他的手心開始出汗，濕了我一手。還好走廊不長，很快就走到130號房，孟珈宇拿出房卡一刷，發出"嗶、嗶、"兩聲。

房間還是那一個，有典雅的傢俱、鋪了波斯地毯的地板、檜木書桌以及超過兩米的超長睡床……兩個。不同的是，其中一張床上躺著一個女人。

"回來了，我還以爲不過午夜，你們不會進門。"李玫翻了一頁時尚雜誌，閒閒地說。

"妳怎麼在這裏？還有，妳哪裏來的房卡？"孟珈宇問。

李玫答跟前台說房卡被未婚夫帶走得了，不是什麼大問題，至於她爲什麼在這裏？因爲……因爲她的房間裏有蜘蛛，她從小就害怕節肢動物，這個他早知道。

孟珈宇嘆了一口氣，說："房卡拿來，我去消滅它。"

“沒用的，消滅一隻還有第二隻，搞不好它們是全家出遊，上有老下有小，滅都滅不完……”

“那好，我們換房睡，妳睡130，我和葳葳睡139。”

“不成，”李玫從床上跳起，“我和葳葳睡這裏，你去睡139。”

什麼？！情勢急轉直下，害我一頭霧水，不知李玫葫蘆裏賣什麼藥？

“妳不是說這是分手之旅，葳葳是接盤手，需要一個交接儀式，所以讓我和她睡一間嗎？”孟珈宇一氣呵成地問出我的疑惑。

“此一時彼一時，我忽然想到有義務把你這個人的優缺點都告訴接盤手，否則分手儀式不算完整。”

我的老天！這是什麼跟什麼？哪來那麼多儀式？簡直讓人抓狂！

“快去！”李玫推了那個可憐的男人一把。

孟珈宇看看李玫，又看看我，最後無奈地拉起自己的行李往外走去。

“Well, 現在只剩我們兩人，咱們可以說些知心話了。”她跳上床去，並且拍拍她身旁的空位，“坐這裏。”

“不用了，保持距離以策安全。”我很自覺地坐在自己的床上。

李玫有點兒小失望，但很快神色自若，她問：“妳喜歡小孟什麼？”

哇！第一道題就射中靶心。

“喜歡他……性情溫和、不急不徐，像白開水一樣。也許對很多人而言，白開水很無味，但若能細細品嚐，它其實是有滋味的，一種微甜的味道。”我答。

"性情溫和，我同意，不急不徐、像白開水一樣，我也同意，但跟小孟在一起真他媽的很無趣，問一句答一句，還特會拖，本來說好我大學一畢業就結婚，一拖把我三年的寶貴光陰給拖沒了。"

我心想還好他會拖，否則今天就沒我畢葳葳什麼事了。

"那豈不是如妳所願？離開白開水，妳可以喝紅牛，保管讓妳亢奮一整天。"

"可是......喝白開水也有好處，沒有人可以天天喝紅牛。"

這下子我迷糊了，她是喝白開水還是不喝？

李玫要我放心，全天下的白開水不止孟珈宇這一瓢，她的選擇多了去......

聽她這一說，我才真放下心來。

"見過小孟的父母沒？"她接著問。

我答還沒。

"妳恐怕過不了未來公婆那一關。"

"我知道。"我很氣餒。

"等等，"李玫突然跳上我的床，眼睛死盯著我的耳朵瞧，"妳的左耳珠上有一顆紅痣。"

我的左耳珠上的確有一顆紅痣，但又怎樣？沒礙著誰呀！

李玫沈默了一會兒後，說："孟珈琳的左耳珠上也有一顆紅痣，位置和妳的差不多。"

"孟珈琳？孟珈宇的妹妹？她的左耳珠上竟然也有一顆紅痣，真巧呀！"

"所以妳得從這裏切入，孟爸孟媽想念女兒，睹物思人，也許妳和小孟的事就成了。"

我仍半信半疑，一顆痣就能讓門第觀念很深的孟家父母改變主意？這也太扯了。

李玫卻信心滿滿，說聽她的準沒錯，她認識孟家人二十多年，已經成爲他們肚裏的蛔蟲了……

"李玫，妳爲什麼要幫我？"我忍不住發問，因爲她的作爲違反人性，"我是說我們素昧平生，加上我又搶走妳的未婚夫，按理說，妳應該恨我入骨才是。"

"我是恨妳入骨呀！但……誰讓我愛孟珈宇，愛到……希望他幸福，永遠永遠的幸福下去。"

"妳能正常點兒嗎？剛剛才把人家損得一無是處，現在又愛他、希望他幸福，前言不對後語，哪句才是真的？"

李玫說都是真的，他愛小孟不假，但他從來不把她當一名成熟女性看，大概在他腦海裏，她就從來沒長大過，所以她撒潑、胡鬧、做一些討人厭的事，無非就想引起他的注意，但看來適得其反，她一提"分手"，孟珈宇馬上舉雙手雙腳同意，讓她很傷心……

"對不起，我以爲……以爲妳真心想分手。"

"我是真心想分手呀！"她又眉開眼笑，"不僅主動退出，我還要幫助妳披上婚紗嫁入孟家，了了我今生的願望。"

這……這是哪門子歪理？一會兒愛孟珈宇至深，爲分手而心傷；一會兒又"真心"想分手，不僅如此，還協助我這個情敵走向婚姻殿堂，簡直邪門得可以。

李玫聳聳肩說這世界本來就無規則可循，一加一不一定等於二，想硬把所有事都代入公式裏是緣木求魚、白費功夫。

～

走出浴室，李玫已睡下，耳朵還能聽見她均勻的打呼聲。

在床上躺下後，我很不安，由於李玫的反反覆覆，我害怕半夜被同居人謀殺，鮮血流了一地。

"她的確有殺我的理由呀！"我心想。

一早被軍號聲吵醒，我還以爲又回到令人全身緊繃的軍訓營裏。

"搞什麼？哪個起床音樂不好選，竟然選這個！"說完，我抓來枕頭蓋住自己的臉。

說時遲那時快，有人跳上我的床，猛力將我臉上的枕頭往下壓，我頓時無法呼吸。

" Help."我想喊卻喊不出聲，原來李玫來真的，她就想謀殺我……

然後是一長串的破鑼嗓子雞叫聲劃過天際："咕……咕咕咕，咕……咕咕咕，咕……"

猛的一張開眼，我轉頭向聲音出處，剛好看見李玫伸手按掉手機鬧鐘，再看自己毫髮未損，噓～原來是惡夢一場！

我望著天花板久久無法言語，浩劫餘生後大概就是這種感覺吧！

"早！昨晚睡得好嗎？"十幾分鐘後，李玫揉揉惺忪的睡眼問。

"不太好，做了個惡夢，差點兒被……人謀殺。"

"哈！我剛好相反，昨晚做了場美夢，化身殺人魔王，把個小賤貨悶死在床上。"

我慢慢轉過頭去，李玫適時舉起右手對我做出射擊的動作，連開我數槍。

"這才是她的真實想法吧？！"我心想。

第五十四章／被打入冷宮

全世界五星級酒店的自助早餐大概都一樣，不外麵包、可頌、沙拉、水果、冷切盤、麥片、果汁、冷熱飲、鹹肉、香腸、炒雞蛋……等等，可惜我們住的普普大酒店就是沒有炒飯、炒麵和粥，讓我這個中國胃有點兒小失望。

"昨晚妳把我的優缺點都交待完畢了吧？！"戴著一頂藍灰色軍帽的孟珈宇吃了一口脆麥片後問李玫。

"說了，把你從小到大的劣行全給交待，包括你爲什麼總戴帽子。"

呃！後面這項倒沒說，我也挺想知道答案。

"戴帽子就戴帽子唄！要什麼理由？"孟珈宇答。

李玫突然笑得像個瘋婆子似的："那是因爲……因爲你有地中海禿。"

我聽了心裏喀噔了一下，不會吧？！禿頭的男人一下子老了十歲。

"你問問畢葳葳，她想不想要一個禿頭的老公？"話是對孟珈宇說，但他半天沒開口問我，我也樂得無庸回答。

然而李玫怎捨得放棄這個攻擊我的絕佳機會？她將矛頭指向我："妳倒是說說，否則我的退出就沒意義了。"

"没什麼好說的，如果孟珈宇不在乎我有痔瘡，我也不在乎他是個禿子。"

那個戴軍帽的男人因此笑得好大聲，引來側目。李玫瞬間沈下臉來，藉拿食物的名義離開座位。

我們兩人安安靜靜地用著早餐，我還是沒忍住，問他是不是真的有地中海禿？

"是真的，不信妳瞧。"他摘下帽子。

這是第一次我面對没戴帽子的他，原來他的髮色偏淡，髮量多且有些自然捲。

"嚇死我了，還以爲你真禿了，聽說禿頭會遺傳。"我鬆了一口氣。

"早跟妳說過，李玫經常不按理出牌，妳若較真就輸了。"

"可是……既然你没禿，爲什麼總戴帽？"

孟珈宇笑了，他說原因很簡單，如果戴帽就不用經常洗頭，因爲隔絕了髒空氣……

真是一點兒美感也無，我以爲再怎麼著也應該是"很久很久以前，曾經有個女孩喜歡戴帽男孩……"這類的浪漫理由。

"對了，妳該不會真的有痔瘡吧？"這次換他沒忍住。

"是真的，你想看嗎？"我問。

他連忙擺手說不用了，那樣子真像下一秒鐘我就要脫褲子示人，我因此笑得很開心。

"看來妳是個 Bad Girl。"他說我是壞女孩，我笑得更開心了。

吃過早餐，李玫說想"登高望遠"，酒店前台推薦我們上"戴安娜觀景塔"，從酒店右側小巷子進去，即可坐纜車上山，再搭電梯到塔頂，整個小鎮便都在腳下。

主意一打定，我們往纜車車站走去。

"戴安娜觀景塔"高於海平面547米，登上150級台階後，能夠一覽卡羅維發利的小鎮風光。還好懶人也有懶人的選擇，纜車每15分鐘一趟，只需3分鐘就可抵達山頂，非常方便。"走！我們爬台階去！"李玫說。

"妳那麼精力充沛，自己爬得了，幹嘛拖我們下水？"我說。

"我不管，現在肚子飽到不行，一定得運動，否則就像妳一樣有游泳圈了。"

最近我是吃多了，但說有游泳圈也太誇張，頂多小腹有點兒贅肉。

看孟珈宇又在兩隻母老虎的戰役中猶豫，我索性頭也不回地直接上纜車，不給他"左右爲難"的機會。

我在山頂等了足足半小時才看到那對連體嬰，没錯，孟珈宇背著李玫上山來。

"我以爲妳想減肥，看樣子妳是要孟珈宇減肥。"我忍不住損她。

"小孟都没說話，妳著什麼急？"她終於雙腳著地。

"水，我得喝口水。"孟珈宇大概累壞了，一張口就要水喝。

我走到熱狗攤給他買了瓶水。

"我也口渴了。"李玫說。

"自己去買！"我毫不留情面。

"自己買就自己買，得瑟什麼？"

沒多久她抱著三瓶果味啤酒和三個熱狗麵包過來。

"給，"她遞給我啤酒和熱狗麵包，人也和善得很，"我不記仇。"

這就是李玫，翻臉比翻書還快。

"吃人的嘴軟"，很快我們又保持表面上的和諧。

"哇！這裏好高，空氣又清新，360°無死角，真他媽的好看極了！"

我們坐電梯到達塔頂，天氣冷，觀光客不多，但李玫就這樣對空高喊，外加"他媽的"三個字，我真窘得無地自容。

然而李玫不在乎，她拉著孟珈宇這裏看看、那裏瞧瞧，興奮得像劉姥姥進大觀園。

"沒那麼稀奇吧？！不過是樹多了點兒，房屋好看了點兒罷了。"我說。

"妳懂什麼？這是我當小孟未婚妻的倒計時，當然得充份享受，妳不致於不讓吧？！"

我有什麼資格不讓？而且爲了表現自己大度，我說自己到塔下等他們，他們可以盡情享受最後的二人世界……

下到塔底，我才後悔，就這麼讓他們兩人獨處，萬一立場不堅定的孟珈宇被策反怎麼辦？我豈不是"叫天天不應，叫地地不靈"？

幸好這時山上來了隻白孔雀，而且對著不多的人群開屏，給了我一個絕佳的藉口，正好拉那兩人下塔觀看，好掐斷任何熱情燃燒的可能性。

我又坐電梯上到塔頂，一時沒看到那對男女，讓我有些心慌，還好轉個彎，我聽到熟悉的普通話。

“我愛你，從很小很小的時候就義無反顧地愛上你，但你總是冷冷的，離我遠遠的。告訴我，我哪裏錯了？我改，我鐵定改，拜托，拜托別離開我，你離開我，我無處可去，因爲……因爲你是我活下去的唯一理由。”

然後是孟珈宇的聲音，大意是他這個人胸無大志，謝謝她的厚愛，她值得擁有更好的……

“對我來說，你就是最好的，除了你，我誰都不要。”

“我……我以爲妳真心想分手。”

“是……是想分手……不……我不想分，但……我不得不分呀！”

孟珈宇果然和我一樣一頭霧水，他追問是怎麼回事？

“醫生說我的腦子裏長了良性瘤，位置比較深，加上體積已經很大，手術不僅不能全部切除，而且預後也不良。”

經歷過李玫的“天馬行空”，老實說我已經對她的“不幸遭遇”免疫了，並且稍有失望，以爲她會編出更有創意的故事來。

我又下到塔底，與其聽人編故事，不如再去喝瓶果味啤酒，那美妙的滋味離開卡羅維發利後恐難再尋。

我們離開“戴安娜觀景塔”後，一切都變了，孟珈宇明顯和李玫靠近許多，對我則客客氣氣的。

“葳葳，我在哪裏放妳下車？”孟珈宇問我。

“隨便，在大馬路上放我下車也行。”我賭氣地答。

李玫很不識相地建議還是送我回家，省得路上發生什麼，他們還得擔責任……

"不必，我是成年人，自己的事情自己負責，就在這裏停，馬上！"

"妳想在帥克餐廳下？"孟珈宇很驚訝。

"没錯。"

其實我没留意車子行經帥克餐廳，只是太受不了被人冷落的滋味，想趕緊逃離。

"聽說這家餐廳挺不錯的，"李玫的頭伸出車窗外，"不過今晚我想吃法式大餐，小孟跟我一起，所以……妳自己吃哈！"

她的虛情假意讓我倒盡胃口。

待車子駛遠，落寞和挫敗感這才全面襲來。

想不通爲什麼一副好牌會被我打爛？難道就因爲那不入流的狗血故事？若真是如此，那麼我得好好考慮考慮，因爲那小子肯定智商有問題。

行經餐廳，我又看到帥克那張稚氣的臉，想起幾個月前我才和孟珈宇來此用餐過，當時還因他入戲太深，我們連黑啤也AA，如今睹物思人，我的心更加悲淒。

"李玫終究還是贏了，孟珈宇最後選擇她，没有自甘墮落地選擇我，這遊戲真好玩，不是嗎？"面對落敗，我也只能自嘲。

第五十五章/再見孤獨白

“葳葳～”

聽到有人叫我，我轉過身去，是米星和一個有些面熟的男人。

“妳怎麼在這裏？”我問。

“來客人了，Eva讓我接待。”她答。

我因此再度把目光落在那個男人身上，方型臉，中等身材，眼神透著睿智，好像在哪裏見過。

“不認得我了？”他笑了，露出不太整齊的牙齒。

我還在記憶中搜尋，他問我靈隱寺的齋菜好吃嗎？

“你……你是孤獨白？鬍子哪裏去了？”

少了絡腮鬍的孤獨白像個普通的都市白領，人也精神多了。

“跟人打賭輸了，被罰剃鬍子。”

“這樣好看多了，跟你的年紀相符。”

"怎麼？以前我是老公公嗎？"他問。

老公公倒不致於，起碼年過半百，但我不能這麼說，很傷人。

"怎麼會是老公公？老公公的鬍子是白的。對了，你怎麼來了？"

他答是母親給的地址，一下飛機就搭出租車到我的住處，一個洋人開的門，爲他畫了簡易地圖，他自己摸索著找到咖啡館，結果一到咖啡館才發現我請假出去玩……

米星把話接下去："Eva 要我招待妳的客人，回頭向妳要誤工費。"

我問Eva有沒有生我氣？米星答還是由我親自去問她，也不知是不是更年期提早來到，那女人最近像座活火山，一觸即發……

本來想直接回咖啡館效命的我頓時改變主意，今天已經受夠了，不想再當出氣筒。

"那好，現在換我接待我的客人，妳可以回咖啡館了，至於誤工費……還是算了吧！姐現在是窮人。"我說。

"我才不回去！好不容易見到偶像，怎麼可以輕易錯過？一起吃晚飯吧！吃個飯不礙事的。"米星笑咪咪地答。

想到Eva要獨撐咖啡館十一個小時，直到九點才能下班，心中掠過一絲歉意，但也只是"一絲"，我沒考慮很久就跟著他們一起走進帥克餐廳。

米星自作主張點了烤乳豬、烤肘子、烤鴨外加主食饅頭片，飲料則要了黑啤。

我又想起了孟珈宇，那時我們也點了同樣的東西吃。

“妳去哪裏玩了？怎麼没帶行李？”孤獨白問我。

“忽然想來個‘說走就走’的旅行，所以……”

米星又搶話了，她說她還以爲我和那個帽子王子私奔了。

“帽子王子？”孤獨白問。

我趕緊將話岔開，問他小時候有没有看過《好兵帥克》的動畫片？這家餐廳就是以帥克爲主題的餐廳……

還好食物和酒很快送上來，我不需要將冷飯炒太久，並且在觥籌交錯中漸漸隱去成了配角。只見那兩人相見如故，米星的眼中只有“我的”客人，兩瓶黑啤下肚後，藉酒壯膽，跟孤獨白要簽名書不說，還約著在中國見面。

“你知道嗎？上高中那會兒爲了看你的小說，没少被老師罰站過，說！該怎麼處罰你？”

和米星比，孤獨白節制多了，一瓶黑啤喝不到一半，尚屬清醒。

“再送妳十本簽名書。”他答。

“不，我要簽名照，算……算了，就現在吧！葳葳幫我們拍照。”她把手機遞給我。

我匆匆替他們拍了兩張，米星整個人掛在孤獨白身上，還毫不矜持地親了人家的臉頰，不知她酒醒後會不會感到害臊？

“對不起，她平常不這樣的。”看米星趴在桌上不醒人事，我說。

“爲什麼道歉？妳又不是她媽。”他想了想，“不對，也不關她媽的事，放心，我不跟醉酒的人計較。”

我不是人來熟，米星清醒時，我樂得做壁上觀，現在她掛了，我和孤獨白很快陷入無話可說的窘境。

“你怎麼來了？”想了半天，我問出這一句。

"這個問題進餐廳前就問過了。"

"我問的是Why，你卻回答How。"

"噢！原來會錯意了，"他笑了，"我没來過布拉格，還有，因爲妳在這裏，我來找我的水靈兒。"

我平靜的心因此再起波瀾。

"我已經32歲了，再也水靈不起來，你有高知名度，人也長得體面，大把年輕女孩等著你挑。"

孤獨白答如果他想要，十八歲的漂亮女生也會跟他走，但他已過了看雜誌的年紀，對他而言，一本有內涵的書才是他真正想要的。還有，我們的年齡相仿，身體機能差不多，不會他想休息了，我還精力充沛地嚷著要購物、逛街兼跳舞……

他說的没錯，我無法反駁。

"什麼時候回去？"我問。

"我住到這個月月底，妳若有空，我們走走逛逛；妳若没空，我自己玩，妳無需有負擔。"

我感激他的體貼，順便又問他住在哪家酒店？

"大衛王酒店。"他答。

孟珈宇和李玫也住大衛王酒店。

我們合力把醉酒的米星送回家，開門的德國老夫婦一直跟我們道謝，好像米星是他們的女兒似的。

"現在換我送妳回家。"他說。

"嘟……嘟嘟……"我把大衣裏的手機鈴聲按掉。

孤獨白問我爲什麼不接聽？我答那麼晚了，除了騷擾者，不會有人在這個時候打電話給我……

其實在帥克餐廳時就收到孟珈宇的短信，他約我晚上11點在大衛王酒店的酒吧見面，他有話跟我說。現在剛過11點，可見是他打來的，我仍心中有氣，決定來個不理睬。

"妳明天有空嗎？"孤獨白問。

我答才出去玩了兩天，再不趕緊投入工作，我的合夥人會殺了我……

他問清楚我的下班時間後，約我明晚一起吃飯。

"好，明晚我請你，略盡地主之誼。"我答。

近中午我才起床，胡亂梳洗一下就趕去咖啡館報到。

"妳是誰？客人不准進廚房。"Eva面無表情地說。

"別這樣啦！都道歉過了，我這不是來効犬馬之勞嗎？"

"好聽的話誰不會說？讓孕婦一天操勞11個小時，妳也不怕被雷劈！"

孕婦？誰是孕婦？看Eva點頭，我大叫一聲過去擁抱她，順便問她是男寶寶還是女寶寶？

"才三週大，看不出來，不過我希望是個男的，虎頭虎腦，嘻！那才好玩。"

興奮歸興奮，我還是想到嚴肅的問題，這個娃兒是非婚生子女，咋辦？能不能上學？

"當然能，別把中國那一套搬過來，在這裏只要能證明同居超過一段時間，很多權利還是有，譬如：撫養費、繼承遺產等。"

這倒是真的，有人還故意不結婚，這樣就能領單親媽媽的社會福利金。

“Presl知道嗎？他高興嗎？”我問起孩子的父親。

“他不太高興，因爲這個世界還未臻理想，他不想要有個孩子來受罪。哎！妳也知道，他是典型的烏托邦主義者。我可不管，再不生，我就注定一輩子沒有子嗣，所以即使他不高興，我也要把孩子生下來。”

我真佩服Eva的勇氣，既能抵擋得住風言風語與人同居，還不怕“未婚生子”，換作我，寧願單身一輩子也不想有個烙印在。

“說到單身，妳是不是把我的老同學成功變回‘單身’了？”她問。

“不知妳在說什麼？”

Eva要我別裝了，這兩天不是跟孟珈宇幽會去了嗎？除了他，還會有誰？

“的確是和他出遊去了，三人行，他的未婚妻也在。哎！說好讓我見證他們的分手之旅，結果大跌眼鏡，到現在我還搞不清楚狀況，莫名其妙的。”

“別氣餒，月下老人不是又給妳送來一個？聽說還是個大作家。”

我答沒有的事，作家把我想得太美好，不是真正的我，我怕希望越大，失望也越大……

“戀愛不都是把對方想得很美好嗎？妳就是想太多了，所以現在還單著。”

也許Eva說得對，如果睜一隻眼閉一隻眼，我和盧卡的孩子現在也滿月了。

“得，聽妳的，不想太多，如果作家要我，今年就把證給領了。”我開玩笑地說。

“不可以～”米星大喊。

第五十六章／大俠

"關妳什麼事？"Eva問。

"我……我是替葳葳著想，她應該嫁給愛情。"米星答。

"奇怪了，妳怎麼知道她不是嫁給愛情？"Eva又問。

"肯定的，葳葳愛的是'帽子王子'。"

Eva因此轉過頭來注視我。

"別問我，我不知道。"我繫上圍裙，走向成堆待洗的碗盤。

我們的咖啡館分爲早晚兩班，Eva從早上十點工作到下午六點，我則從下午一點工作到晚上九點，只有米星來去自如，她是我們的駐店占卜師，很多客人衝著她來。當然，沒占卜客人時，她也會幫忙送個咖啡或清點市場送來的貨物，算是可有可無的"打雜員"。

然而今天的占卜師兼打雜員有點兒異常，三點鐘不到（何況還有個打扮入時的中年婦女等著占卜），她卻說有事，得出去一趟。

"還回來不？"Eva問。

"不了，今天心情好，不回來了。"

敢情她是心情不好，所以天天上咖啡館報到？

米星走後，因爲客人不多，我把油煙機拆下來洗，算是對這兩天臨時請假所付的另類報酬，直到……

"葳葳，有客人叫外賣，讓我們送到總統大酒店，妳去一趟。"Eva對我說。

我邊看著擦得雪亮的油煙機邊問："不是不送了嗎？怎麼又開始做起外賣生意？"

Eva答這個客人很特別，知道我們的咖啡和糕餅特別好，願意付五倍的價錢購買，加上酒店離這裏不到五百米，我就權當健身，何樂而不爲？

想想也是，此時客人不多，能賺一元是一元，何況那是家新開不久的五星級酒店，就在伏爾塔瓦河河畔，旁邊緊臨奢侈品一條街，回來的路上我還可以"window shopping"一番。

總統大酒店的外觀有點兒老，但進去後卻眼前一亮，到處都是簇新的感覺，不僅大堂氣派亮敞，還有個鋼琴手在彈奏李察.克萊德蒙的《夢中婚禮》，甜蜜到爆。

我向前台報上名，說是給Jack送外賣。那位金髮碧眼的美女要我直接上三樓313房，Jack交待過，要外送員直接送到房內。

真是大牌！但看在五倍的價錢上，我勉爲其難地上樓。

門開了之後，我有想往回走的衝動。

“多少錢？”他問。

“一億元。”我答。

“妳家的咖啡是黃金做的？”

“没錯，就是黃金做的，咋地？”

他要我把咖啡和糕餅送進房内，一億元的收費應該包含這個服務。

好呀！跟我玩，到時給不出一億元，看我不將咖啡往他身上灑才怪！

進到房内，我看到一架老式電視機，立式的，還有個帶台階的大飄窗，上面擺了矮几及兩張座墊，很有禪味，偏偏燈是玻璃管做的，牆上還有張大型的卓別林默劇海報及用黑膠唱片做成的裝飾物，巧妙地將時尚與古典融合爲一體，真了不起！

“一億元拿來！”我將外賣放在桌上後，伸手跟他要錢。

他給了我2000克朗，恰恰是說好的五倍價錢。

“耳聾了嗎？我要的是一億元。”

“我給的是津巴布韋的貨幣轉換錢，實際上還多給了，也罷，就當小費，拿走不謝！”

我就知道會被擺一道，惡狠狠地瞪著他。

“再瞪，再瞪眼珠子就要掉出來了，”他笑了，轉而質問，“昨晚爲什麼爽約？害我苦等一個多小時。”

我答我約會去了，那個絡腮鬍作家從杭州追來，我們還在帥克餐廳吃了一頓浪漫晚餐……

“恭喜妳這麼快就有新戀情，我……明天飛回中國。”

聽到孟珈宇明天就要離開布拉格，我很震驚，一定是李玫的緣故，夜長夢多，她就想拉開我和孟珈宇的距離。

那個戴帽男人證實我的猜測，他答回去的確是爲了李玟，她和主治醫生約好再做一次CT，決定是否做開顱手術，因爲她的腦子裏長了瘤……

"哈哈！你也太容易上當了，這麼簡單的騙術也看不出來？"

"不，不是騙術，我已經跟蘇醫生通過電話，證實李玟的確病了。"

此時，我再也笑不出來。

"葳葳，"他走過來握緊我的手，"我愛妳，但現在捨棄未婚妻天理難容，妳能等我一下嗎？等我搞清楚她的病情再說。"

"你的意思是嚴重就沒有我倆什麼事，不嚴重你就要拋棄她，是嗎？"我艱難地問。

"我……不知道，請……給我時間……"

我用力推開他，說自己是老小姐了，最缺的就是時間。

"爲什麼……爲什麼妳不能跟我同進退？我不過是求妳等我一下。"

"一下是多久？你告訴我。"我嘶吼起來，"三年、五年還是十年？我有多少時間跟你耗？你知道你在要求什麼嗎？你在要求我和你一起等，等死神將李玟帶走。"

話說得太直白，空氣一下子凍住了，好半天孟珈宇才開口："妳是對的，我太自私了，我將話收回，妳不用等我，現在就可以走。"

他說得那樣平靜，我反倒覺得自己不值，好歹也該挽留我才是，我因此哭得一塌糊塗。

"別哭，是我不好。"他摸摸我的頭說。

"爲……爲什麼別人的愛情都那麼順遂，唯獨我們一波三折？"我嗚咽著，"就……就當我們有緣無份吧！"

“妳捨得嗎？”他劃去我的淚水，“我反正捨不得。”

聽他這麼一說，我心軟了，他還在乎我，不是嗎？

“告訴我，不管李玫能否痊癒，你都不會娶她。”我滿懷希望地問。

然而現實再次打了我一巴掌，看孟珈宇猶豫不決的樣子，我心如明鏡。

“呵呵！太好了，我祝你們新婚燕爾、永結同心。”我噙著淚水說。

“不是因爲孟珈宇是我的老同學，所以心向著他，老實說，他也算是有情有義之人。”Eva說。

我當然知道他不是惡人，但愛情是自私的，既然他選擇當“好人”，不惜犧牲我們的愛情，我也無話好說……

此時Presl推門進來，很精神奕奕的樣子。

“我們先走一步囉！”Eva對我嫣然一笑，“吃完飯還得聽音樂會，妳知道的，孩子需要音樂陶冶，這叫‘胎教’。”

因爲拿捏不好尺度，我没走過去恭喜Presl當爹了。

看他們兩人三口依偎著離開，我的心更加冰冷。

晚上九點，孤獨白準時來接我，旁邊多了個米星。

“大俠說想看木偶劇，讓我陪他，六點那一場。”米星說。

原來她提早離開咖啡館是找孤獨白去了，而且相識不到24小時已經幫人取了“大俠”的綽號，而孤獨白也没反對。

“不是這樣的，我們在大衛王酒店外偶遇，一起逛了街，後來行經國家木偶劇院，剛好有演出，就買票進場了。"孤獨白解釋。

布拉格的木偶劇為地方特色，傳說莫札特的第一部歌劇完成後，由於名聲不大，到處踫壁，只有布拉格的一個木偶劇團願意上演他的作品，所以他的第一部歌劇是以木偶劇的形式呈現。沒想到演出後大受歡迎，為他以後的音樂生涯奠定了基礎，布拉格從此也保留住這個傳統至今，在同樣的木偶劇場，用著同樣的道具，演出同樣的劇……

"你們看的是哪個劇目？"我問。

"唐璜。"米星搶答。

第五十七章/扯線木偶

"這齣劇說的是玩世不恭的唐璜受到許多女性們的歡迎，從純潔的鄰居少女到高貴的伯爵夫人，個個都愛上他，也因此引來很多麻煩。上帝知道後，來到人間警告他不可如此放蕩不羈，可是唐璜不聽勸，繼續周旋於女人之間，將許多家庭搞得雞犬不寧，最後被石頭人帶入地獄，身心都受到鞭笞。"孤獨白邊吃邊做戲劇介紹。

米星聽完笑得像個瘋子，她說原來如此，她還以爲唐璜周旋在一群女人中，最後卻和一個全身灰蒙蒙的男人私奔了⋯⋯

也難怪，米星的捷克語只夠問早道好，看不懂用捷克語發音的"國劇"沒啥奇怪，倒是孤獨白能看懂才在意料之外。

"看來你的捷克語挺不錯的。"我說。

"沒，來布拉格之前做過功課，免得讓人誤會是鄉巴佬！"他答。

米星緊接著表忠心："誰敢說你是鄉巴佬，我第一個站出來捍衛你！"

然後的然後，我發覺米星真的好比老佛爺身旁的小李子，把主子捧得比天還高，偏偏被捧的人非但無喜悅之情還緊皺眉頭，但米星仍自顧自地說話。

“這塔塔牛肉雖好，但哪及得上大俠書裏的叫化雞、櫻桃火腿、梅花糟鴨、荷葉冬筍湯、翡翠魚圓……來得好吃呢？”

“這自釀啤酒是不錯，但哪及得上大俠書裏的燒刀子、女兒紅、青稞酒、馬奶酒……來得好喝呢？”

“這裏的女人個個豐臀美胸，但哪及得上大俠書裏的金素素、梅萍、蘇青……來得古典婉約呢？”

“這……”

一聽到喊號，我趕緊提醒米星去取。她丟下吃到一半的生牛肉，跑向櫃台。

會來這家“肉鋪”用餐實屬偶然，就因孤獨白說很想一嚐“大口吃肉、痛快飲酒”的野趣，米星帶我們來到這家網紅店。據說吃的全是肉，隨叫隨做，而且店就開在肉鋪裏，食材保管新鮮。

該怎麼說呢？網紅店很多是被炒起來的，言過其實，但這家店中規中矩，雖没被驚豔到，但食物還算可口，尤其五花肉烤得滋滋冒油，表面雖然焦黑，但一口咬下去，濃而不膩的肉汁四散開來，軟嫩爽滑，讓人回味無窮。

“看來我閨蜜是你的頭號粉絲，請見諒。”趁米星離開，我覷了這個空告訴孤獨白。

“爲什麼又道歉？”他饒富趣味地看著我，“我發現妳把自己當成米小姐的監護人了，真是有趣。”

“什麼事情有趣？”米星捧著一塊烤得油亮亮的牛排過來，那色澤與油脂讓人看了食指大動。

我代答。

“妳的確是我媽，囉嗦得很，”她轉向孤獨白，邀功似的，“而且這個媽根本沒當好榜樣，跟兩個男人同居過，一個自殺，另一個被拋棄後含恨回德國，還好有個‘帽子王子’接收，否則就太慘了……”

如果憤怒能殺人，米星早被我千刀萬剮、血肉模糊了。

我強壓住怒火，努力做到高雅：“是呀！我這個媽當得的確不合格，而且上樑不正下樑歪，女兒搶了我前任男友不說，還懷上孩子，幸好沒留住，否則我年紀輕輕就成了別人的姥姥了。”

“畢—葳—葳—”米星立馬變臉，咬牙切齒地直呼我的名，門縫還發出“嘶、嘶、嘶、”的聲音，像極了響尾蛇。

“我吃飽了，你們慢用。”我起身。

要捨棄眼前的美食真心不容易，但我還是揚長而去，因爲太受不了女人間撕逼的醜陋相。

~

在公寓樓下遇見孟珈宇，實非我願。

“Excuse me.”我請他讓路。

“能別這麼孩子氣嗎？”

“如果我們互換角色，告訴我，你會如何‘成熟’面對？”

他抿了抿嘴，重申我對他的重要性，沒有我，生命是黑白的……

“能別這麼文藝嗎？”我問。

“好，我接地氣一點兒，沒有妳，好比老鼠沒有大米。”

"誰理你！"我睨了他一眼。

孟珈宇突然握住我的手，很掏心掏肺地說："我知道自己太優柔寡斷，那是因爲總想討好每個人，讓每件事都做到圓滿的緣故，可惜恰恰相反，妳能幫幫我嗎？沒有妳，我好像是少了GPS導航的車子，不知該何去何從。"

生平最怕人來軟的，他一示弱，不偏不倚打中我要害。

"你說怎麼幫？我能做的只是帶笑看著你離開。"

"這就是我要的，妳不開心，我也高興不起來。這樣吧！我送李玫回國治療，不管結果如何，天天向妳滙報，OK？"

看他說得那樣急切，眼睛流露出渴望的神情，我忽然想哭，過去這些日子，我是如何折磨眼前的這個男人？

"怎麼了？又哭，"他輕輕劃去我的淚水，"眼淚像自來水，真多。"

"都是你，害我哭。"

"對不起，讓妳笑其實是我最大的願望，可惜我太笨，總是讓妳哭，而且還哭得這麼美......"

本來我心鬱悶，依舊沈浸在"淒淒慘慘戚戚"之中，聽到最後卻破涕爲笑。

"好了，不哭了，"他擁住我，"讓我們好好的，不吵架。"

啊！難道這就是愛的感覺？縱使他有千千萬萬個不是，只要一句好話、一個擁抱，馬上讓我棄械投降，打從心底原諒他。

"真的會天天滙報？"我不放心一問。

"真的，"他舉手發誓，"絕對風雨無阻，要不要打勾勾？"

我說不要，好幼稚！

"愛情本來就是幼稚的，太理智就不是愛情了。"他親吻我的

髮，＂我搭明天早上的飛機，恐怕來不及見面了，所以……現在可以與妳吻別嗎？＂

我想起自己曾在查理大橋上給他一個鼓勵之吻，並且提示他下次吻我別問我，但顯然他忘了，於是我閉上眼睛……

夜幕低垂，涼風習習，我們在寂靜的街道上忘情的擁吻，那滋味……真好！

睜眼時已近中午，知道孟珈宇和李玫正在飛往北京的機上，我的心無來由地感到悲涼，他真的愛我嗎？

打開手機，發現孟珈宇給我留言了。他說昨晚的一吻勝過打嗎啡，到現在他還亢奮不已，這才發現自己已成了扯線木偶，而我就是操控的人，決定他的走向與悲歡……

他說起木偶，讓我想起孤獨白和米星，我離去後，他們兩人可好？

第五十八章/亂點鴛鴦譜

我將煎至兩面發軟的茄子放在餅皮上，再灑上切成絲的Mozzarella起司。

"誰點的？"Eva問，然後環顧四周，似乎想找出嫌疑犯。

"別看了，我點的，從早上餓到現在。"我把生披薩送進專用烤爐裏。

Eva問我是不是在減肥？餡料少得可憐，還是素的。我答沒有的事，真要減肥就不吃披薩了，任誰都知道碳水化合物的熱量很高。

"怎麼辦？才剛懷上我就嘴饞得不行，待會兒能讓我分享妳的茄子披薩嗎？"

"真不巧，今天用的是老茄子，茄鹼多，對孕婦不宜，我另外做個傳統意式口味的給妳吧！"

話剛落音，米星推門進來，說給她也來一份同樣的，香腸和起司要加量。

"先買單，本店不是救濟院。"我面無表情地說。

"會買的，少不了妳一個子兒。"她逕自走向3號桌。

Eva問我怎麼了？兩人吵架了？

"没辦法，交友不慎。"我憤恨地答。

吃飽喝足後，米星開工，我則到烘焙坊取糕點。別誤會，我可没偷懶，今天上班前我曾彎到那裏去，糕點師傅說不巧今晨臨時斷電，烤到一半的蛋糕都得作廢，這一耽擱恐怕下午兩點才能取貨。

想到冷藏櫃裏還有幾塊蛋糕片可應急，我聳聳肩答算了，今天就湊和著過吧！没想到怕什麼來什麼，米星的客人把碩果僅存的蛋糕拿走一半，好死不死，剛旅遊回來的熟客又外帶另一半，連我留著當點心的烤布蕾也不放過。爲了不讓後來的客人没甜點吃，我只好再次出馬。

當我風塵僕僕地把新鮮出爐的蛋糕帶回店裏，大氣還没喘上一口就被Eva抓到角落。

"我問妳，我的老同學是不是跟他的未婚妻回國了？"

"是的，今天一早的飛機。"

Eva說我真偉大，愛到深處無怨尤。

"不是這樣的，我相信孟珈宇心中有我，他答應了每天向我滙報，風雨無阻。"

"好吧！祝你們好運，否則半路殺出的程咬金就太可惡了。"

我問她什麼意思？

"大作家來找妳，米星很好意思地把她的占卜客人晾在一旁，自己越俎代庖，現在兩人行蹤成迷。"

"米星喜歡孤獨白我早看出來，既然不是我的菜，我樂得成人之美。"

Eva因此深看我一眼，然後說出驚心動魄的話：“親愛的，妳也老大不小了。”

“我知道，謝謝妳的提醒。”

她問我有沒有想過孟珈宇會一去不返？如果連備胎也拱手讓人，這豈不是下了個大賭注，賭自己不會終老一生，而她知道婚姻對我的意義，否則我也不會放棄Presl……

“不會的，孟珈宇不會一去不返，我們最終會在一起。”話說得很肯定，但其實心裏挺沒底。

“既然這樣，我就不杞人憂天了，反正現在剩女也多，大不了老的時候抱團取暖。”她把我手中的蛋糕盒接了過去，“蛋糕我來放，妳出門忘帶手機，都響了好幾回，趕緊查看一下，也許是小孟打來的。”

聽到也許是孟珈宇的來電，我三步併作兩步，將大衣裏的手機取出，一看，的確是國內的號，但不是原先猜想的。

“媽，我是葳葳，有事嗎？”我回撥。

沒想到母親在手機那端吞吞吐吐的，話也說得顛三倒四，我要她冷靜一下，慢慢說。

“妳爸……妳爸被車撞了，現在……在醫院，葳葳，妳能回來一趟嗎？”

聽到噩耗宛如晴天霹靂，這還用說，當然得回。

掛上電話，我趕緊上網買機票，最早的一班是晚上七點。

“怎麼會這樣？伯父要緊嗎？”Eva問。

“不知道，來不及問。”

“那麼趕緊回家打包，咖啡館交給我，妳別管。”

事到臨頭才知道誰是朋友，我謝了她，推門而出。

～

我三、兩下就打包完畢，正要出門，迎上Presl，他說載我去機場。

不用問也知道是誰下的"聖旨"。

都說大恩不言謝，但面對此情此景，加上對父親的擔憂，我淚如雨下。

" Don't worry. Everything will be fine."他安慰我，順便又問我是幾點的飛機。

我很快拭去淚水，告訴他離起飛時間不到三小時了。

Presl聽完如臨大敵，二話不說提起我的行李往外走，我尾隨其後。

～

13個小時的航程，我一路坐立不安，還偷偷掉過幾滴眼淚。鄰座的乘客以爲我有飛機恐懼症，要我深呼吸緩解緊張的壓力，爲了怕引來更多關愛的眼神，我抹去眼淚佯裝無事，天知道這得有多大的克制力呀！

跨出蕭山機場，我立馬衝向出租車招呼站。

"媽，我是葳葳，現在已經上出租車了，爸怎麼了？"一上車，我忙不疊撥打電話。

"妳爸……還好，妳慢慢來，別著急。"

母親越鎮定，我越擔心，情況恐怕不妙。

掛上手機，我要師傅開快一點兒。

～

從出租車上下來，胃裏一陣翻騰，是我要司機開快，怨不得人，還好沒出事，否則就得不償失了。

來到住院部，我很容易就查到父親的房號，住的是二人間。

"媽～"我喊了聲。

此時房門敞開著，我看到那個熟悉的背影以及頭上增多的白髮。

"噓！小聲點兒，妳爸剛睡下。"

望著床上的父親，他的臉色有些蒼白，皺紋也多了幾條。

"爸的傷怎樣了？"我小聲問。

"醫生說腿扭了。"

腿扭了？我小心掀開床尾的被子，看到右腳腳踝的確腫了，烏青烏青的，但沒打上石膏，應該沒骨折。

雖然我也關心父親，但……就爲了這個小傷把我叫回來，未免也太小題大做了吧？

我看著母親等她解釋，然而她似乎有意避開我詢問的眼神，顧左右而言他："該去打飯了，晚了就沒什麼好菜。"

我以爲打飯回病房吃，但母親說既然來了就坐下吃，不差這幾分鐘，走時外帶父親的那一份即可。

由於過度擔心，在飛機上我沒怎麼吃，現在知道父親無大礙後，胃口全開。與我相比，母親的心思顯然不在食物上，她左顧右盼，非常的心不在焉。

"怎麼，妳找人？"我問。

"沒有，隨便看看。"

說隨便看看，母親還真看到熟人，只見她很熱情地喊著："紀醫生，這裏有位，快過來。"

我看到一個身穿白大褂的醫生向我們走來。

"坐，這是我女兒，性格好又體貼，一聽說父親的腳扭了，立馬從布拉格飛回來，可孝順了。"

聽母親這麼一說，我有不祥的預感，不會吧？！

"葳葳，這位紀醫生是從美國回來的青年才俊，未婚，你們背景相似，應該很有話聊。"

背景相似？人家是出國唸書，我可是出國端盤子，能一樣嗎？而且這位醫生雖然不難看但不合我眼緣，大概書讀多了，總有點兒酸秀才的味道。

我決定不理母親那一套，故意唱反調："別聽我媽的，我就是個嫁不出去的老小姐，性格上肯定有缺陷，否則也不會單到現在。"

"葳葳，"母親沈下臉來，"別亂說話，讓紀醫生看笑話了。"

"好，我不說，都過了飯點，我這就給父親送飯去。"我站起身來。

第五十九章/心灰意冷

父親說他過馬路時被一輛摩托車撞上，小伙子很負責，堅持送他上醫院，但在聽到有腦震蕩的可能性時，一轉身便逃得無影無蹤。

"還好没事，不然還得全國找人。"我說。

"葳葳，辛苦了，害妳大老遠跑回來。"父親像個犯錯的孩子。

我要他別放心上，這是爲人子女應該做的，他們就我一個女兒，我不關心他們，誰關心？

"那個⋯⋯既然飛機票貴，回來一趟也不容易，我聽說有女明星把自己的卵子冷凍起來，要不，趁這個機會把那個也做了吧！"

什麼？我才從母親刻意安排的"午餐約會"中退出，没想到又跌入更深的一個坑，父親索性要我把後代問題也給一併解決了。

"爸，我才32歲，不是52歲，就算52歲，還有老蚌生珠的例子在呢！"我很不滿。

“當妳52歲時，我和妳媽大概墳頭長草了，妳就不能了了老人的心願？我們要的不多，就想在閉上雙眼前看到妳有個幸福的歸宿。”

哎！難道我不想？但姻緣不是想得到就會有，怎麼旁人想不明白呢？

話不投機，我決定還是先躲一下，藉口到樓下買水果。

“別光買我的，妳想吃什麼買什麼。”父親沙啞的聲音傳來。

“好。”我轉過身去，怕看到父親老態龍鍾的樣子。

我拿了蘋果、梨和哈密瓜，看到黃澄澄的芒果又大又沈，也要了兩個。

“一共121元。”老闆說。

“這麼貴？”我邊犯嘀咕邊去掏口袋裏的錢包。

“老闆，這荔枝怎麼賣？”

聽到熟悉的聲音，我轉過頭去，才兩天不見，孟珈宇的唇邊長出鬍髭，臉也泛油光，還好仍頂著小帽，不致於和印象中的他相差太多。

“葳葳，妳怎麼在這裏？”

“我父親住院了，我回來看他。”

“這麼巧，李玟也在這家醫院。”

“李玟？她家不是在北京嗎？”

孟珈宇解釋李家有棟臨西湖的別墅，加上李玟喜歡這家醫院的蘇醫生，所以……

原來有錢真的可以任性，臨湖的別墅起碼上億，不是我們這種市井小民住得起的。

"這位是？"站在孟珈宇身旁的中年婦女開口了，衣服上的黃金熊標誌很顯眼，那是專門爲打高爾夫的富有階級所製作的運動休閒品牌。

"噢！忘了介紹，這位是畢葳葳，我的……朋友。葳葳，這是我媽。"

知道對方是孟媽媽，我緊張死了："孟……孟媽媽好。"

"好，既然是朋友，你們聊，我先上去了。小孟，記得買荔枝，李玫喜歡。"

孟媽媽走後，我們兩人相對無語好一會兒。

"我媽……我媽還不知道有妳。"他解釋。

"你打算告訴她嗎？"

"我……緩緩吧！李玫今天做CT, 還在等結果。"

我有小失望，但還在承受範圍內。

"要不要跟我父母打聲招呼？"我試探性地問。

"好，那麼水果算我的，總不能兩手空空過去。"

看孟珈宇走過去付費，我感到欣慰，至少他願意去看我父母，代表他坦蕩蕩，沒把我當成見不得光的戀人。

"爸、媽，這是孟珈宇，我的……朋友。"

面對突來的客人，我的父母有些錯愕。

"看著挺眼熟，好像在哪裏見過。"母親說。

"畢媽媽，我們曾經在機場見過，我是孟凡非的兒子。"

"噢！想起來了，你們……你們……"

"我們在交往。"孟珈宇答。

聽他這麼一說，我幾乎要熱淚盈眶，這段戀情終於……終於被男主角承認了。

"葳葳，是真的？"父親還是有些懷疑。

見我點頭，父母高興壞了，說我藏得深，簡直保密到家，要不是這次把我叫回來，還不知道要隱瞞到什麼時候……

我越聽越害羞，孟珈宇也是，一副不知所措的樣子。

"葳葳回來一趟也不容易，把該辦的都辦了吧！"父親眉開眼笑地說。

"辦什麼？"孟珈宇一頭霧水。

"婚禮呀！小伙子。"母親接棒，"你們都老大不小了，年頭結婚，年底正好生孩子，趁我們兩老體力還行，可以幫忙帶。"

孟珈宇猶豫不決的神情再現，我趕緊救場："我們……我們還在彼此了解當中，婚姻是大事，急不得。"

"還不著急呀？妳都32歲了，我像妳這個年紀，妳都入小學了。"母親不苟同。

知道接下來必是無窮盡的洗腦，我轉頭問孟珈宇那部得獎的電影幾點放映？

"快了，下午四點。"他答。

"四點？"母親看了牆上掛鐘一眼，"這會兒都三點半，怕趕不上了。"

我答不會趕不上，孟珈宇有車。

果不其然父母催促我們上路，還邀我的"男友"明天上家裏吃飯。

"明天？爸的腳……"

"妳爸早可以出院，爲了等妳，我堅持留院觀察。"母親答。

我們又來到水果攤，聽說李玫愛吃荔枝，孟珈宇選了好多又圓又大的鮮紅果子，當然，其他水果也買了不少。

"我看我還是別去看她，也許她不樂意見我。"我說。

"不會的，李玫回國後性情改變很多，沒那麼張牙舞爪，妳見了就知道。"

"行呀！我們一回國，妳也屁顛屁顛地跟上，看過粘人的，可沒看過這麼粘，簡直是塊橡皮糖，甩都甩不掉。"李玫損人的功力還在，殺得我遍體鱗傷。

"看來妳的病不嚴重，至少腦子清楚、口齒伶俐，一時半會兒還死不了。"

"別那麼猴急，我早晚上西天，到時把小孟給妳。"

我要她別老說給呀給的，孟珈宇不是物品，可以給來給去。

"小孟，"李玫轉向我們爭論的男人，"還不快教育教育你的女人，讓她懂得先來後到的大道理。"

孟珈宇又一副左右爲難的樣子，讓人看了難受。

"不說了，我撤，再待下去會短命。"

我正想轉身離去，孟媽媽適時開門進來："呦！這不是小孟的朋友？也來看李玫？"

沒想到李玫當場拆穿謊言，直指我不是小孟的普通朋友，而是女朋友，我們兩人正在交往……

“小孟的女朋友？”孟媽媽凌厲的眼光打在我身上，“什麼時候的事？”

“怕有好幾個月了，女的年紀不小，在布拉格開咖啡館。”

生平第一次被人這麼公開地評頭論足，完全當我不在場。

“孟媽媽，我和小孟的確不是普通朋友，但我非小三，一開始並不知道他有未婚妻。”我趕緊聲明。

“那好，現在知道了，妳打算怎麼辦？”孟媽媽問。

“我……我想這個問題應該問您兒子。”我把棘手問題甩給小孟，希望他來表表態。

還好孟珈宇這次沒有左右搖擺，他表示終於找到想共度一生的人，希望母親成全。

“傻小子，你未婚妻還在，講的什麼蠢話？”孟媽媽一臉寒霜，我的心不禁往下沈。

那個躺在病床上的刺猬反倒開口圓場：“没事，畢葳葳是我看上的，她一定會對小孟好。”

本來我挺受不了李玫的反反覆覆，但即時雨來得正好，至少表面上看起來三比一，我佔優勢。

“妳看看妳，都病成這樣還委屈自己，不管怎樣，我心目中的兒媳婦只有一個，他人休想趁虛而入！”

說完，孟媽媽坐下來背對我，一副拒絕交談的模樣。

我心灰意冷地走出病房，儘管孟珈宇說著好話，我仍樂觀不起來。

“很明顯我成了不受歡迎的人，何必再自取其辱呢？我們……我們就此散了吧！”

“葳葳，快別這麼說，妳若放棄，我怎麼辦？”

看孟珈宇一臉哀傷，我心軟了，問他會不會爲我而戰？

"會，肯定會，妳不也看出李玫支持我們？再堅持一下，事情會有轉機的。"

會嗎？我完全沒把握。

第六十章/突發事件

相較於我的不受待見，父母對孟珈宇的喜愛溢於言表。

"吃，別客氣，葳葳的媽一大早就上農貿市場買帶皮五花肉，香味惹得隔壁鄰居家的狗汪汪汪地叫了一下午。"父親說。

小孟聽話地咬下一口色澤油亮的紅燒肉後，不忘大加讚揚母親的廚藝了得。

"來，給你一塊熏魚吃，"母親夾了一塊外焦裏嫩的魚塊到他碗裏，"杭州熏魚用的是鯉魚，和上海不一樣，怕你吃不慣，我特地用草魚做。"

孟珈宇照例吃人的嘴軟，卻引來我的不滿，說父母偏心，自己的孩子不疼反疼外人。

"很快就不是外人了，"母親轉向那個被五百燭光打中的男人，"小孟呀！我查過黃曆，這個月及下個月都適合嫁娶，你看是不是找個機會讓雙方家長坐下來商討一下？我們家的親戚不少，婚禮就在杭州辦一場，北京再辦一場，五星級酒店的宴會廳不好訂，還是盡早……"

"媽，小心把人給嚇跑了，哪有這麼心急火燎的？好像常年的存貨等出清。"

母親想再多說什麼，被父親制止："那麼多年都等了，不急在一時半會兒，孩子有孩子的想法，還是別介入太多。"

我感激父親的體貼，沒想到他接著說："小伙子，我把我家葳葳交給你，辦酒席的事可以緩緩，你倆先去領證，我看明天合適，反正戶口本在……"

"對不起。"走出家門，我趕緊道歉。

"沒事，父母總是擔心孩子的婚事，這可以理解。"

雖然我不高興父母的過度催促，但孟珈宇態度上的不冷不熱著實讓我七上八下，把人懸在半空中的感覺並不好受。

走到巷子口，孟珈宇要我進屋去，他打車回西湖，很快的。

"西湖？你住在李玫家？"

"是的，不只我，李玫的父母也在。"

聽說李玫的父母是位高權重的政府官員，日理萬機的人也有空來此？

孟珈宇答他們就一個女兒，還有什麼比陪伴來日不多的女兒更重要的？

"這麼說CT結果不理想，連手術也做不了？"我問。

見小孟不言語，我心裏有譜了，要他在這段時間多陪伴未婚妻，我不再出現。

"謝謝妳的理解與大度，等我，我會回來找妳。"他說。

啊！我多麼不想放他走，但我不能，和病入膏肓的人搶奪，天地不容，除了看他遠去，我沒有別的選擇。

~

既然父親的傷情不嚴重，我上網買飛回布拉格的機票，就訂在下週末。

"那小子是怎麼回事？你們還約著見面不？妳這一走，到嘴的鴨子豈不飛了？"母親問，非常憂心忡忡。

"都是你們啦！把人嚇跑了。"

"真的？"父親一副不肯相信的樣子，"他也太小肚雞腸了，就爲了這麼點兒事跑了？他對妳到底是不是真心的？"

我答有錢公子都這樣，對女人始亂終棄早已是家常便飯的事。

"太可惡了！虧我們待他這麼好，如此捉弄人實在有失厚道！"父親氣得握緊拳頭，"不行，這種人就該受點兒教訓，否則不知還有多少無辜的女性受害。"

我趕緊滅火："他沒你們想的這麼壞，反正我們也沒認識很久，談不上損失，你們可別興師問罪去，那會鬧笑話的。"

誰知我的胡謅已經埋下闖禍的種子，並且以跑百米的速度發酵起來，我才上美髮院剪個頭髮，又在書店磨蹭兩小時，轉身就在快餐店的14吋電視上看到父母，他們在HD集團設在杭州的分部門口前拉起橫幅，標語寫著：**始亂終棄是罪惡，無辜女性請繞路。**

我用力閉上雙眼，再張眼時父親正對著鏡頭侃侃而談，身後還有一群大爺大媽搖旗吶喊，我認出是父親的多年棋友及母親的廣場舞姐妹。

"完了完了，毀了毀了，叫我如何做人？"我扔下吃到一半的飯菜奪門而出。

還沒到家就接到孟珈宇的來電。

"對不起，我真不知道事情會演變成這樣，你等等，我很快就到家，等我了解情況，一定給你一個說法。"我邊跑邊說。

"葳葳，小心點兒，我父母估計快到妳家了。"

說時遲那時快，一輛寶馬轎車從我身旁呼嘯而過，並在前方路口右轉，完了，肯定是孟氏夫婦，我家那條巷子沒人開寶馬。

我向孟珈宇求助，問他該不該回家當炮灰？

"別回去，我們找個地方喝茶。"

"還喝？我都害怕死了。"

"就是害怕才要喝茶冷靜，妳到香妃茶室等我一下。"

香妃茶室是個小四合院，中間有個天井，佈置成小橋流水。大堂很寬敞，入門一側還放置了一把古琴，每月十五會請專業的琴師來演奏，包廂也別具特色，每個房間的格局都不一樣，看得出設計師的巧思。

坐下後，我們要了龍井，茶的味道濃郁，香氣四溢，附贈的四款茶食（瓜子、花生、肉脯、冬瓜糖）也很給力。

"千錯萬錯都是我的錯，我不該亂說話，對不起！"我的頭低得不能再低。

"其實……這樣也好，總得有人戳破那層窗戶紙。"他替我倒茶水，"沒事，既來之則安之，除了生死，其他都是小事。"

在很多人眼裏，孟珈宇也許不夠完美，但有一點我還是挺欣賞的，他的個性溫和，既不會給人亂扣帽子也不會落井下石，算是謙謙君子。

"本來你母親就不喜歡我，現在更有理由討厭我及我的家人，我該怎麼辦？真希望時光能倒流12個小時，我肯定不亂說話。"

"葳葳，"他握緊我的手，"別煩惱，兵來將擋，水來土掩，無論如何我都會站在妳這邊。"

有了孟珈宇的安慰與支持，我終於不再像隻無頭蒼蠅，並且在茶過五味後還有閒情逸致跟他討論最近很火的一本書《北京折疊》。

"我了不起就處在第二空間，不像你，在人人稱羨的第一空間，照書上說的，我們是兩類人，再怎麼著也無法相見。"我說。

"錯，妳忘了三個空間每48小時輪換一次，也許我到妳的空間來，也許妳到我的空間去，相見是早晚的事。"

我說他不會高興到我的空間來，這個空間太擁擠，每天得很努力才能探出頭呼吸一口新鮮空氣……

"那麼只好妳到我的空間來，我會留出一個好位置給妳，讓妳愛怎麼吸氣就怎麼吸。"

啊！我不敢奢望每48小時的空間輪換能讓我從第二空間上升至第一空間，卻非常希望48小時後能獲得孟家的諒解，畢竟事情鬧得這麼大（還是無中生有的醜聞），任誰都會怒髮衝冠、大發雷霆。

我没想到父親會氣得腦溢血，被緊急送到急救室。

"媽，怎麼回事？爸……"

"還問為什麼？妳在國外與人同居，還介入孟家少爺與未婚妻的感情裏，活生生將兩人拆散，妳讓我們兩個老人的面子往哪裏擺？家醜呀！還有勞別人告訴我們妳在國外的私生活有多紊亂，連我都羞愧得想一死百了，嗚嗚嗚……"

突來的局面讓我一時無所適從，什麼時候我的隱私完全攤在陽光下讓人評頭論足？

"媽，不是這樣的，婚前同居其實……其實很普遍，何況我和盧醫生只同居很短的時間，至於拆散別人的感情……剛開始我不知道孟珈宇有未婚妻。"

母親氣得打我兩下："還好意思說？我和妳父親還當妳是處女，没想到……家門不幸，家門不幸啊！"

母親就在急救室外又哭又鬧，我安慰她不是，不安慰她也不是，只好閉上眼睛捂住雙耳，當一隻把頭埋入土裏的鴕鳥，期待怨懟聲能漸行漸遠……

第六十一章/愚人節

四個小時後醫生走出急救室，他說父親的腦溢血是由於情緒激動導致血壓升高所引起，還好手術成功，但術後得留意有無後遺症，同時保持情緒的平穩，若再重蹈覆轍就不妙了，全身癱瘓乃至死亡都有可能。

謝過醫生後，母親叮囑我待會兒見父親時少說話，看她的眼色行事。

在觀察室裏，戴著氧氣罩的父親呼吸動作很大，我以爲他就要喘不過氣來。

"爸，您怎麼了？是不是呼吸困難？我去叫醫生過來。"

父親突然用力抓住我的手，然後在我的手心上寫字，看見"走"這個字，我驟然心碎，最愛我的父親竟要我走。

"妳還是出去轉轉，萬一妳父親的血壓再升高就完了。"連母親也催促我走。

我心灰意冷地坐在觀察室外的座椅上，感嘆不過一天的工夫就從天上掉入地獄，也沒那個誰了。

∽

天色漸亮後，我決定還是出外買早餐，父親能不能進食我不知道，但母親肯定得吃，才一個晚上她就瞬間老了十歲，再這麼下去會生病的。

等我拎著從城隍牌樓巷買來的鹹豆漿和燒餅油條走進觀察室時，才發現父親已轉入普通病房，並且沈沈入睡，母親示意我到病房外說話。

我把早餐攤在冰涼的座椅上，把豆漿的杯蓋打開，再遞上尚有餘溫的燒餅油條。

“別以爲給我好吃的就會原諒妳，妳……太令人失望了。”

見母親又要掉淚，我只好還原真相。

“葳葳，這樣妳太虧了，萬一那個女的再多活個幾年，妳都四十了，誰還會娶四十歲的老姑娘？”

我答果真如此，那也是命，女人不一定要結婚，若結婚，對象必須是自己喜歡的……

“妳是喜歡他，但他有沒有同樣喜歡妳那麼多？還有，孟家對咱家是一百個不滿意，那種嫌棄的眼神十公里外都能感覺到，妳確定吃得下這口飯？”

没錯，未來公婆是不喜歡我，但了不起我和孟珈宇可以躲到國外去，鞭長莫及，他父母也奈何不了我們。

母親搖頭說我把事情想得過於美好，能在短時間內扒出我隱私的人絕不簡單，想逃？逃得了和尚跑不了廟，即使孫悟空也難逃如來佛的掌心。

“媽，我是成年人了，你和爸就別管那麼多了。”

“哎！別人家的女兒都早早結婚生子，不像妳，到現在還不能讓人省心。”

我佯裝没聽見，默默吃著早餐。

～

母親要我吃過早餐到醫院前台付費，我照辦，等收據的時間，我看到電視正播報財經新聞，HD集團因昨天下午的拉橫幅抗議事件，股票今早一開盤就下跌3%，賬面損失達兩億多元，總裁孟凡非不得不召開緊急會議……

"就爲了這點兒小事，至於嗎？也太小題大做了吧？！"我邊看邊想。

一個同時觀看電視且"唯恐天下不亂"的護士開口了："要我說，整起事件就是個大烏龍，有錢公子怎麼會看上灰姑娘？搞不好那老人就是個踫瓷的，想白拿一筆封口費。"

收我錢的出納很尷尬地看我一眼，然後要她別說了，電視上的老人正在本醫院接受治療，應該不是踫瓷的……

沒想到那名護士一根筋，沒聽出話中話，聲稱大爺若不是踫瓷的，那麼就是女兒十三點，把逢場作戲當真了……

"說夠了沒？"我終於按耐不住，"妳是人家肚裏的蛔蟲嗎？有那個時間何不多看書充實內涵？整天八卦也不嫌累！"

說完，我揚長而去，還能感覺背後射來的異樣眼光扎得我千瘡百孔。

～

還沒走回病房就接到孟珈宇的來電，他約我在醫院附近的咖啡廳談話。

"HD集團今早一開盤股價就直線下落，估計閉市前會提早跌停，如果真是那樣，單日的損失就太慘重了，我父親急得像熱鍋上的螞蟻。"孟珈宇一坐下就開誠佈公。

除了抱歉，我不知自己還能做什麼？

"我父親想見妳。"他說。

"見我？爲什麼？"

孟珈宇答他不清楚，如果我不願意，他不勉強，根據他的判斷，我還是盡快出國遠離是非要緊。

"不，我不能把爛攤子留給你，何況……何況我父親住院了，我一時走不開。"

"住院了？爲什麼？難道因爲我父母說了什麼？"

我表示父親入院的最主要原因還是因爲我，我太令他們失望了……

"嘟……嘟嘟……"突來的鈴聲大作，我看見孟珈宇對著手機一副唯唯諾諾的樣子。

談話結束後，我問他是誰的來電？

"我父親，他說……"

"走吧！"我站起身，"該面對的終究要面對，是福是禍都得承受。"

孟爸爸比報章雜誌上看到的更挺拔些，嚴肅的表情讓人望而生畏。

"妳就是畢葳葳？坐。"他請我在辦公室的小會客廳坐下，"今天事多，恕我單刀直入，我已請律師寫好聲明稿，妳只要負責簽名即可。"

我看著遞過來的A4紙感到納悶，這是什麼狀況？待我讀完洋洋灑灑的五百字官方說法後，徹底傻眼。

"我……我可以聲明這是誤會一場，但要我承認自己有精神疾病是不是……是不是太過份了？"我氣得話都說不利索。

"只有這個說法最容易被原諒，誰會跟一個無行爲能力的人較真？我這麼做是爲妳好，萬一記者一深挖，妳將無所遁形，包括逼死前男友及與人同居等內幕。」

不等我反擊，孟珈宇搶先一步：「這個聲明葳葳不能做，一旦做了，我豈不是和精神病患成親？」

孟爸爸很憤怒，拍打桌面的聲音震耳欲聾：「說什麼傻話？你的妻子是李玫，人即使沒了也得冥婚，那些動不動就拉橫幅抗議的都是一些亂七八糟的人，我們孟家絕不可能敞開雙手歡迎。」

我趕緊把罪過一肩擔起，承認自己說錯話帶來了傷害，但不承認自己的家亂七八糟，該有的禮義廉恥還是有的。

「畢小姐，我真不好打擊妳，但凡有羞恥心的人是不會趁人病危奪人所愛，相信妳也有此共識。」

「爸，這不關葳葳的事，是我愛上她，讓她承受不該承受的痛苦。」

然而孟爸爸拒絕接受兒子的說法，仍一口咬定是我在興風作浪，把好好的家及公司搞得烏煙瘴氣。

「那沒什麼好說的，我走就是。」我起身。

「妳不能走，」孟爸爸毫不留情面，「妳走了，孟家的損失誰來負責？」

我想了想，禍是自己闖的，總得幫著解決。

「我會自己擬聲明稿，今晚發到小孟郵箱。」我答。

爲了這個聲明，我絞盡腦汁，該怎麼表達才能把傷害降到最低呢？

我想起和孟珈宇會面時的陰錯陽差以及爲了一償夙願在查理大橋上尋找女性接吻的荒謬之事，不禁莞爾，遂提筆寫下深情告白。沒錯，誠實爲上策，與其遮遮掩掩倒不如大方承認正在談戀愛，我愛他，他愛我，如此而已。

在午夜到來前，我終於按下發送鍵。

我被突來的鈴聲給吵醒。

"畢小姐嗎？我是ZH日報的記者，聽說妳有幻想症，妳父親不知道嗎？如果知道還去人家的辦公處抗議，居心叵測呀！"

我嚇得掛上手機，這是什麼跟什麼？我在做夢還是出現幻聽？

沒幾秒鐘又有電話打進來，這次是電視台想和我做午間新聞的聯線採訪。

"你們想知道什麼？"

"HD的股價已經止跌回升，我們想知道妳是否被迫做聲明？背後有沒有利益交換？這是不是一場炒作？"

我問什麼聲明？

"妳不是聲明自己有幻想症，很抱歉給HD集團帶來困擾嗎？難道那聲明是假的？"

"是……是假的，不……不是假的，我……我反正不清楚，別問我。"我慌忙掛斷。

當第三通電話鈴聲響起，我索性關機。

"這不是真的，肯定在夢裏，"我拍打自己的臉頰，"畢葳葳，快點醒過來！"

"葳葳，"母親適時開門進來，"我做了妳愛吃的雞蛋灌餅，快起床趁熱吃！"

我沒頭沒腦地問她："人有可能在夢中而不自知嗎？"

"妳怎麼了？"母親撫摸我額頭，"沒發燒吧？！"

我能感覺母親掌心傳來的溫度，這麼說剛剛發生的一切都是真的？我趕緊重啟手機。

"妳打給誰？"母親問。

我打給誰？當然是孟珈宇。我要質問他爲什麼自己又成了精神病患？這是愚人節開的玩笑嗎？

"抱歉，您撥打的電話暫時無法接通，請稍後再撥。"

媽的！就非得讓我上門不可？

掛上電話，我衝進洗澡間梳洗，不理會母親的頻頻問話。

第六十二章/隨風而逝

李家別墅位於中國美院附近，灰牆青瓦，對面就是西湖，走幾步路就到錢王祠，地段無可挑剔。

我按下對講機，沒多久，一個梳著巴巴頭的上海阿姨來開門，白衫黑褲，很幹練的樣子。

進得門內，有一參天古樹，枝幹虯曲蒼勁，纏滿了歲月的皺紋。就在樹陰掩映中，一座兩層三開間的西式別墅赫然入目，有木格門窗、羅馬柱、老虎窗等，十足的洋氣。

屋內很幽暗，上海阿姨要我跟隨她上二樓，經過長長的走廊，終於看到擦得發亮的實木樓梯，興許年代久遠，走起來還嘎嘎作響。

"妳來了，"李玫指著一把民國時期的歐式洋椅示意我坐，"小孟不在，幫我到醫院取嗎啡，我現在時不時得來上幾針，否則分分鐘都是一種凌遲。"

不知是不是病情加重的緣故，李玫看起來不僅面黃肌瘦還有黑眼圈，雖然灑上濃郁的香水，但身上還是有去不掉的酸臭味。

"妳的氣色不錯。"我說。

她冷哼一聲，要我別說客套話，她現在連鏡子都不想照，誰看誰討厭！

"出去走走會好些，別老在家待著，即使健康的人也會生病。"我說。

她說腦瘤患者畏光，而且痛起來呼爹喊娘的，她可不想讓路人誤會自己是個瘋子。

"抱歉！我真不知道，打過嗎啡還疼嗎？"

"會好些，但副作用就是嗜睡，我現在和澳洲的樹袋熊差不多，一天睡足18個小時。"

說完，我們同時聽到有人上樓的聲音。

"嗎啡取回來了，"孟珈宇看到我在場，有些吃驚，但很快恢復正常，"醫生提醒我得留意使用的頻率，否則後期就不管用了。"

"後期？我現在離死亡就一個手指頭的距離，還談什麼後期？快，給我來一針。"她捲起衣袖，我看到手臂上有無數個針孔。

扎完針，李玫說想睡覺，要小孟把窗簾拉上。

李家餐廳很有老上海的味道，歐式吊燈自上而下垂墜，黑白舊照訴說著歲月的痕跡，紫檀的桌椅、高雅的餐具以及空氣中彌漫的花露水味道，處處體現著復古與歐陸風情交織的濃密色彩。

上海阿姨端來了一壺茶及幾樣吃食，有糖桂花、酥油餅及麻球。

"聽說HD的股價開始回升了。"我說。

他雲淡風輕地答不清楚。

"真不清楚還是假不清楚？我都成了全國的笑話，你會不清楚？"

"葳葳，"他抓住我的手，被我甩掉，"爲了家裏的事讓股東大出血，怎麼都說不過去，我父親這麼做也是被逼無奈。"

"意思是你也默認了？"我憤而將油酥餅往下一摜，"先斬後奏也不怕我在媒體前揭發？"

孟珈宇痛苦地反問我該怎麼做？他聽我的。

這時候聽我的？說得倒好，大勢已定，我若對著幹只會引來更多看熱鬧的人，而本來不喜歡我的孟家也有充份的理由將我視爲敵人。

孟珈宇再次雲淡風輕，他安慰我別在乎別人的想法，只要他清楚我的爲人就行……

"呵呵！人生在世還有個東西叫顏面，如果我不表明立場就是承認自己的腦子有問題，我父母那邊該如何交待？他們會成爲鄰里間的笑柄。"

"我們孟家早已成爲全國的笑柄，這難道不是拜妳父母所賜？我們不過是重新回到原點，將傷害降到最低。相信我，你們畢家的隱忍最終會有回報。"

我很失望，原以爲孟珈宇會爲我做些什麼，沒想到什麼都沒做，而是說服我接受莫須有的罪名。

"好，如果這是你想要的結果，我滿足你。"我起身，"祝HD的股價今日爆漲，讓股東們個個眉開眼笑。"

"葳葳，妳聽我說……"他過來阻止我離去，此時手機鈴聲響起。

我接聽，是某家晚報的記者，他問我那份聲明是否屬實？有什麼要補充的？

“屬實。過去幾個月我一直幻想自己收獲了一份真摯的愛情，但幻想歸幻想，它並不真實存在，我很抱歉給孟家帶來困擾。近期我將出國治療心理疾病，請別再打來，也別打擾我的家人，謝謝！”

掛上手機，我對著曾經的愛人流淚，他上前一步想擁抱我，被我一把推開。

“祝你幸福！”說完，我頭也不回地走了。

父母問我報上及電視上說的“聲明”是怎麼回事？

我答就是這麼回事，自己32歲還沒男人，腦子多少有毛病，得治，還好再過幾天就出國，流言蜚語也會跟著消停……

“葳葳，妳是回來給我們添堵的嗎？”母親又氣得打我兩下，“不對，小伙子明明說和妳正在交往，這個我和妳爸絕對沒聽錯。”

“那個……也許當初他的腦子不清楚，反正……反正一切都結束了，你們就當什麼都沒發生過。”

母親還想說什麼，我表示如果再糾著這個話題不放，自己立馬打包離開，他們才噤口。

我躺在床上悼念我逝去的愛情，忽然聽到有東西擊打窗戶的聲音。我轉過頭去，赫然發現玻璃窗上血跡斑斑，嚇得我趕緊跳起察看，還好那不是血液。

“下來，我有話跟妳說。”頭戴紳士帽的孟珈宇仰頭對我喊，手裏拿著小蕃茄，應該是從樓下水果店買來的。

我對他比了個刎頸的動作（意思要他下地獄去），沒想到他又賞了我幾顆小蕃茄，我趕緊將窗戶拉上，避免一場可能的災難。

幾分鐘過去，終於不再聽到乒乒乓乓的聲音，我猜想他大概彈盡援絕，如果不是去補給，就是鎩羽而歸，沒想到隨之而來的是咒罵聲響起。

"你還有臉上我們家？葳葳受的苦還不夠多嗎？出去！別讓我們再看到你！"母親撕心裂肺地喊。

父親雖然行動不便，但也舉起柺杖直指孟珈宇："小赤佬，滾！"

怕父親的血壓再次升高，我跑向那個呆若木雞的男人，硬拉著他往外走，背後還傳來母親的呼喊聲："葳葳，妳去哪兒？快回來！"

我們跑了三個路口，直到確定母親沒追來才停下腳步。

"妳父母生起氣來挺嚇人的，我都不知該說什麼好，腦裏一片空白。"他說，一副很無辜的樣子。

我推他一把："你來做什麼？你不應該來的，這叫自做自受。"

"誰讓妳不下來，妳下來就沒後面什麼事了。"

呃！反倒是我的錯？我要他有事快說，說完我回去了。

"李玫想見妳。"他說。

"今早才見過，怎麼……"

"她知道妳很生氣地離開後，要我一定得將妳追回，若沒追回，今晚我連睡覺的地兒都沒有。"

原來他是為了謀遮風避雨的地方才來找我，有這麼說話的嗎？

"三星級酒店一、兩百元有一晚，你若沒錢，我給。"

“葳葳，我不是這個意思，妳知道的。”

他又重申自己嘴笨，不會說好聽的話，但愛我的心不變，一直都在⋯⋯

換作從前，我會替他也替自己找藉口，但現在⋯⋯興許我累了，也或許是驟然覺醒，一個在關鍵時刻無法保護我，只是一昧要求我忍讓的人，他的愛有多少？

“星期六早上我飛布拉格，在那之前的任何一天，我們可以上民政局領證，領完證，我們一起飛布拉格。你若想留下來照顧李玫也行，無論如何，先領證再說。”我平靜地說。

“我父母那邊⋯⋯”

“那是你的工作，就這樣，拜！”

這次孟珈宇沒有跟來，我知道他骨子裏的優柔寡斷又在作祟，放他一人去思考。

沒想到放狠招的結果換來對方的無作爲，直到辦好值機，那人依舊一通電話也沒有。

哈！竟然是這種結局？我在機場哭得肝腸寸斷。

“沒事，若真不想回去就留下來陪我們，杭州是個大城市，工作隨便找找就有。”母親誤以爲我的傷心是因爲離別依依，撫著我的後背安慰我。

“不，妳不懂，我哭不是因爲這個。”我離開母親的懷抱，“我走了，妳和爸多保重！”

飛機起飛後，我果斷將自己的愛恨情仇揉成一團扔向機外，讓它隨風而逝⋯⋯隨風而逝⋯⋯

第六十三章/煙花

我意興闌珊地回到布拉格的家，連Eva的問話都懶得回，草草洗過澡便上床，牙都忘了刷。

隔天起床已近中午，屋內靜悄悄的，連屋外自行車經過的聲音都能聽得一清二楚。

我把Presl的穀物拿來當早午餐吃，又因"偷吃"心懷愧疚，把屋子上下打掃得窗明几淨，當Presl進門時，眼睛張得老大，以爲走錯門了。

" Tea or coffee?"我問他要茶或咖啡。

他答茶，於是我把從杭州帶回來的西湖龍井拿出來與他分享,他大讚這是他喝過最好的茶葉。

西湖龍井以"色綠、香郁、味甘、形美"聞名，素有"綠茶皇后"的美稱，難怪Presl會驚爲天人。

" Is your daddy ok?"他問起我父親。

我謝謝他的關心，順便問起Eva的近況。

Presl答她的狀況越來越不好，嘔吐得厲害，脾氣也變得捉摸不定。

我要他多體諒孕婦，誰懷著個肉球會舒服？她現在有妊娠反應很正常，到了中後期會好些……

我們談得興起，Eva忽然開門進來，手裏拿著一根法棍，時間剛過六點。

"妳終於回歸正常了，"她將法棍丟進烤箱裏，"昨晚看妳一臉大便。"

剛要Presl體諒孕婦，現在面對Eva的"口不擇言"，我也只好佯裝沒聽見，轉而問她吃的是晚餐還是下午茶？

"我現在只吃得下無味的麵包，如果妳想炒菜，請回咖啡館，這個家不允許有油煙味。"

"那麼妳整天待在咖啡館吸得又是什麼？難不成是花香？"

"我雇了個臨時工，只要一開伙，我就到外面走走，還好現在天氣回暖了。"

臨時工？我問她哪來的錢？

"難道妳打算讓孕婦每天工作11個小時？"她雙手叉腰，一副山雨欲來之勢，"虧妳說得出口！"

"我不是這個意思，別誤會，這樣吧！臨時工的工錢我來付，還有，既然我回來了，就不再需要臨時工，咖啡館的利潤不高，我們付不起這方面的開銷。"

"那好，妳現在去辭了他，順便用那裏的爐灶解決民生問題，我再也禁不起嘔吐。"

我答遵命，然後轉頭問Presl想吃什麼，我煮好帶回來給他。

他答不用麻煩，晚餐他向來以沙拉取代，既健康又低熱量。

難怪Presl看著越來越瘦，我還以爲他患病了呢！

入夜後，老城廣場上的遊客依舊如織，人聲鼎沸，好不熱鬧！

我推開Sicily Café的店門，看到廚房有兩個忙碌的影子，一男一女。

"回來了，伯父可好？"米星問。

"很好，所以我回來了。"我看了一眼正在煎培根的壯實背影，低聲問，"他怎麼在這裏？臨時工呢？"

米星聽了樂開花，轉身問："喂！老闆問你這個臨時工怎麼在這裏？"

"沒辦法，守株待兔唄！"他把煎好的培根放進漢堡包裏。

"你忘了放洋蔥。"我提醒他。

孤獨白答他沒忘，顧客說了不要洋蔥。

我接過他遞過來的漢堡包，問他幾號桌？

"小三點的。"

我翻了個大白眼，這是考驗我的智商嗎？

由於天氣回暖，不僅遊客增多，本地人也紛紛出籠，連我們的小咖啡館此時也座無虛席。

我快速掃描一下，有孩子和老人的跳過，專挑情侶，二人座上有兩桌可疑的，靠窗那桌的女人像做了多年的家庭主婦，身上的衣服灰撲撲的，除了唇邊的痣還顯風情，全身上下毫無亮點；另一桌的女人塗了紅色指甲油，腳上的細根高跟鞋能踩死沒穿鞋的人。

想當然爾，我把食物端給那位"千嬌百媚"，沒想到她擺手，表示不是她點的。

"不會吧？"我心想，然後轉身把盤子遞給"不施粉黛"。

“ Dekuju.”她對我微笑並道謝。

回到廚房，我怒問孤獨白爲什麼耍我？

“ 誰說小三一定長得像狐狸精？男人找小三洩慾的有，但更重的是精神層面。”

“ 這麼說，是人家親口告訴你是三兒，男人找她是爲了撫慰心靈？”我問。

“ 妳過來，”他拉我過去，“ 看到没？男的戴婚戒，女的没戴，還有，看他們的眼神，誰結婚後還會想把對方吞下肚？”

聽他這麼一解釋，有點兒意思，那對男女的確像不倫之戀。

“ 別被騙了，那女的是我的占卜客人，問過和這個已婚男的結局。”米星捅破窗戶紙。

孤獨白尷尬一笑，轉對她說：“ 嘿！妳就不能假裝不知道？”

“ 不能，你想在葳葳面前大秀自己的超凡觀察力，我看了不爽。”

我要他們別爭了，我對別人的感情不感興趣。

“ 我也是。”孤獨白說，“ 我對自己的感情比較感興趣。”

“ Me too.”米星附合。

没想到下一秒，我們的大作家對我說：“ 葳葳，我愛妳，嫁給我吧！”。

如果“求婚”的場景再浪漫些，譬如鮮花、氣球、蠟燭......等，也許我會被唬住，但孤獨白選在我的工作場所，周圍環境再尋常不過，我認定這絕對是玩笑話，雖然今天不是愚人節。

“ 如果今晚午夜前你能在查理大橋放足999發煙花，我就嫁給你。”我說。

在歐洲，除了節日或特定活動，一般禁止燃放煙花，群衆私下買來放更是少之又少，因爲煙花價貴，還得雇用專門的技術人員及買保險，更別說事先得拿到許可證，這不是幾個小時能搞定的事，我的答覆無疑間接拒絕他。

"好，妳說的。"孤獨白決絕地脫下圍裙，大踏步而去。

米星氣急敗壞："這下子妳高興了吧？！如果……我跟妳絕交！"

話一說完，她奪門而出。

"什麼跟什麼嘛！玩笑話也聽不出來？"我納悶極了。

孤獨白和米星走後，我累慘了，本來是上門找吃的，東西沒吃上，反倒忙得不可開交，把食物上錯不說，還少找錢，客人紛紛怨聲載道，我則徒呼負負。

當最後一位客人踏出店外，我把冷藏室裏的三明治拿出來啃，連咖啡都懶得泡，直接喝水龍頭裏的水。

"今晚誰再讓我做事，我跟誰急！"我憤恨地想著。

回家後，Eva問我今晚吃了什麼好料？我答大龍蝦和神戶牛排。

"我們店裏有這兩樣東西嗎？"她一臉茫然。

"有，我剛吃了。"

在Eva進一步細問前，我躲回房裏去。今晚受夠了，我需要一個熱水澡及一張舒服的床。

我被突來的轟炸聲給吵醒，以爲發生了恐怖襲擊。

“葳葳，”Eva敲我房門，“睡了嗎？没睡就出來看煙花，漂亮極了！”

我立馬跳起衝出房外。

遠處的煙花像一顆顆閃閃發光的小星星，曼妙地開出一朵朵淺黃、銀白、翠綠、淡紫、清藍、粉紅的花，夜空頓時變得光彩奪目、美不勝收。

“怎麼會有煙花？”我喃喃自語，心裏怕得要死。

“不知道，連Presl都覺得奇怪，今天不是節日，怎麼就燃放了？布拉格上回放煙花還是元旦的時候。”她答。

我吞了好幾口口水，然後掏出手機，卻不知該不該打給那個一根筋的男人。

第六十四章/未婚夫

煙花的轟炸聲沒有持續多久就戛然而止，前後不到三分鐘。

" 没啦？"Eva很失望，" 我還以爲會像元旦一樣，炸到耳朵嗡嗡作響。"

" 煙花很貴的。"我喃喃道。

Eva笑得花枝亂顫，她問我何時開始替市政府省錢？該發個"好市民"的獎章給我。

我不是替市政府省錢，而是……那個一根筋的男人恐怕要大失血了。

~

由於Eva是孕婦，我和她對調上班時間，意即早十晚六，還因她聞不得油煙味，晚餐提供給客人的菜單只剩湯、沙拉及麵包可選。

隔天我準時上咖啡館報到，開門沒多久，一群爺爺奶奶便前呼後擁而來，通過肢體語言，我知道他們在討論昨晚的煙花。

雖然心裏有猜測人選，但不到"鐵證如山"的時刻，我不願相信放煙花的人會是孤獨白。

"應該不是他，我說了放足999發，昨晚肯定沒達標，所以不是他，沒事沒事……"我拼命安慰自己。

"親愛的，"米星忽然開門衝著我笑，"出來一下。"

聽見米星喊我"親愛的"，又給我"加菲貓"式的笑臉，我瑟瑟發抖，知道大事不妙。

"什麼事？"我推開門問，半個身子還在店內，大概潛意識想躲回去。

"孤獨白被關進警察局，妳去保他出來。"

我問爲什麼？但心裏有底。

"還問爲什麼？他沒經過允許私自燃放煙花，被扣上'擾亂社會秩序'的罪名，那些黑心警察要60萬克朗才肯放人。"

"60萬？"我拉高分貝，"我的賬戶裏連20萬都沒有，哪來的60萬？"

米星問我想怎樣？禍是我闖的，屁股當然由我擦。

我想了想，一人做事一人當，遂把咖啡館交給她，自己上警局一趟。

才被關一個晚上，孤獨白就有了流浪漢的邋遢樣，頭髮亂得像稻草，鬍髭也長出來了，滿臉油光。

"還好嗎？"我問。

"不錯，又多了個生活體驗。"

我告訴他需要60萬克朗贖身，要嘛他再回去多體驗體驗生活，要嘛請求外援。

" 不用麻煩，"他掏出皮夾，給我一張黑色小卡片，" 去ATM機取20萬。"

孤獨白給我的是無限額度的信用卡，俗稱"黑金卡"，它是專爲金字塔尖端的頂級客戶量身打造的，門檻極高，年費嚇人，當然服務也是上乘的。

我雖知道孤獨白是暢銷書作家，但不曉得他這麼有錢，看來寫文不見得都是窮人。

" 那個……是60萬，不是20萬。"我提醒他。

" 没錯，就取20萬，跟他們說要多没有，要命一條。"

20萬克朗相當於6萬元人民幣，其實也夠多了。

我把一百面額一沓的錢放在桌上，共二十沓。

警察以爲我聽不懂捷克語，刻意在白板上寫下600，000 CZK。

" Understood?"長得像"好兵帥克"的警察問我懂不懂？

我拼命搖頭，再把空了的錢包掏出來給他們看：" See, no money."

" No money. No people. Go away."一個明顯是頭兒的警察說。

布拉格的警察經常被詬病與流氓無異，早已黑白不分了。

" All right."我把錢全數掃進袋子裏，" Have a good day."

我作勢要走又被叫住。

果然貪婪的人都短視，他們商量過後，決定放走大作家。

~

“再也不想進籠子了，”孤獨白抖抖身上的衣服，“十幾個人擠一間，臭氣衝天，若不是我施展‘金鐘罩鐵布衫’的氣功，恐怕早已氣絕身亡了。”

“呵呵！”我把黑金卡還給他，“very funny.”

他將卡塞回皮夾內：“謝謝妳的幫忙，我現在需要洗個澡、刮個鬍子，兩個小時後見。”

~

我一回到咖啡館，米星立馬衝過來問：“他還好吧？”

“很好，除了身上的酸臭味外。”

“人呢？”她望向店外。

“別看了，他回去洗澡了。”

米星毫不猶豫地扔下我們而去。

“原來昨天的煙花是孤獨白放的，膽子真大還巨有錢。”Eva撫著日益凸出的肚皮說。

我把任性過後得用20萬克朗贖人一事說出，原以爲她會爲警察的膽大妄爲咋舌，孰知她要我抓緊機會嫁人，這麼有才華又多金的人不多見了……

“我以爲妳會替自己的老同學說兩句。”

“那個黃了，如果能成，妳也不會一回來就擺著一張臭臉。”

我說她未卜先知，這樣也能上綱上線？

“實話告訴妳，這裏的華文報把國內HD集團股價下跌的八卦也給報導了。”她答。

什麼？這也太丟臉了，我是不是該挖個坑把自己給埋起來？孤獨白又會怎麼看我？……

Eva要我放心，在洋人眼裏，亞洲人全長一個樣，再說了，大作家肯定沒把我當瘋子看，否則也不會做瘋狂的事，簡直像個十七、八歲的熱血青年……

“Eva, 妳說被愛幸福還是愛人幸福？”我問她這個“千古疑問”。

她答想被愛就選作家，想愛人……whatever, 她也不清楚我到底愛不愛孟珈宇，照她看，我最愛的人是戈墨，可惜他死了。

“妳……怎麼知道戈墨？”我問。

“這世界還有秘密可言嗎？米星早把妳的陳年舊事交待得一清二楚。”

我就知道是她，典型的豬隊友。

“親愛的葳葳，”她摟住我，“聽我的，狐獨白不錯，至少不會讓妳哭，而我那個老同學就不好說了，當年我義無反顧地抽身而退，不是沒理由的。”

是嗎？沒有火花的愛情也能天長地久？若要找雞肋，孤獨白無疑是適當的人選，但我該不該找他湊合著過？

我沒有答案。

“葳葳，外找。”我在廚房洗碗，Eva過來喊人。

孤獨白說了兩個小時後見，還真準時。

我把手中的碗洗完，瀝在水槽的鐵架上，然後擦乾手走出來，一個背對我的男人正和Eva談話。

“葳葳，妳看誰來了？”Eva帶笑說。

那個頭戴巴拿馬草帽的男人化成灰我都認得。

我悶不吭聲地走到咖啡機前泡咖啡，這時候不來點兒提神物，我怕自己會昏厥過去。

"葳葳，"孟珈宇上前一步，"妳好嗎？我來看妳了。"

"好，很好，好得不能再好。"我答。

此時Eva很識趣地走開。

"別這樣，我不是來了嗎？"

"太晚了，"我啜了一口咖啡，"我已經答應別人的求婚。"

孟珈宇要我別開玩笑，前後不過幾天的工夫……

"你不知道眼一閉一睜很可能就是天上人間？何況已經過了這麼多天，世界早已不是你想像的那樣了。"

"葳葳，妳聽我說……"

就這麼湊巧，孤獨白一身輕爽地走進來，我索性告訴那個明顯還搞不清楚狀況的男人："我的未婚夫來接我下班，不多說了。"

第六十五章/芝麻與西瓜（完結篇）

我們一直走到老城廣場南部的子午線標誌處才停下腳步。

"這裏曾有一座聖母瑪利亞紀念柱，但在斯洛伐克共和國建立後移除，地上的這條子午線標誌是在紀念柱投影的位置上製作的。"我的職業病又犯。

"忘了妳曾是導遊，這條子午線是本初子午線嗎？"他問。

"不是，只是一般的子午線，理論上地球的任何一個點都可以從北至南劃子午線。"

孤獨白問我既然都能劃，那麼就不具備任何意義了。

我答還是有的，如果不劃，就不會有人注意到這裏曾有過聖母瑪利亞紀念柱……

我們又往前走了幾步，他忽然問："再過一陣子，有沒有人還會注意到昨晚我放的煙花？"

"估計沒有，子午線標誌至少還有個實物在，記憶的東西會隨著時間慢慢消逝。"

"但妳不會忘對吧？曾經有個傻子爲妳做衝動的事，還因此待在警局一宿。"

我承認這個很難忘記。

"他……"孤獨白轉頭看一眼跟在我們身後良久的巴拿馬草帽，"會爲妳做瘋狂的事嗎？"

"應該不會，他總是優柔寡斷，讓我很受傷。"

"那麼何不考慮考慮我？我很誠心的，男人要真一次也不容易。"

孤獨白曾說過我像他筆下的水靈兒，這是一種撩妹方式，誰認真誰輸，但除開這個，我找不到他獨獨看中我的理由。

"你難道不在乎我愛不愛你？"我問。

"說不在乎是假的，但我相信妳不討厭我，這就足夠，婚後我們再慢慢培養感情，嗯？"

我陷入長長的沈思當中，少了催化作用，婚後真能培養感情嗎？萬一培養不出，又該如何？

"對不起。"我低下頭去。

"哎！我寧願妳不說這句話。"他從口袋裏掏出一個精美小盒，"本來在煙花事件後，我想正式求一次婚，看來不需要了，這個給妳，也許……也許有一天妳會想起我。"

"米星呢？你不喜歡她？"我收下盒子，問起閨蜜。

"我年紀不小了，没耐心照顧思想幼稚的人，所以……還是免了吧！"他摸摸我的頭，"要經常想起我喔！"

他走了，而我連喚他回來的衝動也沒有。

"他怎麼走了？"孟珈宇望著孤獨白的背影問。

"他不要我了。"我打開盒子，裏面是一枚Tension Set 風格的鑽戒，即在內圈之中加嵌了極爲隱秘的鑽石，恰好是我喜歡的類型。

"他不要妳，我要。"他走上前來，"葳葳，嫁給我吧！"

奇怪，鮮花哪裏去了？氣球呢？再不然大字報也行，難道這年頭的求婚流行"極簡風"？

"如果今晚午夜前你能在查理大橋放足999發煙花，我就嫁給你。"我說。

你若問我爲什麼要這麼做，我也答不上來，大概潛意識中我把他拿來跟孤獨白做比較，人家好歹還"明知不可爲而爲之"，他呢？會爲我做瘋狂的事嗎？

"一定得這樣嗎？"他面有難色地問。

"是的。"

"好吧！妳等著。"

孟珈宇要我等，讓我覺得未來可期，總算事情有轉機。

當電子鐘顯示00:01，而外面依舊無聲無息時，我頓時萬念俱灰，他果然沒那麼愛我。

我把臉深深埋進枕頭內，至少聽不見自己嗚咽的聲音。

隔天我頂著兩個黑眼圈去上班，連店內的窗簾都不想拉開。陽光代表希望，而我早沒有了希望。

"親愛的，"Eva忽然開門衝著我笑，"出來一下。"

聽見Eva喊我"親愛的"，又給我"加菲貓"式的笑臉，這很不尋常，但我沒興趣猜測，要她有事快說，無事退朝。

"孟珈宇在外面等妳。"

“跟他說我死了。”我把披薩丟進烤爐裏，還因用力過猛，讓餡料面朝下，害我不得不伸手搶救。

“別這樣嘛！很少看他這麼生無可戀的樣子，妳出去跟他把話說開，該復合，復合；該分手，分手，吊在半空中算什麼？”

也對，分手是應該說清楚，我已經浪費太多時間在這個男人身上，是到了該止損的時候。

我推門而出。

“我不知道煙花這麼貴，還得雇用專門的技術人員，這又是另一筆開銷。再有，煙花可不是想放就能放，事先得拿到許可證，當時已入夜，市政府早下班了，我找不到人蓋章。”他可憐兮兮地解釋。

“噢！是嗎？真遺憾，”我的聲音冷得掐得出水來，“還有別的事嗎？沒有我進去了。”

孤獨白能做的事，到他這裏卻困難重重，怎麼都說不過去，何況我要的是心意，不是結果。

“別走，”他抓住我的手，“李玫……李玫去了，幾天前的事，還沒做頭七我就飛來找妳，這難道不能說明什麼？”

李玫……這麼快？難怪他會“人間蒸發”，我還以爲是被我的“逼婚”行爲給嚇退了。

孟珈宇答我的逼婚的確讓他舉棋不定，畢竟時機尚未成熟，但現在不一樣，李玫彌留之際曾要求他父母接納我，否則死了也不會心安……

啊！李玫果真沒有食言，我像忽然得到滿懷糖果的孩子般手足無措起來。

“這樣吧！也到飯點了，我們找家餐廳坐坐，讓我從頭說起。"他提議。

孟珈宇熟門熟路地帶我走進烏迷得維庫啤酒酒店，別誤會，說是酒店，其實底層是帶酒吧的微型釀酒廠及餐館，其歷史可以追溯到 1466 年。

我們點了烤豬肘套餐及他家最著名的 X_{33} 啤酒，待服務員走後，我忙不疊問李玫走得安穩嗎？葬在哪裏？

"走的時候沒少受罪，她喜歡杭州，墓地選在離西湖 15 公里處。"他答。

"如果我還在杭州，肯定送送她，你也真是的，沒等做完頭七就飛來這裏。"

"我若等到那時候，妳大概早被那個寫文的給騙走了。"

我要他小心說話，如果不是他三心二意，我會左右搖擺嗎？說到底還是他的錯。

"好，我現在不三心二意了，嫁給我吧！"

如果時間回到一個禮拜前，我肯定毫無懸念地答應下來，偏偏他選在沒成功燃放煙花的時候提，倒讓我以爲他是爲了轉移注意力來著。

"婚姻是大事，我不會因某人的一時興起而答應，那顯得不夠莊重。"我答。

"好，我等，不差這一時半會兒。"

我們沈默地用著餐，我忽然想起重要的事，李玫要他父母接納我，到底孟爸爸和孟媽媽是怎麼想的？

"他們……他們說還得觀望一下，妳的父母……不行，門當戶對還是有一定的道理在。"

什麼？！說來說去，人家還是不認可我，而我還在做春秋大夢！

"孟先生，"我憤然起身，"咱們的事等我們畢家能和你們孟家平起平坐時再談，慢用，我走了。”

和預想的一樣，孟珈宇一連數日都粘著我不放，我索性在不知會任何人的情況下，買了張機票到巴塞羅那曬太陽，等我一身古銅色地回來，孟珈宇早已不知去向。

“妳呀！丟了芝麻也丟了西瓜。”Eva說，她的肚子已經鼓成籃球般大小。

“難說，也許我的春天尚未來到。”

話剛落音，一個長得極爲好看的亞洲人走了進來，很有禮貌地詢問查理大橋怎麼走？

看他高佻的身材、迷人的眼睛、潔白的牙齒、壯碩的胸膛……我頓時意亂情迷。

“我的，別跟我搶。”我壓低聲音對Eva說，然後笑得一臉爛燦地迎向那個男人……

《完結》

【看不够嗎？**B杜**的《獅城情緣》正等著您，以下是前三章，先睹爲快。】

《獅城情緣》

第一章/自身難保

公元14世紀，蘇門答臘的室利佛逝王國王子乘船旅遊，看見岸邊有一頭異獸，當地人告知爲獅子，他認爲這是一個吉兆，決定建設此地並命名“新加坡”（乃梵語“獅城”的諧音）。

車子經過寸土寸金的烏節路，老公說今天下班後會彎到ION ORCHARD買我愛吃的老曾記咖喱角,問我除了咖喱角之外還想吃些什麼？

老曾記在新加坡無人不知、無人不曉，他家的咖喱角外皮酥而不膩，裏面的咖喱餡綿密中帶著香氣，不似印度咖喱辣舌，很受大衆歡迎。

“什麼都別買，没胃口。”我冷冷地答，將頭轉向車窗外。

這個月我上早班，老公順路載我理所當然。

車子一個轉彎上了Dempsey Hill,我們的醫院就在這片綠意盎然的山頭上。

"鄭醫生早，和夫人鰜鰈情深呀！"

"呦！馮主任，這麼早就來上班？真是憂國憂民、憂國憂民啊！"

我們一下車就和內科馮主任打上照面，他很熱情，老公也不甘示弱，兩人旗鼓相當。我很反感這些，匆匆點個頭便走進醫院大廳。

REQ是新加坡聲名遠播的一家私立醫院，以軟硬體設備先進、收費昂貴著稱，有1/3的患者來自海外，新推出的高級體檢項目尤受中國富豪歡迎。

我到更衣室換上淺綠色的護士服，據說這顏色代表生命與希望，天知道爲了穿上這件制服我吃了多少苦、受了多少累。

想當初仲介說得天花亂墜，一到新加坡月薪翻了不止五倍，有房屋津貼、交通補助、來回機票......等，而最最重要的是工作兩年後即可申請綠卡。

我雖是國內本科畢業生，護士執照註冊時間超過3年，在三甲醫院也工作了三年，但月薪不過五、六千元，在二線城市付完房租及生活費後基本已捉襟見肘，忽聞從天而降的大好機會怎肯錯過？咬咬牙跟貸款公司借了四萬多元付給培訓中心及仲介，又狠狠地惡補了兩個多月的英語，終於過關斬將來到人人稱羨的"花園城市"—新加坡。

來了之後才發現被忽悠，薪水是多了，但也只是翻了兩翻，要做的工作卻多出好多，因爲新加坡的住院病人大小事都要護士效勞，親人向來不幫忙，舉凡洗澡、按摩、餵藥、擦屁股的活兒都得幹，與國內大不相同。有人因心理落差太大，没待幾天就鎩羽而歸。

我一向逆來順受慣了，既來之則安之，打算忍一忍，等有了海外工作經驗後，以此爲跳板到太平洋彼岸討生活，畢竟美國才是大家趨之若鶩的移民天堂。然而事與願違，在護士長的撮合下，我和REQ的耳鼻咽喉科主治醫師鄭之龍相識、相戀，並進一步結爲夫妻，又在他的大力幫助下，我從公立醫院跳槽到REQ。任誰都知道，私立醫院的薪水多、福利好，一切的一切看似苦盡甘來，可是⋯⋯

八點鐘有醫護大交班，交班過後，我便得開始一天的工作，諸如：查房、滙報病人一天的病情、與醫生討論下一步的診療和護理計劃、執行醫囑⋯⋯這些是身爲註冊護士的我應該做的，但一忙起來就不分彼此，甚至連助理護士、護理員的工作也得做，譬如：整理床鋪、準備針劑藥品、餵飯、逐個床位打針輸液⋯⋯等。

今天一早就有病人按鈴要求處理輸液針口，我在通道裏快速奔走了兩個來回，然後又有病人反映枕頭太薄想要更換，剛拿來新枕頭，隔壁床的老人提出幫忙翻身，接著又有家屬向我詢問病人病情⋯⋯一個早上我忙得像隻勤勞的小蜜蜂，只有在接到通知（把第三床病人送到手術室）時，才得空坐在電腦前核對醫囑。

"媛媛學姐，吃飯不？"穿藍色護理員制服的寶兒輕敲我敞開的房門間。

"行，妳先去食堂佔位，我馬上到！"我飛快地打字，眼睛盯著屏幕不放。

"還是吃福建麵？"

"不，今天吃雞。"

~

寶兒原本不叫寶兒，她有個很土的名字叫蔡招弟，而且如父母所願真的招了個弟弟，從此便爹不疼娘不愛，成了家裏最礙眼的。

由於從小缺乏關愛，她極想成爲別人眼中的寶貝，所以成年後自行改名蔡寶兒，聽說爲此還鬧過家庭革命。

她的學歷不高，上的是中專的護理學校，一註冊完護士資格就猴急地飄洋過海而來，由於沒有工作經驗，連助理護士都當不了，只能從最低的護理員幹起。

我曾問她爲什麼不在國內積累好經驗再過來，起碼薪水能高一點兒，工作相對也不那麼辛苦。她答前男友想追殺她，她不得不連夜逃跑，因爲是帶笑說，讓人分不清真假。

“給妳點了海南雞飯，媛媛學姐快坐下。”看見我來，寶兒說。

其實我和她只是曾在同一個城市學習過，連校友都談不上，寶兒卻學姐學姐地喊，很多事因此都拉不下臉來說不，好比她想知道內科那個帥到不行的住院醫生是打哪兒來的？有没有女朋友？能不能吃辣？愛唱歌不？……

我曾建議她自己去問，但寶兒說我是已婚婦女，没人會對名花有主的人設防，她就不一樣，待字閨中的女人若在愛情上主動，首先就掉價了。

“妳怎麼不吃？”我坐了下來。

寶兒點的是炒粿條，是以甜醬油、黑醬油、蠔油、血蚶爲主要醬料爆炒出來的麵食，嗜辣者還可以配上三峇辣椒醬，使味道鹹甜中帶點兒辣味。

“等妳呀！”她笑咪咪地答。

我們在鬧哄哄的食堂吃飯，我正吃著雞，寶兒忽然提出再幫我叫碗湯，我正想推辭，她已起身離去，没多久爲我端來一盅薏米冬瓜老鴨湯。

“一共多少錢？”我掏出錢包問。

“不用了，没多少錢。”

寶兒一個月的薪水不過1050新幣，扣掉與人合租的租金及伙食費，所剩無幾了。

我給了她15新幣，她默默收下，有意無意地喃喃自語：“不知新來的員工都住在哪裏？吃些什麼？”

這新來的員工不會是別人，而是……

寶兒看上的醫生長得白白淨淨、瘦高瘦高的，他的名牌上寫著MO Wang, 意即 Medical Officer Wang，代表醫學本科畢業後PGY2, 相當於住院醫生，只是不知道該稱王醫生還是汪醫生？

"那人在內科，和我老公同一層樓，實在不方便過去問。"我答。

"有什麼不方便的？"她嘻皮笑臉，"順便還可以和自己的老公拋拋媚眼、說說情話，何樂而不為？"

寶兒才來REQ不到三個月，只知我老公是主治醫生，對他完全不熟，然而閃婚的我又何嘗了解他？不過有一點是肯定的，自己的老公控制慾極強、猜疑心又重，我不願在好不容易平靜的湖面上再開機關槍。

之所以說"再"是因為昨晚一通打錯的電話讓鄭之龍賞了我一巴掌，到現在牙關還疼。

"他為什麼喊妳Darling？"

"都說是打錯的，回打過去，那人不也承認了？"我捂著臉，委屈至極。

"告訴妳崔媛媛，別讓我抓到證據，否則……有妳受的！"

醫院裏的員工人種很多，有新加坡本地人、印度人、馬來人、菲律賓人、越南人、大陸人……偏偏鄭之龍是印尼華僑，算是少數中的少數。

"別看他黑黑瘦瘦的，但聰明又多金，在Nassim Road上有棟別墅，其他……能忽略就忽略吧！"護士長當初是這麼說的。

鄭之龍離過一次婚，長得不好看，年紀又大我一輪，剛開始我是不滿意的，所以相過一次親後便沒了下文，但緣份就是這麼神奇，某個大雨滂沱的夜晚，公交車遲遲不來，我正思忖該不該打電話叫出租車，鄭之龍剛好開車經過。

" 崔小姐，讓我載妳一程吧！"他搖下車窗說。

爲了表示感謝，那個週末我請他吃長堤海鮮樓的辣椒螃蟹，一來二去，彼此有了好感，兩個月後他在摩天輪上掏出兩克拉鑽戒向我求婚，也許是夜景太璀璨，也或許是累了想找個依靠，我點頭成爲鄭太太。

婚後的蜜月期很短，我們都忙，加上倒三班，有時他前腳剛進門，我後腳就出去，飯都吃不到一塊兒，感情怎麼不會出問題？無怪乎他說想開個私人診所，兩夫妻都朝九晚五，家才像家。

" 好不好嘛！小姐姐。"見我不吱聲，寶兒來軟的。

" 下午如果不忙，我幫妳問問。"我嘆了口氣說。

她歡呼一聲，說我是她生命中的貴人。

"貴人？我是泥菩薩過江，自身難保呀！"我內心冷哼一聲。

第二章/不祥之兆

我服務的是住院部，和老公的耳鼻咽喉科門診部相隔三、四百米，但我還是在相對不那麼忙的時刻，以送尿檢報告的名義到內科轉轉。

" Miss Cui, are you looking for Dr.Zheng?"一個矮個子的印度裔女子問我是不是在找鄭醫生？

我認出她是五官科的助理護士Alisa，趕緊否認，表明自己是來交尿檢報告的。

" Dr.Zheng is a good man. You're a lucky girl."她對我眨眼睛，說鄭醫生是個好人，而我是那個萬中無一的幸運女孩。

有那麼幾秒鐘我有個錯覺，莫非此鄭醫生非彼鄭醫生？但疑慮很快被打消掉，因為Alisa接著說Dr.Zheng胃不舒服，到樓下便利店買消化餅乾去了。

老公曾不止一次向我推廣"少量多餐"的好處，把一天原有的食物分量分成六至十餐來吃，不僅不會給胃帶來負擔，同時減少脹氣及水腫，對控制體重也有好處。

"順便還能藉養生的名義休息一下，因爲連續看診是對病患及自己的不負責任。"他補充說明。

原來鄭醫生還是那個鄭醫生，沒變。

我謝了Alisa, 很快走人。

~

知道自己的老公不在這一層樓讓我如釋重負，少了窺視的眼睛，我的腳步輕盈許多。

" Excuse me. Is this your pen?"

聽到背後有人說話，我轉過頭去，那人手中的圓珠筆筆桿上有蜘蛛俠的貼紙，是一個來探望奶奶的小男孩執意給我貼的。

" I guess that's my pen. Thanks!"

我以爲他會馬上還我，沒想到他卻要我提出證據，證明那支筆是我的。

"上面有我的味道呀！王醫生。"我答，其實不確定他姓王還是汪，我選擇比較普遍的那一個。

他裝模作樣地聞了一下筆桿後還我，不忘提醒以後帶香味的圓珠筆還是少用，因爲香精中大多含有甲醛、苯等有害物質，這種物質很容易揮發，如果長期使用會對身體健康造成影響，嚴重的甚至會損害到人體的血液及神經系統……

我笑說醫生果然都往壞裏想，小小一支筆能有什麼殺傷力？要有，恐怕也比醫院的細菌來得小。

王醫生攤手說自己已盡到告知的義務，聽不聽在我。

"你打哪兒來？"我沒忘記此行目的。

"華夏、中夏、諸夏、諸華、神州、中土、禹域、中域、九州、震旦……這些都是古稱，近代稱爲中國，妳呢？"

我答自己没他那麽有學問，也不擅長把事情複雜化，簡單一句：我是中國人。

"和我想的一樣，這醫院的護士有1/4來自中國，尤其妳的身上没洋味，應該才來不久吧？！"

"快三年了。"我答，心中懊惱三年了還没入鄉隨俗，讓人一眼就瞧出。

"三年了……"他喃喃自語，"希望三年後我能晉升主治醫生，否則太對不起自己割捨掉的東西，包括在國內已有的主治醫生職位及安逸的生活。"

我問他現在是不是在做MO級別的臨床輪轉並等待通過Post Graduate考試？

"没錯，內科輪完後，下一個是五官科，全部科室走完一遍才得以參加考試。若有幸通過，我希望將來從事全科醫學或家庭醫生的工作。"他答。

由於醫學院畢業生的養成不易且數量有限，加上爲應對人口增長及打造東南亞醫療中心等原因，新加坡的醫院管理機構MOH HOLDING大量從海外招募低年資的醫生，這也是近年來不少中國醫生前往新加坡工作的一個時代背景。

"那麼祝你早日夢想成真，也好將家鄉的老婆接過來。"我設局。

"我還是單身漢。"

"女朋友也得接呀！"

他反問一天工作16個小時的人配有女朋友嗎？

"愛吃辣嗎？"

"無辣不歡。"

"喜歡唱歌嗎？"

"人稱'北大陳奕迅'。"

"住哪裏？自己開伙嗎？"

"預算不多，目前和朋友租住在政府組屋裏，早餐在家裏吃，午晚餐吃醫院食堂。"

我沈思了一下，將得來的答案在腦中各就各位。

"妳是醫院派來做戶口調查的嗎？"他笑問。

"呵呵！真風趣。"我笑得很尷尬，"算是吧！醫院裏有很多摽梅之年的女護士，我得替她們把把關。"

"妳呢？怎麼沒把自己算進去？"

我答自己已婚，老公是耳鼻咽喉科的鄭醫生。

"鄭之龍？那個醫界翹楚？"他睜大眼睛問。

我再度受到驚嚇，不知王醫生是刻意戴高帽還是自己真嫁了個人中蛟龍？

見我點頭承認，他的態度一百八十度大轉變，顯得畢恭畢敬。

"我期待下禮拜向鄭醫生學習，剛才的談話若有冒犯之處請見諒。噢！還有，我姓汪，三點水的汪，汪致遠，此乃出自諸葛亮的《誡子書》—非淡泊無以明志，非寧靜無以致遠。"

輕鬆的談話轉變爲"說明會"，這不是我要的，但又能如何？

"很高興認識你，汪醫生，希望你在REQ有充實的生活及愉快的回憶。"我也跟著嚴肅起來。

這個月我上早班，理論上可以和看門診的老公同進退，實際情況卻是只能同進，不能同退，因爲有時交班過後我才發現病歷書沒寫完或有突發狀況臨時被留下；老公也一樣，雖然已是主治醫生，難保不加班，所以我們一向各自回家，今天也不例外。

我在醫院門口的公交站牌下等車，寶兒氣喘吁吁地跑向我，嘴裏學姐學姐地喊。

"妳怎麼這個時候下班？"我問。

中午吃飯時，她還唉聲嘆氣地表示今天得連續值12個小時的班。

"還沒下班呢！我特意跑出來找妳，就想問妳……他……他怎麼說？"

他？我想了一下，恍然大悟。

"汪致遠、北大高材生、未婚、沒有女朋友、嗜辣、有好歌喉、住政府組屋、經常吃醫院食堂。"我一一向來者報告。

"住政府組屋？不應該呀！那是窮人住的，他可是高收入的醫生。"

新加坡有80%的人口住組屋，組屋是指由政府建造，擁有獨立廚衛設施的單元房，通常低於市場價，這是政府的德政，讓"居者有其屋"。顯然寶兒並不買單，同時也高估了一個初來乍到、尚未通過認證考試的醫生荷包。

我藉機教育她一番，她很快釋懷："說的也是，男人就是要成家才有動力，努力個幾年也能像妳老公一樣坐擁豪宅，是不？"

這一問把我給問住了，鄭之龍的收入是不錯，但大部份來自薪水以外的灰色地帶，見不得光。

我支支吾吾了半天仍說不出個所以然，還好寶兒並不在乎答案，很快轉了話題。

"妳說邀請他去Party World唱歌好不好？我可喜歡唱了，以前在國內就經常上KTV，大家都說我是小王菲。"

我想起汪致遠說他是"北大陳奕迅"。

"我不知道，也許妳自己問他。"

“怎麼是我？當然是妳問，送佛送上天，好不好嘛！小姐姐。”

什麼？！簡直粘上橡皮糖，甩都甩不掉。不行，事情到此爲止，我得抽身……

無奈公交車來了，我被人群簇擁著上車，連開口拒絶的機會都没有。

“謝了，媛媛學姐，路上小心啊！”寶兒向我揮手。

我家在Nassim Road上，鄰近使館區及植物園，是有名的富人區。這個擁有20個單元的別墅群既有新加坡特有的熱帶風情，也有日本頗富禪意的庭園景觀，室內設計採法國的輕奢風格，是Nassim Road上一抹高貴冷豔的風景。

我趿上拖鞋到主臥室換上家居服，然後洗手做羹湯。

結婚前，鄭之龍原雇了個菲律賓女傭，能煮“似是而非”的中國菜；結婚後，女傭想當然爾被解雇，美其名曰更喜歡我煮的菜，其實是爲了省下一筆人工費。

老公的“摳門”在婚後顯露無遺，連香皂、衛生紙都算計著用，就別妄想有一天我會像那些有錢太太們一樣，没事修修指甲、逛逛商場。

我把早上出門前放進水槽解凍的魚拿來熬湯，又把空心菜洗了、豆腐瀝乾。兩菜一湯的菜色即使放在平常人家也稍顯寒磣，但煮多了會被駡，說我不懂得過日子，白白浪費老公辛苦賺來的錢……

天知道我同樣在掙錢，四房兩廳的大房子整理起來也挺累人，但說這些鄭之龍是不會懂的。

剛把魚湯端上桌，老公就進門，臉色不太好，大概在外面受了氣。我沒說話，默默接過他的公事包。

新加坡的病患和醫護人員平起平坐，得了什麼病、用了什麼藥、做了什麼護理……都要一一告知，若因溝通不良被投訴還得寫報告，這是很煩人的事，所以老公偶爾有壞心情，我能理解。

"妳看起來心情不錯。"他酸溜溜地說。

"有吃住就該高興，你說的，不是嗎？"我冷冷地答。

我們安靜地吃著飯，連牆上掛鐘行走的聲音都聽得一清二楚。

"妳今天去了內科門診部?"老公突然問。

我的心喀噔了一下。

"是的，拿尿檢報告給Dr.Smith。"

"和帥氣醫生談得很開心的樣子嘛！"說完，他將筷子伸向魚頭，一挖，白色魚眼進到他嘴裏。

原來和汪醫生的談話被他發現了，我大呼不妙但仍故作鎮定地解釋："都是中國來的，多聊了兩句，那裏人來人往，要有什麼也不選在醫院。"

"呵呵！要有什麼妳就完了，妳知道'完了'是什麼意思吧？！"

我打了個寒顫，打算以不變應萬變，但老公沒放過我，開始抱怨湯太鹹、麻婆豆腐沒煮出味道、空心菜全是梗……

"不吃了。"老公推開桌子起身，"幫我按摩，現在！"

見他帶著怒氣走向房間，我有了不祥的預感，心中叫苦連天。

第三章/雙面人

婚後的第一次耳鬢廝磨，我曾推開老公惴惴不安地問："怎麼沒裝窗簾？"

"放心，那是單向玻璃，外面看不見裏面，而且多層實心，中間有超彈隔音膜，另外，房門是鋼製的，牆壁內也塞了吸音棉，妳叫再大聲也無人能聽見。"

當我們情投意合時，這樣的談話無疑增加夫妻間的情趣，但當我們關係緊張時，這樣的室內設計無疑將我推向痛苦的深淵。

"說！"鄭之龍掐住我的脖子，"和那個奶油小生眉來眼去多久了？"

"沒……沒有的事……今……今天第一次……真的……"

沒人比一位醫生更了解人體結構，只要掐對地方，我分分鐘會氣絕身亡。

"難怪……難怪最近陰陽怪氣，說話也冷嘲熱諷，原來找到相好的。"鄭之龍繼續編派我的不是。

“沒……我發誓……我拿父母的性命……發誓……”

“切，妳那對吸血鬼父母的命值幾個錢？早死早超生！”

想當初談婚論嫁時，鄭之龍對我父母的態度可不是這樣，他正襟危坐，老實巴交地像個沒見過世面的鄉下人，讓父母從不滿意改投贊成票。

“人是乾瘦了點兒，但選老公不選漂亮的，實用最好。”母親說。

“他看著還行，收入高又有大房子，結婚就圖個安穩，妳也算是找對人了。”父親說。

有了父母的加持，我們的戀情火速升溫，秋季還沒度完，我就急匆匆地披上嫁衣……

婚後，鄭之龍的狐狸尾巴才露出來，挨了幾次揍後，我忍不住打越洋電話求助，母親是傳統的中國婦女，雖然心疼我，但認爲失婚女子難再嫁，勸我能忍則忍，但這不代表她沒有遠慮。

“把錢拿好，哪天……妳也不致於完全沒有後路。”

新加坡的華人結婚也給彩禮，但鄭之龍說他是印尼華僑，不時興這個。當時感情好，父母也認爲他們不是賣女兒，所以連房子、車子都沒要就嫁過去，事後才後悔，這要是一拍兩散，我豈不是淨身出戶？

亡羊補牢，母親的計劃是把我的薪水以供養父母的名義全留住。礙於情面，鄭之龍沒說什麼，時間一久，我的父母便成了他口中貪婪無厭的代表，也有了指責我在家當蛀米蟲的底氣。

“對……對不起……我……我錯了……”鄭之龍的大臉在我眼中漸漸模糊，知道自己快失去意識，我趕緊求饒自保。

老公終於鬆開手，在呼吸到第一口新鮮空氣後，我忍不住痛哭失聲。

“哭？不守婦道的人還有臉哭？”他咆哮。

我哭是因爲婚前沒擦亮眼，遇人不淑（偏偏別人還用羨慕的眼光看我，彷彿我是灰姑娘，一朝飛上枝頭變鳳凰）。

擦乾眼淚後，我討好地說下樓爲他泡杯咖啡。

“別加糖。”他叮囑。

鄭之龍有飯後喝黑咖啡的習慣，這似乎不符合養生之道，但對於接下來還要熬夜讀書的人來說，喝杯提神飲料不爲過。

老公是我見過最刻苦學習的人，即使已是主治醫生，他仍然維持一年發表兩篇學術論文的自我期許，有幾篇甚至被收錄在醫學界最具權威的學術刊物《The Lancet》上，無怪乎連醫院院長都要對他客氣三分。

“你的咖啡。”我將咖啡置於床頭櫃上。

泡的是新加坡最著名的貓頭鷹咖啡，顏色比普通咖啡淡，少了苦酸味，口感更好。

“媛媛，”他的聲音轉爲溫柔，“謝謝妳！”

我點了個頭，默默離去。

總是這樣，言語和肢體施暴後，老公變得格外體貼，不僅口惠，有時還會給我買小禮物，甚至親自下廚煮我愛吃的菜，讓我迷惑不已。也正因如此，我一次次地原諒他的家暴與……變態，甚至反求諸己，認爲是自己的錯，罪有應得。

趁著老公在“學習”，我把家務做了、洗好澡，然後坐在客廳百般無聊地按著電視遙控器，從時事新聞看到綜藝節目，再從華語電視劇看到印度電影，沒有一個頻道讓我的眼光停留超過五分鐘。

“媛媛，睡覺了。”老公站在樓梯口喊。

“你先睡，看完‘長女的婚事’我就來。”

“無聊的電視劇也看？”老公還是下樓來，“越看越笨，倒不如省下時間做有用的事。”

我答我没他有學問，生活中也只剩下看電視這項愛好……

“這怎能算愛好？一没錢賺、二没增廣見聞、三没繼往開來，怎麼說都是浪費時間，還是從從妳老公的愛好，没看到他爲這個家勞心勞力？”

我皺了皺眉，推說今天不方便。

“妳哪天方便過？”老公的聲音變得粗巴巴，“吃我的、喝我的、住我的，現在是我在養著妳，可別忘了自己應盡的義務。”

我嘆了口氣說知道了，讓他先上樓，自己隨後就到。

“鄭醫生早，和夫人琴瑟和鳴呀！”

“呦！是李醫生，”老公的聲音彷彿浸過蜜似的，“這麼早就來上班？真是憂國憂民、憂國憂民啊！”

我們一下車就和骨科的李醫生打上照面，我匆匆點個頭就鑽進醫院大廳。

“ Miss Cui, 八號病房的第五床病人又不吃飯了，妳去搞定他。”護士長下令。

那床病人是個古怪的老頭，只要兒女週末没來看他，週一他就賭氣不吃飯，屢試不爽。

“好，待會兒就去。”我心不在焉地答。

“媛媛，”護士長忽然叫住我，眼睛盯著我的脖子瞧，“昨晚和鄭醫生打架了？他咬妳一口？”

我下意識用手遮住脖子，窘得不知如何是好。

“没事，熱情點好，愛情才能長保新鮮。”她笑著離開。

我趕緊衝向寄物櫃，還好在角落找到去年冬天遺留在那裏的絲巾，立馬拿來繫在脖子上。

說來真是難以啓齒，老公的性慾非普通人能及，每次都像狂風暴雨般橫掃而過，留下一地狼藉。

“能不能⋯⋯能不能別每天來？”我問。

“怎麼，妳不喜歡？”

“也不是不喜歡，就是有點兒吃不消。”

老公不同意，他說床頭打床尾和，他需要靠做愛來修復夫妻間的裂痕⋯⋯

我心想只要不打我、不在精神上折磨我，何來的裂痕？又何需修復？

“媛媛學姐，病人的留置針掉了，妳幫幫我！”寶兒求助。

“好歹妳也是護理學校畢業的，重打不會？”我像吃了炸藥。

“妳⋯⋯怎麼了？”

寶兒像被一腳踢進河裏的小狗，可憐兮兮地望著我，我才意識到自己把情緒帶進工作裏，很要不得。

“没什麼，病人在哪裏？這次我教妳，妳一定要學起來喔！”我放緩口氣說。

作者介紹

在異國的背景下加入纏綿悱惻的愛情故事是B杜小說的一大特點，她的文筆清新、筆觸詼諧、畫面感很強，讀完小說有種看完一部愛情偶像劇的感覺，特別適合懷春少女及對愛情有憧憬的女性閱讀。

B杜創作了一系列異國戀情N部曲，包括《法蘭西情人》、《東瀛之愛》、《新西蘭之戀》、《英倫玫瑰》、《愛在暹羅》、《情定布拉格》、《獅城情緣》、《愛上比佛利》、《夢回楓葉國》……等作品，歡迎關注。

ALSO BY B杜

情定布拉格（简体字） Love in Prague (simplified character version)

~

《東瀛之愛》 Love in Japan

《法蘭西情人》 Love in France

《新西蘭之戀》 Love in New Zealand

《愛在暹羅》 Love in Thailand

《英倫玫瑰》 Love in England

《獅城情緣》 Love in Singapore

《愛上比佛利》 Love in Beverly Hills

ALSO BY B杜

《夢回楓葉國》 Love in Canada

ALSO BY B杜

《夢回楓葉國》 Love in Canada

www.ingramcontent.com/pod-product-compliance
Lightning Source LLC
Chambersburg PA
CBHW070347170726
48291CB00001B/213